하레스천하

하레스천하

하레스 천하 2

정한조 판타지 장편 소설

초판 1쇄 찍은 날 § 2002년 12월 1일
초판 1쇄 펴낸 날 § 2002년 12월 10일

지은이 § 정한조
펴낸이 § 서경석

편집장 § 문혜영
편집책임 § 이종민
편집 § 장상수 · 박영주 · 권민정
마케팅 § 정필 · 강양원 · 이선구 · 김규진

펴낸곳 § 도서출판 청어람
등록번호 § 제1081-1-89호
등록일자 § 1999. 5. 31
어람번호 § 제1-0323호

주소 § 경기도 부천시 원미구 심곡1동 350-1 남성B/D 3F (우) 420-011
전화 § 032-656-4452 팩스 § 032-656-4453
http://www.chungeoram.com
E-mail § eoram99@chollian.net

ⓒ 정한조, 2002

값 7,500원

ISBN 89-5505-542-0 (SET)
ISBN 89-5505-544-7 04810

정한조 판타지 장편 소설

할레스천항

2

읽는이의 엠티

도서출판 청어람

목

차

7장

기로에 선 자코 왕국

기로에 선 자코 왕국

"리코, 이 녀석아! 항상 정기적인 날에만 오랬더니……. 사람을 놀라게 하느냐? 오늘은 무슨 볼일이냐? 그리고 저 사람은 또 뭐냐?"

리코와 포우 국왕이 스크롤을 이용해 도망친 곳은 제법 넓은 동굴이었다. 얼핏 드레곤의 레어와 비슷했으나 조금 규모가 작다. 동굴 안은 무슨 실험을 하는지 이상한 약품 냄새가 코를 찌른다. 그리고 흉측해 보이는 고깃덩이 같은 물체들이 곳곳에 널려 있다. 리코는 이 동굴의 한 켠에 마련된 마법진에 나타난 것이다.

지금 리코의 앞에는 30세가량의 검은 로브를 입은 마법사 한 명이 서서 리코를 못마땅한 표정으로 노려보고 있다. 약간 음침한 기운이 흐르긴 했으나 전반적으로 미남형의 얼굴이다.

"스승님, 죄송합니다. 하지만 어쩔 수 없었습니다. 스크롤을 사용했습니다. 그리고… 이 분은 자코 왕국의 포우 국왕 폐하십니다."

"스크롤을 사용했다고?"

마법사는 리코의 말에 안색이 가볍게 변했다. 스크롤은 자신이 직접 제작해 사랑하는 제자에게 준 것이다. 스크롤을 찢으면 자동으로 이곳 동굴로 텔레포트되도록 지정해 놓았다. 스크롤은 비상용이었다. 그것을 사용했다는 것은 곧 감당할 수 없는 적을 만났을 때뿐이다.

"상대는 누구냐? 혹시… 헤스타 그자가……?"

리코가 포우 국왕을 소개했음에도 마법사는 본체만체다. 오직 스크롤을 찢었다는 말에만 관심을 기울인다. 리코가 고개를 저었다.

"그렇지는 않습니다. 하지만 그에 못지않은 무서운 적수였습니다. 호른 제국의 라모 하레스라는 자였습니다. 제가 적수가 되지 못하고 이렇게 도망칠 정도입니다."

리코가 침통한 표정으로 고개를 숙였다. 마법사가 리코의 모양을 보아하니 황망한 기색이 역력하다. 안색이 평소와 다르게 붉어 있고 어깨가 늘어져 있다. 마법사는 이런 제자의 모습을 이제껏 본 적이 없다. 도대체 누가 자신의 제자를 능가하는 능력을 지녔단 말인가. 언제나 자신만만한 제자가 아니었던가.

마법사는 좌절감에 휩싸인 제자를 바라보았다. 그러자 화가 치밀어 오른다. 리코를 제자로 맞은 지 30년이 지났다. 자코 왕국의 영역을 지나다 우연히 재능을 발견하고 반강제로 제자로 맞이한 리코였다. 처음에는 흑마법사가 되지 않겠다고 무던히도 애를 태우던 제자였다. 또한 한때 자신의 적수에게 빼앗긴 적도 있던 제자다. 다행히 자신의 적수가 제자를 가엽게 여겨 죽이진 않아 다시 찾아올 수 있었다.

제자와 얽힌 오랜 사연들이 지금은 부자지간보다 더 두 사람을 가깝게 했다. 리코 또한 자신이 진심으로 대한다는 걸 알고 제자로서의 예를 갖추기 시작한 것도 10년이 지난 뒤였다. 그동안 제자는 원래 검사였던 자신의 능력을 마법으로 계발했고 보기 드문 마검사가 되었다.

하지만 여전히 자신의 장기인 키메라 제조와 소환술을 배우는 것에는 열성을 발휘하지 않았다. 그 점이 조금 섭섭했지만 150살에 이른 자신의 나이가 예전의 칼날 같던 성품을 많이 완화시켰다. 언젠가는 리코에게 자신의 모든 것을 물려줄 때가 있으리라 자신했다.

그런데 이런 자신의 애제자가 패배의 아픔을 겪고 있으니 스승된 입장으로 덩달아 상대에게 적의를 느낀다.

"라모 하레스라고……? 그런 자가 있었단 말이냐? 그자에 대해 좀 더 자세히 말해 보거라."

마법사는 구체적으로 제자를 어떻게 도와줄까를 궁리하기 시작했다. 그러자면 상대에 대해 자세히 알수록 유리하다. 리코가 대답하려는 찰나 뒤에 서 있던 포우 국왕에 허물어지듯 풀썩 땅에 쓰러졌다. 깜짝 놀란 리코가 급급히 쓰러진 포우 국왕의 머리를 들어 올렸다.

"폐하, 어찌 된 일이십니까? 어디가 아프십니까?"

리코가 물었지만 포우 국왕은 다만 몸을 가늘게 떨며 대답을 못한다. 그 순간 마법사의 눈동자가 커지더니 황금색으로 바뀌어갔다. 투시 마법의 현상이다.

"뭔가 심적으로 큰 충격을 받았구나. 더군다나 오래전에 입은 화상으로 인해 신체가 극도로 위축돼 있는 상태다. 이런 신체를 가지고 살아 있는 것이 신기하군. 쯧쯧, 오래가지 못하겠구나."

스승의 말을 듣던 리코의 눈시울이 뜨거워졌다. 오로지 자코 왕국의 재건을 위해 평생을 바친 국왕이었다. 가슴속에 맺힌 오랜 한을 풀기 위해 동분서주하느라 자신의 신체를 혹사했다.

　15년 전 자신의 능력을 인정해 발탁하면서 포우 국왕은 단번에 리코에게 후작의 작위를 내렸다. 그러면서 덧붙인 말이 아직도 리코의 머리 속에 남아 있다.

　"리코 후작, 그대는 이제 짐의 보검이네. 그리고 자코 왕국의 보검일세. 짐의 영광과 복수를 모두 그대에게 맡기겠네. 그대가 자코 왕국을 얽어매고 있는 쇠사슬을 끊어주게."

　자코 왕국 귀족의 집안에서 태어나 자란 리코는 국왕의 말에 감격했다. 리코는 당연히 도란 제국과 호른 제국이 초래한 침략의 역사를 배웠고, 그로 인해 고난과 핍박을 받아온 조국의 현실을 잘 알고 있었다. 그런데 국왕이 이런 역사의 짐을 몽땅 자신에게 맡겼다. 무거운 책임감과 기사로서의 명예로움이 한꺼번에 몰려드는 듯해 리코는 콧날이 시큰해졌다.

　그런 국왕이 지금 쓰러져 있자 황송함을 금할 길 없다. 아마 국왕은 라모의 무력을 당하지 못해 자신이 도망치자 큰 충격을 받은 모양이다. 국왕은 오랫동안 소원했던 결말이 다시 뒤틀리자 견디기 어려운 절망감을 맛보았을 것이다. 그래서 병약하고 노쇠한 몸이 이제 그만 포기하라고 종용하고 있는 것일 테지.

　"쯧쯧, 포우 국왕이시여, 이 사람은 페렛 에인슈라고 합니다. 바로 리코의 스승이지요. 몸이 안 좋으신 듯하니 이곳에서 잠시 쉬었다 가시죠. 뭐 하느냐, 리코. 너의 국왕을 침실로 옮겨라."

　포우 국왕의 힘없는 고개가 잠시 페렛에게로 돌려졌다. 그러나 눈은 의미없이 뜨여져 있다. 다만 소리에 반응했을 뿐 반기절 상태임을 보여준다. 리코가 급급히 포우 국왕을 안아 올려 동굴의 한 켠에 달린 문을 열었다. 아담한 침실이 드러난다. 리코가 국왕을 침대에 눕혔다.

포우 국왕은 이틀간이나 신열에 시달리며 앓았고 결국 자리에서 일어나지 못했다. 삼 일째 새벽에 그동안의 간병으로 피곤해 있던 리코가 잠시 잠이 들었다.

리코는 잠결에 누군가가 자신의 팔을 잡는 걸 느끼고 퍼뜩 잠에서 깨어났다. 포우 국왕이었다. 포우 국왕은 흑백이 분명한 눈으로 리코를 바라보고 있었다.

"폐하, 이제 정신이 드십니까?"

리코는 포우 국왕이 말짱한 정신으로 돌아온 듯해 반색했다. 포우 국왕이 누운 채로 리코를 바라보았다. 그런데 화상으로 인한 해골의 얼굴에 박힌 눈이 평상시보다 더욱 또렷하고 광채가 나는 듯하다.

"리코 후작, 이제 시간이 얼마 없는 듯하군. 자네에게 마지막 명령을 내리겠네. 기병 20만과 보병 20만을 동원하여 도란 제국과 호른 제국을 동시에 공격해 들어가게. 초전에 무조건 적을 박살 내게. 그룬디아 대륙이 한바탕 뒤집어질 정도로 맹렬하고 과감하게 쳐들어가게. 숨 쉴 틈 없이… 그리고 감히 반격을 생각하지 못하게. 그게 관건이야. 그 다음 도란 제국과 호른 제국이 공포로 벌벌 떨 때 휴전 협상을 벌이게. 그리고 최대한 이득을 챙긴 후 재빨리 평화 협상을 맺는 거야."

리코 후작은 뜻밖의 명령에 얼굴이 굳어졌다. 지금 한 나라를 상대로 해도 벅찰 지경인데 두 나라를 동시에 쳐들어가라니… 잘못해서 패하기라도 하는 날에는 양국의 공격을 어떻게 감당할 것인가? 리코는 이런 걱정부터 앞선다. 포우 국왕이 길게 한숨을 쉬었다.

"이 명령이 나로서도 무리수라는 걸 알고 있네. 하지만 어쩔 수 없는 승부일세. 단기전에서는 분명 우리 자코 왕국이 우위에 설 거야. 물론 전쟁이 장기전으로 흐르면 흐를수록 불리해지겠지. 그러니까 전쟁

끝낼 시기를 정확히 잡아야 하네. 그래야 우리 자코 왕국이 반석 위에 설 거야. 내가 죽은 후 우리 자코 왕국이 어정쩡하게 있으면 오히려 저들이 딴마음 먹을 공산이 크네. 아니, 분명히 반격을 하고 나올 거야. 그렇게 되면 상황이 더 어려워지네. 준비된 적보다 준비되지 않은 적을 치는 것이 그나마 나을 걸세. 이것이 양국을 공격해야 하는 이유야. 자네가 모든 일을 주관하게. 전쟁이 끝나고 무사히 평화 협정을 맺을 때까지 자네가 대권을 놓아서는 안 되네. 왕자들이 나서지 못하게 하게. 그리고 다음의 왕위는 나의 세 번째 조카인 아르센 벵거로 하여금 잇게 하게. 일이 꼬이지만 않았다면 샤넬 황녀를 그 아이의 짝으로 맞으려 한 것도 왕위를 염두에 둔 포석이네. 원래 일왕자인 아무르에게 보좌를 물려줄 생각이었으나 마음이 바뀌었네. 평화의 시기가 찾아오면 성품이 온화한 국왕이 나아. 아무르는 전쟁에 필요한 인재이지, 평화의 시기에는 오히려 해가 될 잔인한 성품을 지녔어. 왕재가 아닐세. 아무르를 어떻게든 이번 전쟁에서 소모시켜 버리게. 아니면 자네가 직접 목을 베어버리든가. 놔두면 반란이나 일으킬 존재야."

점점 목소리가 낮아지더니 빛을 내던 눈동자가 광채를 잃고 혼탁해졌다. 리코는 이것이 포우 국왕의 마지막 당부라는 걸 직감하고 반문 한번 하지 않고 묵묵히 듣고 있었다.

"휴… 우, 리코 후작, 너무… 피곤하군. 한숨 잘 테니… 깨우지… 말게."

포우 국왕이 눈을 감았다. 그리곤 5분이 채 지나지 않아 호흡이 멎었다. 그룬디아 대륙의 정복자 또는 약탈자라고도 지탄받았던 포우 국왕이 죽고 말았다. 죽는 순간까지도 자코 왕국의 안위를 걱정하던 포우 국왕은 자신의 50년 한을 그대로 가슴에 안고 이승을 떠났다.

리코는 포우 국왕이 죽자 슬픔에 정신을 차릴 수가 없었다. 아울러 도란 제국과 호른 제국을 동시에 쳐들어가야 한다는 의무감에도 가슴이 답답해지며 호흡 곤란 증세까지 일으킨다.

"컥… 커억!"

리코가 가슴을 두드리며 눈물을 흘렸다. 그때 누군가가 리코의 등을 세차게 두드렸다.

"리코, 이놈아! 정신 차려라. 나이는 50세를 넘은 놈이 기껏 이런 일에 정신을 놓다니……. 에잉, 나이를 헛먹었구나."

스승인 페렛이다. 리코는 페렛을 발견하자 그의 품으로 달려들어 엉엉 울기 시작했다. 그야말로 어린아이가 아버지 품에서 어리광을 부리듯 체면을 차리지 않는다. 덕분에 리코는 호흡 곤란 증세에서 벗어날 수 있었다. 페렛은 자신의 품에서 우는 리코를 안고 그의 등을 두드리며 상념에 잠겼다. 페렛은 자코 왕국과는 아무런 관련이 없었다. 그러나 이번만은 리코를 도와주어야겠다고 결심했다.

비록 자신이 흑마법사라고는 하지만 여지껏 어떤 악행도 저지른 적이 없었다. 소환술은 몬스터를 상대로 몇 번 사용해 보았고, 키메라 제조는 자신의 취미 생활이었다. 물론 키메라 제조에 인간을 사용하기도 했다. 하지만 산 사람을 쓴 적은 한 번도 없었다. 이미 죽은 시체를… 특히 막 죽은 인간의 머리를 떼어서 유용했을 뿐이다. 물론 그것도 다른 사람에게 죽은 경우에 한해서다. 이제 리코를 위해 자신의 역량을 발휘해 보리라 다짐하지만 한편으로는 잘하는 짓인지 모르겠다는 거리낌도 따라온다.

다정다감한 성품을 지녔던 페렛은 어릴 적 흑마법사에게 유괴되어 제자가 되었다. 그리고 스승이라는 자의 수 없는 악행을 옆에서 지켜보며 자신은 절대로 저런 악인이 되지 않을 것이라 다짐에 다짐을 하곤 했다. 스승이 죽자 페렛은 자유의 몸이 되었다. 그러나 그때는 이미 페렛의 전신에 지울 수 없는 흑마법사의 기운이 짙게 배어버렸다.

사람들은 그를 배척했고 어쩌다 마법사라도 만나면 다짜고짜 공격을 받았다. 할 수 없이 대적하다 몇 번 상해를 입혔다. 개중엔 꽤 실력 있는 마법사도 끼어 있었으나 페렛의 적수가 될 수는 없었다. 이것이 오히려 마법사들 사이에서 페렛의 명성을 날리는 계기가 되었고 급기야 필생의 적수를 부르고야 말았다.

헤스타 트로이얀.

마법사 길드의 길드장인 헤스타가 페렛을 찾아온 것이다. 물론 당시 헤스타는 아직 길드장이 아니었고 마법도 8써클의 유저였다. 하지만 페렛은 현란한 헤스타의 마법 공격을 피하기에 급급했고 결국 도망쳐 버리고 말았다. 당시만 하더라도 페렛은 자신이 졌다는 데 원통해하거나 비분강개하지 않았다. 승부란 질 수도, 이길 수도 있는 것이라 대수롭지 않게 생각했다.

그 후 리코를 만났다. 페렛은 리코가 너무 마음에 들어 거의 반강제적으로 자신의 제자로 삼아버렸다. 페렛은 당시 너무나 외로웠다. 그렇지 않았다면 20살의 젊은이를 납치하는 악행을 저지르지는 않았을 것이다. 그런 행위는 자신이 거부해 마지않던 스승과 똑같은 행위가 아닌가. 그것은 페렛의 최초의 악행이었으며, 지금까지도 리코에게 일말의 미안한 마음을 갖게 하는 과거였다. 어쨌든 결국 리코는 자신의 믿음직한 제자가 되었고 이제는 스승으로서의 신뢰도 되찾지 않았는가. 페렛은 이제 스승 된 자의 책임을 다해보겠다고 다짐하며 자신의 키메라 목록을 머리 속에서 점검해 보았다.

리코는 포우 국왕을 보살피면서 라모 하레스란 인물에 대해 설명했었다. 검강은 3미터에 이르고 리코와 대적하며 손가락 끝에서 무언가 이상한 것이 날아와 어깨를 관통했다고 들었다. 또 블랙암으로 추정되는 보이지 않는 물체가 한 겹의 실드를 뚫었다는 소리도 들었다.

페렛은 전해지는 말만 듣고도 라모의 능력이 측량키 어려울 만큼 고절하다는 걸 짐작할 수 있었다. 자신이 대적하더라도 목숨을 걸어야 하리라 짐작된다. 하지만 페렛은 리코를 위해 라모를 제거하기로 마음을 정했다. 제자를 위해서라면 기꺼이 죽을 수 있다는 기분이었다. 리코는 반나절이 지나서야 제정신을 차렸다.

"스승님, 저는 다시 자코 왕성으로 돌아가야 합니다. 매번 스승님께는 걱정만 안겨 드리는군요."

페렛이 리코를 지그시 바라본다. 제자를 향한 따뜻한 눈빛이 리코의 가슴을 훈훈하게 한다. 이제 죽이 되든 밥이 되든 포우 국왕의 유지를 받들어 이행해야 한다. 과연 내가 제대로 부여받은 사명을 완수할 수 있을까? 두려움이 엄습해 오는 리코다. 그런 리코의 기색을 알아챈 페렛이 다가와 리코의 어깨에 손을 얹었다.

"리코, 기억하느냐, 너와 내가 처음 만나던 날을? 그날의 교훈을 잊지 마라. 네 마음속의 두려움은 미래에 대한 불신에서 오는 것이다. 너 자신을 믿어라."

스승의 말에 리코는 자신이 막 20살이 되던 해, 지금의 스승이 된 페렛을 만나던 때가 떠오른다. 당시 리코는 마리니엘 가 집사의 딸인 엘레나와 첫사랑을 엮고 있었다. 그날의 사랑과 스승과의 만남 모두가 너무나 강렬한 인상을 남겨 좀체로 잊혀지지 않는다. 벌써 30년도 더 지난 사건이었다.

　당시만 하더라도 리코는 그리 성실한 기사는 되지 못했다. 틈만 나면 아버지의 눈을 피해 엘레나를 만나러 다녔다. 그날도 리코는 검술 연습을 하는 둥 마는 둥 끝마치고 저택의 뒤에 펼쳐진 초원으로 달려갔다. 작은 언덕을 돌아 헐레벌떡 뛰어가니 엘레나가 상기된 표정으로 서 있었다.

　“엘레나!”

　작지도 크지도 않은 리코의 목소리는 감정을 담아 떨렸다. 수줍은 미소와 함께 바람에 날리는 드레스 자락을 두 손으로 누른 엘레나의 모습은 초원 이곳 저곳에 피어 있는 들꽃과 진배없었다.

　“리코!”

　엘레나도 나지막이 리코를 부르며 응대했다. 마리니엘 가문의 오랜 집사 헨리 사이로의 딸 엘레나는 방년 18세였다. 벌써부터 리코는 처녀의 풋풋한 몸매와 풍겨오는 향기에 정신을 잃을 정도였다. 어릴 적부터 함께 자라 친오누이처럼 친한 두 사람이다.

　3살 위의 형은 아버지의 기대에 부응하기 위해 엄숙한 수련으로 일관하는 바람에 엘레나와는 별반 말을 나누지도 않았다. 하지만 천성적으로 낭만적이고 감정적인 리코는 부드러운 품성과 착한 마음씨를 가진 엘레나와는 여러 면에서 통하는 점이 많았다.

　“오래 기다렸지?”

　리코는 다가서자마자 엘레나의 허리에 팔을 감아서는 번쩍 들어 안았다. 부드러운 몸과 들꽃 향기가 순간 리코의 전신을 뒤덮는 듯해 아찔해진다. 엘레나 역시 리코의 목에 팔을 두르고 바싹 안겨 기분이 좋은지 ‘으응’ 하며 콧소리도 대답했다.

실상 두 사람은 남녀 간의 낯가림이라든지 상호 예의에 대해서는 그다지 생각해 보지 않았고 알려고도 하지 않았다. 당시 자코 왕국의 남자라면 누구든 검술 훈련에 매진하느라 처녀총각이 사사로이 만나는 일은 매우 드물었다.

결혼하지 않은 처녀를 이렇듯 끌어안는 것이 무례라는 것과 성혼하지 않은 남자의 품에 자신을 맡긴다는 것이 어떤 의미인지 두 사람은 미처 알 수가 없었던 것이다. 그러니 그 후 필연적으로 따라오게 될 애증의 소용돌이나 감정의 변화에 따라 야기될 좌절과 고통에 대해서는 더 더욱 알 수가 없었다.

리코는 갑자기 온몸의 열기가 한꺼번에 치솟아오르는 걸 느꼈다. 동생으로만 여겨온 엘레나였다. 그녀의 부풀어 오르는 가슴과 풍겨져 나오는 예사롭지 않은 향기를 보고 맡은 지 그리 오래지 않았다. 리코는 엘레나를 어찌해야 할지 몰랐다. 왜 이토록 엘레나가 한없이 매력적이고 소중해 보일까? 왜 엘레나를 보기만 하면 안고 싶고 그녀의 가슴에 얼굴을 묻고 싶어지는 걸까?

라모는 본능이 지시하는 대로 엘레나를 초원에 눕혔다. 그리고 얼굴을 그녀의 가슴에 묻어보았다. 그녀의 가슴이 세상에선 전연 접해보지 못했던 신비로운 감촉을 얼굴로 전했다. 리코는 다시 얼굴을 들고 엘레나를 바라보았다. 바람에 나부끼는 그녀의 황금색 머리카락이 초원 곳곳으로 너울거리며 퍼져 나가는 착각이 든다. 그녀는 눈을 반쯤 뜬 채로 어디를 보고 있는지 모를 시선을 하고 있다. 얼굴은 화로마냥 발갛게 달아 있고, 혀를 내밀어 입술을 축인다. 리코는 그만 참을 수가 없어 그녀의 입술에 자신의 입술을 포갰다. 엘레나의 몸 전체가 움찔 퉁겨 오르더니 잔떨림이 파도처럼 절로 일어나 사지백체로 흘러갔다.

리코는 의식마저 혼미해져 가는 듯해 간신히 입술을 떼고 엘레나를 불렀다.

"엘레나."

목소리는 침잠해 있고 갈라졌다. 이후 남녀 간의 의례적인 육체적 접근의 수순이 기다리고 있었으나 리코는 알지 못했다. 아니, 알았다 하더라도 어릴 적부터의 여동생인 엘레나를 한순간에 육체적인 반려로 승화시킬 배짱이 없었는지도 모른다. 다만, 가만가만 키스를 퍼부어댈 뿐이니 오래지 않아 열이 식고 김이 새기 시작했다. 이제는 그만두어야겠다고 생각하면서도 리코는 쉽사리 자신의 입술을 떼지 못했다. 처음 하는 키스였는지라 이제 곧 서로 얼굴을 마주 대하면 너무 겸연쩍을 것 같았다.

그렇게 갈등을 겪는데 누군가의 목소리가 들려왔다.

"애송이들 같으니라고……."

젊은 남자의 목소리였다. 이곳은 마리니엘 가의 영지였다. 그다지 넓다고 할 수는 없어도 여타의 인적이 끊어진 곳이었다. 그런데 난데없는 인기척이 들리자 두 사람은 화들짝 놀라 급급히 일어섰다.

리코가 막 일어서자마자 온몸을 무언가가 꽉 조이며 휘감겼다. 그리고는 리코의 몸이 알 수 없는 힘에 의해 허공으로 둥실 떠올랐다.

"리코!"

엘레나의 놀란 외침이 터져 나왔다. 엘레나가 보기에 리코는 그냥 허공 중으로 떠오르며 팔다리를 버둥대고 있었다. 그러더니 마치 줄에 매달린 인형이 기계의 작동으로 뒤로 물러나듯 빠른 속도로 후퇴하기 시작했다.

"기다려라. 너의 애인이 세상에서 제일 강한 인물이 되어서 너의 앞에 다시 나타날 것이다. 하하하, 재미있군. 이런 애송이 녀석들 같으니라구. 틀림없이 키스도 처음 해보는 주제에. 하하하하……!"

젊은 목소리가 대소를 터뜨리며 사라져 갈 무렵 리코의 모습도 엘레나의 시야에서 사라져 버렸다.

10분이 경과할 무렵 리코는 낯익은 장소에 서 있는 자신을 발견했다. 인근의 사람들이 절망의 언덕으로 부르는 곳이었다. 이 언덕 너머에는 바로 사멸의 절벽이 자리 잡고 있으며, 그 아래로 생사의 강이 흐르고 있다. 즉, 절망에 빠진 사람들이 종종 이곳에 서서 인생을 한탄하다가 빈번하게 자살을 하는 곳이었다. 리코도 호기심에 몇 번 다녀간 곳이었다.

"이곳은 내 취미에 딱 어울리는 곳이야. 황량한 경치가 위엄을 갖추었고 주변을 두른 죽음의 기운이 엄숙함을 자아내는 곳이지. 이런 곳에 이르면 절로 흥취가 돌아 시라도 읊고 싶어지지."

뒤에서 들려오는 젊은 목소리에 리코는 얼른 뒤돌아섰다. 역시 리코보다 대여섯 연상으로 보여지는 젊은 청년이 리코를 바라보며 빙긋 미소를 지었다. 리코보다 작은 키에 갈색 머리와 눈동자를 한 미청년이었다. 호감 가는 얼굴이었으나 리코가 그가 바로 자신을 이곳으로 납치해 온 인물이라는 걸 알았다. 리코는 자신을 꼼짝할 수도 없게끔 포박해 올 정도의 가공할 능력의 소유자라는 것도 불현듯 깨달아 두려워졌다. 그래서 감히 왜 자신을 데려왔는지 묻지도 못하고 그를 망연히 쳐다보았다.

"그래, 내가 사람을 제대로 보았군. 이 풍부한 얼굴 표정, 감정이 이토록 다채롭게 표현되다니… 정말 대단하군."

젊은 청년은 감탄했다는 듯 손을 뻗어 리코의 얼굴을 쓰다듬었다.

리코는 감히 반항하지 못했다.

"틀림없이 네 얼굴 뒤에는 세세한 신경을 조종하는 다양한 감정과 상상력이 숨어 있겠지? 그래서 때로는 불가능을 가능으로 바꾸고 위기를 기회로 변화시키겠지? 하늘을 당겨오고 땅을 엎어버릴 잠재력도 분명 그 속에 얌전히 잠들어 있을 거야. 그렇지 않나, 리코?"

약간 흥분한 청년을 보며 리코는 얼떨떨해졌다.

"제… 이름을 어떻게 알고 있죠?"

리코는 비로소 질문을 할 수 있었다. 젊은 청년의 흥분 어린 감상을 듣다 보니 점차로 두려운 기분도 가라앉았다.

"물론 네 이름을 알고 있지. 넌 나에게 선택받았기 때문이야."

젊은 청년은 쓸쓸해 보이기도 하고 또는 퇴색해 버린 건물마냥 푸석한 표정으로 빙그레 웃었다. 그 웃음이 또한 허무해 보인다. 리코는 그것이 청년의 본질임을 느낄 수 있었다.

"내 이름은 페렛 에인슈라고 한다. 흑마법의 대마스터지. 이 대륙에서 나를 능가하는 흑마법사는 없다. 정말 대단하다고 생각하지 않느냐?"

씩 웃으며 말하는 페렛의 자화자찬에 리코는 겁먹고 있었던 심정이 약간 풀어졌다. 더불어 경직됐던 근육도 어느 정도 활력을 되찾았다. 하지만 흑마법사라는 소리에 다시 찜찜해진다.

"그럼 마물을 소환하고 죽은 자를 되살리는 그런… 그런……."

리코는 '사악한 마법'라고 일갈하고 싶었으나 자신이 이미 그의 의지로 억압되어 있는 현실을 깨닫고 말끝을 흐릴 수밖에 없었다.

"…뿐만 아니라 어둠을 관장하며 사물의 약점을 강화해 미약한 것을 강대하게 만드는 대단히 흥미로운 법술이지. 또 궁극으로 갈수록 세상의 존재를 초월케 하는 거지."

리코는 페렛이라는 인물이 점차 흥미로워지기 시작했다. 잘생긴 얼굴이며, 비록 자화자찬이긴 하지만 부드러운 어조로 계속해서 응대하자 슬그머니 배포가 커지기 시작했다.

"그런데 날 왜 이곳으로 납치… 아니, 데려온 거죠?"

페렛은 온 얼굴로 환하게 웃었다. 진심으로 기뻐하는 기색이다.

"너는 이 그룬디아 대륙에서 나 페렛 에인슈로부터 유일하게 선택받은 인물이다. 어서 내게 스승에 대한 예를 올리고 제자로서의 서약을 읊어라."

리코는 어리둥절했다. 한편으론 어이없기도 했다.

'제자라니… 그것도 흑마법사의……. 가당치도 않은 소리군.'

"당신은 기껏해야 나보다 대여섯 살가량 더 먹어 보일 뿐인데 제자라니……. 우스운 일이라고 생각하지 않습니까, 페렛 형?"

페렛의 눈이 휘둥그레졌다. 불의의 일격을 당한 표정이다.

"혀… 엉?"

그는 잠시 리코를 가소롭다는 듯 쳐다보더니 껄껄 웃기 시작했다.

"아이야, 지금 내 나이가 120살을 넘었다. 너보다 무려 백 년을 더 살았지. 그런데 형이라니… 에끼, 이 녀석아."

리코는 믿을 수가 없어 페렛의 얼굴을 유심히 살펴보았다.

바람에 흩날리는 갈색의 머리카락이 부드럽게 어깨까지 늘어져 있다. 비록 허무한 감상을 담고 있을지언정 힘과 정열이 숨겨진 또렷한 눈동자, 균형 잡힌 몸매는 바로 그가 20대의 청년임을 웅변한다. 리코는 피식 웃었다.

"거짓말도 정도껏 해야지. 설마 흑마법으로 젊음을 되돌렸다고 강변하지는 않겠지요, 페렛 형?"

페렛이 쯧쯧 혀를 찼다.

"믿을 수 없는 건 네 사정이고 잠시 뒤에 그 증거를 보여주마. 그전에 너는 이제 잠시간 세상과 단절하는 의식을 치러두는 게 좋을 거다. 당분간 세상 구경 하긴 틀렸으니까."

약간 냉정해진 페렛의 표정을 보며 리코는 다시 공포감이 고개를 들기 시작한다.

"저, 저를 제자로 삼는다니 고맙긴 하지만 사양하겠습니다. 전 흑마법은커녕 백마법도 본 적이 없고 검술만을 익혀왔습니다. 제가 기왕 무언가를 익힌다면 그건 검술이지 마법이 아닌데요?"

리코는 자신이 이대로 사라진다면 엘레나뿐만 아니라 부모님도 걱정할 거라는 소박한 걱정이 들기 시작했다.

"아둔한 놈! 검기도 만들지 못하는 주제에. 마법도 마나의 운용이고 검술도 결국엔 마나의 효율적인 사용에 따라 위력이 달라지지. 마법을 배우다 보면 검술도 절로 강해질 것이다."

리코는 아연실색했다.

"그… 무슨… 마법과 검술은 서로 상충하는 걸로 알고 있는데……. 마법검사가 희귀한 이유도 그 때문이고……."

그러나 페렛은 오히려 호통을 친다.

"시끄럽다! 내가 그렇다면 그런 것이다!"

페렛의 일갈에 리코는 입을 다물었다. 하지만 곧 입이 근질거렸다.

"마법이나 검술이 같은 마나의 운용이라면 전 도저히 자격이 없을 텐데요. 전 검기도 생성시키지 못하거든요."

리코의 말에 그제야 페렛이 빙그레 웃었다.

"상관없다. 마나의 축적은 내가 방법을 만들어서 널 강하게 해줄 수 있다. 하지만 마법이나 검술도 마나가 전부는 아냐. 진정으로 강한 경지는 관념과 의식을 초월하는 것이다. 그 단계부터는 개인의 폭넓은 감성과 자유로운 상상력이 더욱 중요한 법이지. 슬픔이 없다면 기쁨이 없고, 부족하지 않으면 풍족함을 느낄 수 없다. 또한 죽음의 기로에 서지 않은 사람은 살아 있음의 소중함을 망각하기 쉽지. 리코, 넌 바로 이런 점에서 내게 선택된 것이다. 내가 흑마법 9클래스를 달성한 대마도사지만 항상 무언가 부족한 점을 느끼고 있다. 넌 모르겠지만 난 너를 제법 오랫동안 관찰해 왔다. 평범한 사람이라면 이 절망의 언덕에 오르길 꺼려하더구나. 더군다나 사멸의 절벽에라도 서면 이내 안색이 창백해진다. 비록 자신이 죽을 작정을 하지 않더라도 말이다. 그런데 리코, 넌 왜 이곳에 자주 오는 거지? 이곳의 무엇이 너의 관심을 끌었을까? 무언가 너를 이곳으로 끌어당기는 심상이 있겠지?"

페렛은 때마침 사멸의 절벽 허공으로부터 불어오는 바람을 의식해 그쪽으로 몸을 돌렸다. 갈색의 머리카락이 바람에 휘날리는 리코의 시선과 그의 허무한 몸짓이 묻어나는 꼿꼿한 상반신이 초월된 존재를 느끼게 한다.

"과연 난 왜 이곳에 자주 왔지?"

리코는 스스로에게 자문해 보았다. 리코는 사람들과 어울리는 것을 좋아했지만, 홀로 고독 속에 묻혀 있는 것도 즐겼다. 하지만 혼자 있고 싶다면 비록 이곳이 아니더라도 남모르는 장소는 많았다. 그런데 왜 자신은 이 절망의 언덕을 오르며 복잡해지는 심사가 정돈되고 심신이 정화되는 걸 느꼈을까? 페렛이 다시 돌아서며 리코를 바라보았다.

"그것은 네가 위대한 마법사의 자질을 갖고 있기 때문이다. 그것도 절망과 죽음 앞에서 초연해지는 흑마법의 자질이지.”

리코는 깜짝 놀라는 한편 황당해졌다.

‘이자가 내 마음을 읽는 건가? 내가 이곳에 자주 오는 건 어떻게 알았지? 하지만 흑마법이라니… 안 될 말이지. 절대 흑마법 따위는 배우지 않겠어.’

리코는 암암리에 이렇게 결심했지만 이내 그가 자신을 오랫동안 관찰해 왔다는 말을 기억해 냈다. 생전 처음 보는 자가 자신의 주변에서 얼쩡거렸다면 눈에 띄지 않을 리 없다. 리코는 이전에 결코 페렛을 본 기억이 없다.

“너의 반발심은 이해하지만 너는 거부할 수 없다. 너의 행로는 예정되어 있다. 이 궤도를 넌 결코 벗어날 수 없어. 그럴 리는 없겠지만 만약 네가 끝끝내 거부한다면 한 가문이 몰락하는 수도 있어. 변변치 않은 검술에 목을 매는 한심한 가문이지. 마리니엘 가라고 했던가?”

리코는 속으로 기겁을 했다. 말을 듣지 않는다면 가문을 멸해 버리겠다는 협박이다. 리코는 페렛의 진실한 능력을 알지 못했지만 자신을 꼼짝할 수 없도록 핍박해 온 것만 보더라도 허언은 아니리라 판단된다. 밧줄 하나 없이 허공에 사람을 매단 채 이곳까지 데려온다는 것은 소드 마스터라도 불가능하다. 리코는 안절부절 어찌할 바를 모른다.

“망설일 필요 없다. 나의 제안은 너에게도 결코 해가 되지 않을 것이다. 이것은 누구나 바라 마지않는 기회이다.”

페렛은 실상 리코의 마음을 읽은 것이 아니라 그의 표정을 읽었다. 과연 자신이 보았던 대로 자신의 말 한마디에 다채롭게 변하는 리코의 표정에 웃음을 금치 못했다. 리코의 얼굴이야말로 마음의 창이었다. 둔한 사람일지라도 리코의 표정을 보면 무슨 생각을 하는지 훤하게 알 수 있을 정도였다.

"하지만 그래도 난… 검술을 익혀서 그레듀에이트가 돼야 합니다. 마법 따윈… 관심없어요."

페렛은 약간 골치가 아파오기 시작했다. 참으로 드물게 그는 반은 인내심으로, 반은 제자를 받을 열망으로 웃는 얼굴과 부드러운 목소리를 보여주고 들려주었다. 그런데 이런 옹고집이라니……

페렛이 손바닥을 활짝 펼쳐 리코에게로 향했다. 그러자 리코는 이곳으로 오기 전의 상태, 와락 포박당하는 압박감을 느꼈다. 페렛이 손을 들자 리코의 신형이 둥실 하늘로 떠올랐다. 그리고 페렛이 절벽을 향해 손을 떨치자 리코는 쏜살같이 절벽 바깥으로 날아갔다. 허공 중에서 리코는 자신을 억압하던 힘이 풀렸음을 느꼈다. 곧 중력의 법칙에 따라 리코는 곧 사멸의 절벽에서 그간의 자살자들로 붉게 물든, 암석이 불쑥불쑥 솟아난 생사의 강 아래로 추락하기 시작했다.

"으아악……!"

리코는 저절로 비명이 터져 나와도 멈출 수가 없었다. 자신을 제자로 받겠다고 말한 시점이 방금인데 설마 자신을 이렇게 죽일 줄은 몰랐다. 그의 힘은 두려웠지만 모습은 자못 부드러운 바가 있어 뻗대본 것인데 그 대가가 죽음이라니……. 절벽 위로부터 생사의 강까지는 대략 2백 미터가량의 높이였는데, 중력의 힘으로 떨어지는 짧은 순간에 리코는 여러 인물들이 생각났다.

"엘레나!"

리코는 혼몽한 가운데 가장 보고 싶은 얼굴의 이름을 불렀다. 그리고 짧은 생이나마 그간의 생활이 파노라마처럼 흘러간다. 무가에서 태어나 처음 검을 잡았지만 요원하기만 했던 그레듀에이트의 경지였다.

실상 그다지 절실하지 않았던 관계로 검술 실력은 답보 상태였고 오히려 생이 주는 기쁨과 환희, 고통과 좌절에 일희일비했던 지난날들……. 이제 죽음을 맞게 되니 그 모든 것이 하나로 합쳐졌다가 리코의 몸 밖으로 쏜살같이 빠져나가는 듯한 공동(빈 공간)의 순간을 맞았다.

그러자 리코는 불현듯 죽음의 순간이 더없이 편안하고 안락해지기까지 함을 느꼈다. 무언가 성스러운 기운이 텅 빈 리코의 심상을 핥듯 스쳐 지나가는 듯도 하다. 그리고 곧 리코는 정신을 잃었다.

리코가 정신을 차렸을 때 그는 숲 속에 누워 있는 자신을 발견했다. 그리고 자신을 내려다보고 있는 페렛을 발견했다.

"어떠냐? 짜릿한 경험이지?"

페렛은 싱긋 웃으며 매우 만족한 표정을 지었다. 예상외로 리코는 담담했다. 희로애락의 감정조차 가져지지 않았다. 다만 자신이 되살아난 모양이 오히려 의외로웠다.

"어떻게 된 일이죠?"

리코는 울창한 숲에 가려 시야가 확보되지 않는 조밀한 수림 지역에 자신이 누워 있음을 알고 상체를 일으켜 세워 앉았다. 여기가 어딘지는 페렛이 말해 주지 않는 이상 절대로 모를 터이다.

"너는 말 그대로 생사의 강을 건넜다. 정말 멋지게 성공했군. 너의 담담한 표정을 보아하니 부지불식간에 깨달음을 얻었구나. 휴우, 아무리 내 도움이 있었다지만 내가 1백 살을 넘겨서야 천신만고 끝에 깨달은 심득을 이렇게 어린 녀석이 얻다니……. 아무튼 축하한다."

깨달음이라니… 리코는 속으로 의아해졌다.

"실상 너의 깨달음은 마음의 지평을 열고 육신을 초월하는 기괴로운 경지지. 인간을 벗어났으니 기이하고 전에는 오르지 못하던 차원을 드나들게 되었으니 괴이하지 않은가?"

리코는 페렛의 말이 전연 이해되지 않았다. 자신에게 무슨 깨달음이 생겼으며 또 무슨 심득을 얻었단 말인가? 그는 전혀 변하지 않았고 얻은 것도 없어 보였다. 페렛은 리코의 표정을 보고 알겠다는 듯 고개를 끄덕였다.

"너의 깨달음은 너무나도 순간적이었던지라 네가 미처 느끼지 못하는 것이다. 마음의 지평은 넓어졌으나 아직 가보지 못했고, 육신을 초월했으나 미처 그 세세한 활용을 알지 못하니 당장에는 아무런 쓸모가 없어 보일 수도 있다. 하지만 뭐든 기초가 튼튼해야 하는 법이고 넌 이제 기초 공사가 된 상태이다. 자, 이제 너라는 재료로 어떤 건물을 지을지는 이 스승인 페렛님께 맡기기만 하면 된다."

페렛이 통쾌한 듯 웃어 젖혔다.

그렇게 해서 리코는 페렛의 제자가 되었다. 그러나 리코는 페렛으로부터 마나 운용의 방법부터 시작해 마법을 배우기 시작했으나 제어되지 않는 애물단지였다. 오로지 어찌하면 마나를 검에 주입할 수 있을까만 연구하고 흑마법의 요체인 소환술 따위는 배울 생각도 하지 않았다. 리코는 전혀 흑마법사의 제자라고는 생각할 수가 없었다. 언데드 마법이나 암흑 마법에는 질색을 하니 페렛도 방법이 없었다. 그새 두 사람은 정이 깊숙이 들어 페렛은 기껏 응징한다는 것이 꿀밤을 먹이는 정도에 불과했다. 리코는 8년 만에 소드 마스터가 되었다. 역시 깨달음이 점차 위력을 발휘하며 희귀한 마검사가 된 것이다.

"에드거, 나와 대련을 해주겠어?"

이런 말을 들었을 때 에드거는 매우 기분이 좋았고 설레기까지 했다. 상대는 이제 15살에 불과한 소년이었다. 소년치고는 신체가 균형 잡혀 있고 또래에 비해 키가 컸다. 하지만 아직 소년임은 부인할 수 없다.

에드거는 내년이면 20살이 된다. 기사 아카데미를 졸업하면 이미 내정된 기사단으로 가 일 년간의 예비 기사를 거쳐 정식 기사로 임관될 것이다. 그동안 평민이라는 멸시를 참아내며 이를 악물고 검을 휘두르며 연습해 왔다. 곧 결실이 눈앞에 다가온다.

"좋습니다, 라도님. 봐주지 않을 테니 각오하십시오."

에드거가 날이 없는 연습용 검을 빼 들고 앞으로 나섰다. 이곳은 실내 대련장으로 우천 시를 대비한 연무장이다. 하지만 비가 온다고 하더라도 평민인 자신이 이곳에 들어와 연습을 한 적은 없다. 별반 그럴 마음도 들지 않았지만 귀족의 자제들로만 이루어진 생도들이 혜택을 누리고자 하는 자신들을 용납하지 않을 것이다.

하지만 지금은 다르다. 호른 제국의 어떤 귀족이라도 무시하지 못할 신분의 생도를 모시고 있기 때문에 거리낄 것이 없다. 대귀족의 자제라는 신분이어야 이런 평상시에도 이곳에서 검술 연습을 하곤 한다. 지금 실내 수련장에는 일학년생 생도 다섯 명과 졸업생 생도 세 명만이 모여 연습을 하고 있다. 일학년 생도 가운데 하레스 영지의 라도 하레스가 끼어 있다.

호른 제국의 지옥영주인 라모 하레스와 대륙제일의 검사로 인정된 야스퍼 핸슨이 다녀간 뒤로 에드거는 자신의 인생이 바뀌었다는 걸 실감했다. 그 뒤 하레스의 레드스톰 기사단의 천인장인 스턴이 방문해 자신들을 하레스 성으로 초빙했다. 자신과 기사 아카데미에서 오직 두 명뿐인 동료인 바론과 글레이브는 그곳에서 자신들의 꿈을 보았다. 장차 자신들이 이끌게 될 병사들의 신기 어린 훈련 광경을 보고 가슴이 벅차 눈물이 날 정도였다. 특히 초원에서 벌어지는 집단전의 훈련 모습은 기사의 눈에 장엄한 그림으로 깊숙이 각인됐다. 말로만 듣던 레드스톰 기사단의 위용이 병사 한 명 한 명으로부터 뿜어져 나와 전체 병력에 무적의 기운을 부여하고 있었다.

그들은 그곳에서 붉은 폭풍 문양이 가슴에 새겨진 경갑 옷 한 벌씩을 선물받았다. 그리고 자신들의 계약금으로 금화 50닢이 이미 정해져 있으니 언제라도 수호른의 저택에서 청구하라는 말을 듣고는 말을 잊어야 했다. 일단 예비 기사는 금화 두 닢의 월급이 지급되며, 정식 기사가 되면 금화 다섯 닢이 된다는 스턴의 설명을 들을 때는 이것이 혹시 꿈은 아닌가 의심될 정도였다. 에드거는 그때 불현듯 고생하는 부모님들의 얼굴이 떠올랐다. 평민일지언정 자식들의 교육을 위해 허리띠를 졸라매고 고생을 감수하던 부모님들이었다. 자신들에게 금화 오십 닢이면 괜찮은 저택 두 채를 구입할 수 있는 어마어마한 금액이었다. 그야말로 고생 끝 행복 시작이 아닌가.

이후 백인장과 대련의 시간을 가졌다. 백인장들의 검은 날렵했고 힘이 넘쳐흘렀다. 검술의 교과서적인 실력으로는 백인장들의 노련한 검을 막기에도 급급했다. 더군다나 힘이라면 자신이 있었던 에드거는 덩치가 작아 보이는 백인장들조차 절대로 중심을 잃지 않는 모습에 감탄했다. 아무리 힘으로 밀고 들어가도 가볍게 흘려버리거나 더 큰 힘으로 맞받아친다. 백인장들과의 대련에서 전패를 하자 에드거와 바론, 글레이브는 의기소침하지 않을 수 없었다.

"흠, 과연! 단장님께서 보시긴 잘 보셨군. 아주 기초가 튼튼해. 몇

년만 레드스톰 기사단에서 수련하면 꽤 쓸 만한 재목이 되겠어."

흡족한 얼굴로 자신들의 어깨를 두드리며 위로해 주는 스턴 천인장이 아니었더라면 자신들의 검술이 형편없는 것은 아닌가 의심할 뻔했다.

그렇게 행복한 하루를 보내고 돌아온 세 사람은 그 뒤부터 자신들이 레드스톰 기사단의 일원임을 잊지 않았다. 그래서 아직 학생의 신분이지만 하레스의 차남인 라도 하레스의 개인 기사로 자처하며 졸업 때까지 모시기로 결정했던 것이다. 그 뒤부터는 줄곧 수업만 끝나면 내내 라도 하레스를 쫓아다녔다. 라도 하레스 또한 전혀 대귀족답지 않게 겸손하고 배려가 깊었다.

"구태여 그럴 필요는 없는데… 자네들이 우리 하레스 레드스톰 기사단의 일원이 된 걸 환영하네. 날 호위하기보다는 차라리 검술을 더 탁마하는 것이 낫지 않을까?"

세 사람의 마음은 더욱 행복해졌다. 하레스 영지의 사람들은 하나같이 거만한 귀족티를 내는 사람들이 없었다. 귀족이라고는 믿을 수 없을 만큼 진술해 보인다. 하지만 암묵적으로 자신들은 벌써 레드스톰 기사단이라 생각한 세 사람은 짐짓 라도 하레스의 거절 의사를 무시하고 책임을 다하기로 결심했다. 난처한 얼굴을 해도 세 사람이 끝까지 따라다니자 라도도 할 수 없이 세 사람을 받아들일 수밖에 없었다.

그래서 그 뒤부터 이 실내 수련장에도 라도를 따라 수시로 드나들게 되었다. 그런데 라도가 졸업생 가운데서도 성적 우수자인 자신에게 도전을 해온다. 에드거는 라도가 최우수 성적으로 기사 아카데미에 입학했다는 점을 상기했다. 만만치 않은 실력이 뒷받침되고 있음을 짐작했다. 더군다나 두 명의 소드 마스터가 버티고 있는 하레스 출신이니 가윗말이 필요없다.

챙!

라도와 에드거의 검이 부딪쳐 불꽃을 피워 올린다. 에드거는 검을 한번 맞대보고 깜짝 놀랐다. 소년의 힘이 아니었다. 검이 부딪치는 충격에 손아귀까지 약간 저려올 정도다. 더군다나 들어왔다 나가는 동작이며 옆으로 움직이는 발놀림이 마치 하레스의 백인장들과 대적하는 기분이 든다. 다행히 라도는 검술의 운용에는 조금 뒤떨어져 보인다. 흘려 막고 뒤집고 허점을 찌르는 타이밍에서 조금씩 늦어 에드거는 간신히 라도와 균형을 맞출 수 있었다.

하지만 그렇더라도 신입생이 졸업생과 막상막하의 대련을 한다는 사실이 놀라울 뿐이었다. 라도의 동료들도 에드거가 비록 평민이긴 하지만 이 기사 아카데미의 학생들 가운데 누구보다 뛰어난 실력을 지녔음을 알고 있었다. 그런 에드거를 상대로 라도가 선전하자 절로 함성을 지르며 박수를 쳤다. 기술에서는 에드거가 앞서고 힘과 속도에서는 라도가 앞서니 한참을 대련했지만 승부가 나지 않았다. 찔러오는 검을 옆으로 흘리며 에드거가 검을 휘두르자 라도가 훌쩍 뒤로 물러난다.

"라도님, 정말 못 당하겠군요. 과연 하레스의 차남다우십니다."

에드거가 고개를 숙이자 라도가 싱긋 웃고 검을 거두었다. 그리고는 한 켠으로 가 가부좌를 틀고 운기조식을 했다. 라도는 이즈음에야 운기조식의 무궁한 효능을 실감하고 있었다. 지금 대련 끝에 땀이 나고 근육이 통증을 호소하고 있다. 그러나 운기조식을 한번 하고 나면 금방 피로가 풀리며 육체가 정상으로 돌아왔다. 더군다나 운기조식을 하면 할수록 자신의 몸 안에서 알 수 없는 힘이 불끈불끈 솟아오르는 걸 느낀다.

라도는 자신이 이런 식으로 발전해 나간다면 졸업할 무렵이면 소드 마스터도 가능하지 않을까 추측할 정도였다. 라도가 운기조식을 막 끝냈을 때 일단의 무리들이 실내 수련장으로 쏟아져 들어왔다.

"이놈들 보게. 감히 평민 따위가 실내 수련장에서 버젓이 수련을 해? 이것들이 이제는 눈에 보이는 게 없는 모양이군."

라도가 돌아보니 나겔 후작의 삼남인 리베이 브로이어였다. 아버지와는 달리 이마가 좁고 하관이 뾰족하며 입술도 얇다. 주는 것 없이 얄미운 얼굴이다. 리베이는 기사 아카데미의 3년 차 생도로 라도의 선배가 된다.

"리베이 선배, 이들은 날 따라온 거요. 그러니 탓하려면 날 탓하십시오."

리도가 얼굴을 찡그리며 앞으로 나섰다. 라도는 리베이가 생긴 대로 논다고 속으로 비웃었다. 아카데미에서 가장 귀족 연연하며 평민을 제일 깔보는 자가 바로 리베이였다. 그는 검술 실력도 별로였다. 아카데미에 입학한 것도 아버지의 후광 덕이라는 은밀한 소문도 돈다.

리베이는 리베이대로 라도가 밉상이다. 예전 소드 마스터라는 라모 하레스와 야스퍼 핸슨이 기사 아카데미에 왔을 때 밸이 꼬이는 기분을 느꼈다. 평민 기사라니… 그때 야유를 주도했던 사람은 다름 아닌 자신이었다. 그리고 항의까지 했건만 깨끗이 무시당하고 호통까지 받아야 했다. 그 이후 리베이는 하레스 가에 어떻게든 분풀이를 하고 싶었다. 라도 하레스를 손봐주고 싶었지만 명분이 없었다. 라도 하레스 또한 대귀족이니 함부로 건드릴 수 없다.

기회를 노리던 차에 핑곗거리를 잡아 오늘 라도의 수족같이 노는 세 명의 평민들에게 우선 뜨거운 맛을 보여주기로 결심했다.

리베이가 자신을 추종해 따라온 생도들 십여 명을 돌아보았다. 대부분 졸업을 앞둔 5년 차였고 졸업 후 휠츠리 영지의 기사가 될 인물들이다.

“자네들도 들었지? 여기 라도 하레스가 평민을 감싸고 도는군. 감히 선배가 하는 일에 반론을 제기하는군. 라도 하레스, 형을 믿고 선배에게 대들어도 되는 건가? 저쪽에 가서 팔 굽혀 펴기 100회 실시해라.”

라도는 거역할 수가 없었다. 기사 아카데미는 선후배 간의 서열을 매우 중시한다. 선배를 거역하면 기강이 무너진다. 그래서 이런 일에는 교수라도 함부로 참견하지 못한다.

라도는 피가 얼굴로 몰리는 걸 느꼈지만 자신이 선후배의 서열을 무너뜨릴 순 없다. 라모는 한쪽 켠으로 가서 곧 팔 굽혀 펴기를 시작했다.

“너희는 엎드려뻗쳐.”

아무리 선배라도 평민인 이상 귀족에게 권리를 주장할 수는 없다. 에드거를 비롯한 세 명의 평민 생도들은 라도가 순순히 리베이의 말을 따르자 자신들도 거역할 명분이 없다. 세 명이 엎드리자 리베이가 뒤의 생도 한 명에게서 검을 빼앗아서는 검집만을 손에 들고 검은 다시 되돌려준다. 리베이는 세 명의 학생들에게 다가와 대뜸 검집으로 평민 생도의 엉덩이를 있는 힘껏 내려쳤다.

“크윽!”

세 명의 학생이 신음을 지르며 철퍼덕 땅에 누워버린다. 엉덩이를 통해 전해진 충격이 뼈를 으스러뜨리는 듯한 충격을 준다. 쇠로 된 검집에 맞았으니 혈육으로 이루어진 인체가 견딜 수가 없다.

“어쭈, 겨우 한 대에 엄살을 피워? 빨리 못 일어나!”

리베이가 이번에는 검집으로 평민 생도들의 머리를 한 대씩 후려쳤다.

"크악!"

금방 머리가 터지며 피가 솟구친다. 팔 굽혀 펴기를 하던 라도는 눈알이 돌아가는 걸 느꼈다. 이런 경우 자신의 형 라모라면 어떻게 행동했을까? 자신의 형이지만 감탄하리만큼 사리판단이 빨라 벌써 결단을 내렸을 것이다. 자신이 옳다고 믿는 바에는 목숨을 걸어도 좋다. 형이라면 분명 그렇게 행동했을 것이다. 라도가 벌떡 일어났다.

"그만 해요."

라도가 소리치며 성큼성큼 다가왔다. 라도의 갑작스런 반항에 리베이가 흠칫했다.

"라도 하레스, 뭐 하는 짓이냐? 선배에게 반항하겠다는 거냐? 선배에게 대들면 기사 아카데미에 계속 다닐 수 있을 것 같으냐? 경고하는데 빨리 제자리로 돌아가서 팔 굽혀 펴기 100번을 채워라."

라도는 결국 피가 머리끝으로 몰려 허공으로 치솟아오르는 듯한 분노를 느꼈다.

"리베이, 네가 선배라면 차라리 이까짓 기사 아카데미를 그만두겠다. 이제부터 누구도 에드거와 바론, 글레이브를 건드리지 못한다. 이들을 건드리는 놈은 바로 우리 하레스를 무시하는 자로 간주하겠다."

리베이의 얼굴도 시뻘겋게 달아올랐다.

"이놈이 이제는 눈에 보이는 게 없구나. 그깟 하레스의 이름으로 우리 브로이어 가문을 위협하는 거냐? 좋아, 맛을 보여주지. 모두 저놈을 잡아!"

리베이의 뒤에 서 있던 5년 차 생도들이 서로의 얼굴을 보며 주춤거린다. 상대가 좋지 않았다. 상대는 두 명의 소드 마스터를 보유한 하레스 가의 차남이다. 일이 잘못되면 자신들이 아무리 귀족이라도 단숨에 날아가는 수가 있다. 명령에도 불구하고 생도들이 주춤거리자 리베이의 얼굴이 더욱 달아올랐다.

"뭐 하는 거냐? 내 말이 안 들려? 우리 휠츠리 기사단에서 일하고 싶은 생각들이 없는 거냐?"

자리까지 거론하자 생도들은 도저히 리베이의 명을 거역할 수 없었다. 마침내 일제히 검을 빼 들며 달려들었다. 아무리 연습용 검이라도 제대로 맞으면 뼈가 부러지고 심한 타박상을 입는다. 머리 같은 중요 부위에 타격을 받으면 생명이 위험해질 수도 있다.

라도는 열 명이 한꺼번에 덤벼들자 정말 자신의 목숨을 걸어야 한다는 걸 느꼈다. 평민 생도 세 명은 엉덩이에 큰 충격을 받은 데다 머리가 터져 정신이 없는 듯 보인다. 그리고 이제 1년 차에 불과한 자신의 동료들은 별반 도움이 되지 못할 것이다. 자신이 감당해야 할 적이었다.

"이야야아압!"

라도가 큰 기합을 지르며 달려오는 열 명의 생도들에게 마주 달려가며 연습용 검을 크게 휘둘렀다. 필생의 힘을 이 한 수에 몽땅 실었다.

챙그렁.

검 두 자루가 날아가 바닥을 뒹군다. 겨우 두 명의 진격을 막았을 뿐이다. 아무리 자신이 힘이 강하더라도 이제 1년 차고 상대는 모두 5년 차들이었다. 일 대 일로 대결해도 백중세를 보일 터인데 열 명을 한꺼번에 상대하니 자연 힘에 겨울 수밖에 없다. 라도는 최대한 크고 빠르게 검을 휘두르며 상대를 견제했지만 한 손이 두 손을 당할 수는 없다.

두어 명에게 타격을 입히는 순간 검 하나가 날아와 어깨를 훑고 지나
간다.

"크윽!"

어깨뼈가 시릴 정도의 충격이 온다. 그러나 라도는 포기하지 않고
검을 왼손으로 바꿔 쥐고 계속해서 휘둘렀다. 라도에 의해 5년 차 생도
몇 명이 부상을 입자 그들도 조금씩 흥분하기 시작했다. 손속에 사정
을 두지 않고 제대로 휘두르기 시작했다. 라도는 곧 허리에 묵중한 충
격이 전해지며 몸이 마비되었다. 그리고 연이어 등에 충격을 받았고
누군가가 검을 세워 라도의 허벅지를 찔렀다. 또 한 명은 라도의 이마
를 후려쳤다. 그것으로 라도는 세상이 빙글빙글 돌며 땅으로 쓰러졌
다. 리베이는 라도의 머리가 터지고 허벅지에서는 피가 치솟자 급급히
만류했다.

"그만! 그만 해, 멍청이들아! 누가 죽이라고 했냐? 이 자식이 잘못되
면 너희가 책임을 져라."

덜컥 겁이 난 리베이는 그 말만을 남기고 황급히 도망치듯 실내 수
련장을 벗어나 버린다. 남은 5년 차 생도들은 그제야 자신들이 무슨 짓
을 했는지 상기하고는 얼굴이 창백해졌다. 대귀족을 이런 꼴로 만들어
놨으니 만일 죽기라도 한다면 자신들도 살아남지 못할 것이다.

"라도님!"

에드거와 바론, 글레이브가 기다시피해서 급급히 라도에게 다가갔
다. 이미 라도의 얼굴과 허벅지는 피로 물들어 있다. 세 명의 생도 또
한 머리에서 여전히 피를 흘리고 있다. 라도의 동료 생도들이 급급히
이 사실을 교수들에게 알리기 위해 달려갔다. 잠시 후 아카데미가 발
칵 뒤집어졌다.

이런 혈사는 기사 아카데미에서 좀체로 찾아볼 수 없었고 그 대상이라도 하레스라는 점이 기사 아카데미를 경동시켰다. 일부 학생들은 가해자가 나겔 브로이어의 삼남 리베이라는 걸 알고는 오히려 흥미진진해한다. 하레스에서는 어떻게 나올까? 가차없는 응징을 할까?

호른 제국의 둘째, 셋째를 다투는 두 가문이었다. 표면상으로는 브로이어 가문의 위세가 더 드높았지만 하레스는 최근 두 명의 소드 마스터를 배출했다. 자못 귀추가 주목되지 않을 수 없다.

그 시각 라모와 야스퍼는 수호른 황성에 입궁해 있었다.

라모는 자코 왕국에서 병사들의 제지를 여러 번 받았지만 별 어려움 없이 빠져나올 수 있었다. 이후 도란 제국에서 마법사 길드를 찾아 하레스 성의 블레이드와 통신을 통해 페넬을 호출했다. 그리고 우선 샤넬 황녀를 다시 도란 제국의 황궁으로 돌려보내고 라모와 야스퍼는 수호른의 저택으로 되돌아와 휴식을 취했다.

"형님, 제가 만약 전장에서 단독으로 리코를 만난다면 어찌하는 것이 좋습니까? 내가 리코를 당할 수 있을까요?"

휴게실에서 휴식을 취하던 라모는 야스퍼의 질문에 잠시 침묵했다. 야스퍼와 리코의 능력을 비교해 보았다.

"야스퍼, 내가 이런 말 한다고 해서 서운해하지 마라. 그래서는 안 되지만 만약 전장에서 불가피하게 리코를 만난다면 황급히 피해라. 솔직히 넌 그의 적수가 아니다."

라모의 말에 야스퍼가 펄쩍 뛰었다.

"무슨 소리요? 물론 그가 마법검사이니 불리하기야 하겠지만 지지는 않을 거요. 형님, 이 아우를 너무 무시하지 마시오. 그리고 피하라니……. 도망가란 말이오? 죽으면 죽었지 그렇게는 못하겠소.”

야스퍼는 흥분해 핏대를 있는 대로 세웠다. 라모의 도움으로 이젠 진기의 흐름이 막힘없이 도도하게 흐른다. 라모 외에는 천하에 적수가 없다고 생각하던 야스퍼였으니 자존심에 상처를 받았다. 하지만 라모는 냉정했다.

“야스퍼, 나도 지금 후회하고 있는 중이다. 그간 시간도 많았는데 왜 네게 신법을 가르치지 않았을까? 하긴 리코 같은 자가 있으리라고는 상상하지 못했으니 필요를 느끼지 못했었다고 하는 게 정확한 지적이겠군. 네가 아무리 뛰어난 검술을 가졌더라도 그걸 뒷받침할 기동력이 없으면 대적 불가다. 네가 아무리 검을 휘둘러 봤자 상대를 격중시키지 못한다면 무슨 소용이 있단 말이냐. 또 네 수비가 아무리 견고하다 하더라도 끊임없이 쏟아지는 상대의 공격을 선 채로 맞아서는 언젠가 검을 허용할 거다. 나나 리코를 상대해서 너의 움직임은 굼벵이나 다를 바 없다. 나조차도 리코가 도망만 치고자 한다면 잡을 도리가 없다. 그와 나의 실력차는 아주 미세하다. 늦었지만 지금부터라도 신법을 배우는 게 급선무 같구나.”

사실 라모도 리코라는 인물을 만나보고 난 후 심혼이 흔들렸다. 실제로 마법검사를 봤기 때문이다. 신화나 전설에만 나오는 줄 알았던 마법검사였다. 서로 상충하는 두 가지 능력을 합일시키는 기적은 일어날 수 없다고 단정 지었었다. 그러나 리코는 이를 멋지게 극복하여 라모의 나태함에 경종을 울린 것이다. 이 세계에서 마법은 가장 큰 특징 중의 하나였다. 그런데 그런 마법을 라모는 너무나 쉽게 그리고 너무 빨리 포기하고 도외시한 것이다. 라모는 그것이 지금에 와서는 매우 아쉬웠던 것이다.

야스퍼는 승복하지 못하겠다는 표정이었지만 라모는 억지를 끌고 나가 신법을 전수하기 시작했다. 라모가 가르치는 신법은 환영보였다. 실상과 허상을 구분하지 못할 정도의 현란한 움직임이 장점이었다. 이렇게 라모는 가르치고 야스퍼는 배우는 동안 황궁으로부터 연락이 왔다.

"라모 백작과 야스퍼 백작의 활약으로 자코 왕국의 기세가 꺾였으니 그들의 준동이 어느 정도 늦추어졌다고 판단됩니다. 하지만 자코 왕국 국왕의 오랜 원한으로 보아 조만간 그들의 침공이 확실시되는 바 조속한 대비책이 필요합니다."

라모와 야스퍼는 현재 스칼리저 황제가 주관하는 회의에 참석해 있었다. 원탁에는 황제를 중심으로 좌우에 글렌 공작과 나겔 후작이 앉고 파울 영주를 비롯한 주요 영주들 몇몇을 비롯해 라모 야스퍼가 자리해 있다. 야스퍼를 따라 자코 왕국에 다녀온 외무 관료가 황제의 뒤에 서서 그동안의 경과를 보고했다.

"포우 국왕이란 자가 당시 도란 제국에 잡혀갔던 인질이란 말이지……. 허, 그랬었구먼. 그러니까 먼저 도란 제국을 손봐준 다음 우리를 침략하겠다니……. 정말 대담한 자로군."

스칼리저 황제가 특유의 느릿하고 짜증나는 어조로 서두를 연다. 도란 제국과 자코 왕국의 분쟁 속에서 어부지리를 노리던 스칼리저 황제였다. 그래서 두 나라만 주시하며 특별한 행동을 자제해 왔다. 하지만 상황은 전혀 예측하지 못한 방향으로 발전하고 있다. 이렇게 된다면 호른 제국도 필연적으로 분쟁에 개입하지 않을 수 없다.

"자, 보고를 잘 들었으리라 믿소. 좋은 대책이 있으면 말들을 해보시오.”

황제의 말에 글렌 공작이 즉시 입을 열었다.

“이는 재론의 여지가 없는 국가 비상 상황입니다. 황제 폐하, 즉시 전국에 병력 동원령을 내리는 것이 급선무라고 생각합니다. 병력을 자코 왕국과의 접경 지대에 포진시켜 그들의 침공에 대비하는 한편 도란 제국과 연계해 필요하다면 자코 왕국을 공략해 가야 한다고 사료됩니다.”

황제가 고개를 끄덕였다. 나겔의 얼굴이 찌푸려졌다.

“너무 과민반응 아닙니까? 자코 왕국의 병사들이 아무리 강력하다 한들 어찌 도란 제국과 우리 호른 제국이라는 두 강대국을 동시에 상대할 수 있겠습니까? 그들이 망하려고 작정하지 않은 이상 어림도 없는 소리지요. 전국의 병력을 동원한다면 이동의 혼란과 경제적인 손실이 막대합니다. 확실치도 않은 사안에 대해 너무 호들갑을 떨 필요는 없다고 생각합니다. 일단은 글로스타 영지의 병력만으로 대비하고 있다가 그들의 움직임이 느껴지면 그때 병력을 동원해도 늦지 않을 것이라 생각합니다. 그들의 병력수로는 도저히 두 나라를 한꺼번에 노린다는 건 무리지요.”

글렌 공작이 화가 나 소리쳤다.

“나겔 후작은 벌써 잊은 거요? 그들은 겨우 10만의 기병만으로 20만의 도란 제국 병력을 대파했소. 그런 안일한 자세로 대비하지 않고 있다 허를 찔리면 그대가 책임을 지겠소?”

나겔 후작이 지지 않고 맞받았다.

“라모 백작과 야스퍼 백작이 그들에게 쓴맛을 보여주었다고 하니 당분간 준동하지 못하고 자중하리라는 것이 제 생각입니다. 이런 태평성

대에 괜스레 국민들을 혼란에 빠뜨리는 것도 재삼 생각해 봐야 한다는 거지요. 정 글렌 공작 전하께서 불안하시다면 이차, 삼차의 방어진을 짜놓아 대비하면 된다고 봅니다. 즉, 전 병력이 글로스타 영지로 몰려갈 것이 아니라 후방 100킬로미터 지점에 주변의 병력을 모아 일대를 만들고, 다시 또 100킬로미터 후방에 이진을 만드는 식으로 대비한다면 무리가 없을 것으로 보입니다. 그러면 비용 면에서나 국민들의 혼란을 방지하는 두 가지, 세 가지 효과를 노릴 수도 있습니다."

과연 잔꾀에 밝은 나겔이었다. 황제가 금방 나겔의 대비책에 귀가 솔깃한 표정이다. 그러나 글렌 공작은 울화통이 터지는 듯 노해 부르짖었다.

"그럼 그사이 우리 글로스타의 병사들과 영주민들이 다 죽어갈 텐데…… 나겔 후작의 의도가 도대체 뭐요? 이진, 삼진이 무슨 필요가 있다는 말이요. 우리 글로스타 영지가 뚫리면 그들이라고 무사할 것 같소?"

나겔은 자신의 속셈이 들키자 뜨끔했지만 애써 무시했다. 자신도 심정적으로는 병력 동원의 필요성을 느끼고 있었다. 하지만 자코 왕국이 쳐들어오든 가만있든 자신은 소득이 있다. 그들이 도란 제국만을 노린다면 선견지명을 지닌 명재상이 되는 것이요, 쳐들어온다면 먼저 자신의 정적인 글렌 공작의 세가 크게 꺾일 것이니 이득인 장사인 셈이다. 다만 일이 잘못되어 자신의 발언에 대한 책임을 묻는 경우만 피하면 된다.

"글렌 공작님, 그렇게 노하실 필요는 없습니다. 저는 그저 의견만을 내놓았을 뿐이니 황제 폐하께서 지혜로운 결정을 내리지 않으시겠습니까?"

슬쩍 한발을 뺐다. 그러나 이미 황제는 전국에 병력 동원령을 내리는 일이 마땅치 않았다. 기껏 자코 왕국 따위로 호들갑을 떨 필요가 있을까 하는 자존망대의 생각이 떠오른다. 오랫동안 황궁 안에서만 박혀 있으니 국제 정세보다는 권위 의식이 앞서는 황제다.

"라모 백작과 야스퍼 백작은 어떻게 생각하시오? 의견이 있으면 말해 보시오."

황제가 짐짓 두 사람의 의견을 묻는다. 참석한 영주들의 눈이 일제히 라모와 야스퍼에게 쏠린다. 두 사람의 위상이 달라졌음을 영주들은 피부로 느낀다.

우선 황제가 두 사람에게 정중한 존대를 하고 있다. 확실히 외교 관료가 보고한 자코 왕국의 혈사는 호른 제국민으로서는 속이 후련한 쾌거였다. 적진에 들어가 오히려 그들의 왕을 위협하고 유유히 되돌아올 수 있는 인물이 누가 있단 말인가?

"궁하면 변하고, 변하면 통한다고 했습니다. 우리가 비록 쟈코 왕국의 기세를 꺾은 것은 틀림없지만 자코 왕국이 순순히 주저앉지는 않을 겁니다. 그들은 이 시점에 무슨 생각을 할까요? 자코 왕국의 속셈이 드러난 이상 그들은 궁지에 몰린 격입니다. 사람은 궁지에 몰리면 어떻게든 변화를 모색합니다. 그리고 노력하는 만큼의 성과가 나타나지요. 제 생각에는 자코 왕국의 침공이 예상보다 훨씬 앞당겨질 것으로 보입니다. 당연히 시급한 대비책이 필요하다는 글렌 공작 전하의 의견이 백 번 지당합니다."

라모가 글렌 공작의 의견을 지지하고 나섰다. 하지만 가만히 있을 나겔이 아니다. 얼른 황제에게 고개를 돌리고 진언한다.

"황제 폐하, 라모 백작도 저렇게 말하고 하니 지원군을 보내도록 하시는 것이 어떨지요. 하레스의 1만 병력을 글로스타 영지에 보내 대비하게 한다면 만사형통일 것입니다. 두 명의 소드 마스터가 합세한다면 폐하께서도 마음을 놓으실 테고 호른 제국의 혼란도 방지할 수 있으리라 봅니다.”

과연 빛나는 잔머리였다. 또 정적을 향한 뛰어난 판단력을 보이는 나겔 후작이었다. 두 명의 맞수를 한 구덩이에 밀어 넣어 처리하겠다는 건가? 라모는 새삼 나겔의 두꺼운 입술과 둔해 보이는 얼굴 어디에서 저런 잔꾀가 나오는지 머리를 갈라보고 싶은 충동에 사로잡혔다. 황제의 흡족한 얼굴을 보고 전국의 병사 동원령은 이미 물 건너갔음을 느낄 수 있다. 글렌 공작은 그나마 하레스의 1만 병력과 두 명의 소드 마스터라는 지원군을 얻었다는 데 위안을 받아야 했다. 이들이라면 어떤 적이라도 쉽사리 지지는 않을 것이다.

몇 번의 갑론을박이 이어졌지만 황제는 결국 나겔 후작의 손을 들어주었다.

“그럼 이렇게 결정하겠소. 우선 하레스의 1만 병력을 글로스타 영지로 진주시켜 국경수비를 강화하고 이진, 삼진을 만들어 대비책을 세우는 것으로 하겠소. 이것을 나 황제의 이름으로 정하니 이후에는 다른 소리들 마시고 모두 자신들이 맡은 소임에 충실해 주길 바라오.”

그 시간 하레스의 레드스톰 기사단에서는 의외의 일이 벌어지고 있었다.

“라도님이 크게 다치셨다고?”

레드스톰 기사단의 주둔지에서 휴식을 취하고 있던 렌토 천인장은 마법사의 보고를 받고 분기탱천했다.

"예, 그렇습니다. 보고로는 나겔 후작의 삼남 리베이가 사주해 졸업을 앞둔 5년 차 생도들이 집단으로 덤벼들었다고 합니다."

마법사의 보고를 듣던 렌토는 참을 수 없는 분노와 함께 혈기가 치솟았다. 요즘 렌토는 느낌에 자신의 수준이 소드 마스터에 이른 것으로 측정하고 있었다. 그래서 라모와 야스퍼가 어서 빨리 돌아와 자신의 능력을 인정해 줄 날을 손꼽아 기다리고 있었다.

그러나 라모와 야스퍼는 요사이 매우 분주하다. 영지에는 거의 붙어 있지 않는다. 레드스톰 기사단도 수호른의 저택 경비대장을 다른 천인장과 교대한 스턴이 대신 관리하고 있는 실정이었다. 오늘도 스턴은 병사들의 훈련 상황을 감독하기 위해 자리를 비우고 대신 렌토가 수도 저택으로부터의 전언을 보고받은 것이다.

"즉시 수호른으로 가겠다. 준비하도록."

렌토는 마법사를 닦달해서 즉시 수호른의 저택으로 공간 이동했다. 수호른의 저택에는 스턴과 교대한 천인장 앰버가 렌토를 맞았다.

"렌토님, 수호른에는 웬일이십니까?"

렌토는 다른 천인장들보다 나이도 많고 레드스톰 기사단에서 근무한 연수도 제일 길다. 그래서 모두 선배 대접을 해주고 있었다. 렌토가 한심한 눈으로 앰버를 쳐다보았다.

"자네는 하레스의 가신으로 이렇게 손을 놓고 구경만 할 셈인가? 감히 브로이어 가에서 우리 하레스에 도전을 해온 셈인데 마땅히 상대를 해줘야지. 라도님은 어떠신가? 많이 다치셨나?"

앰버가 수상한 눈으로 렌토를 주시했다. 아무래도 렌토의 거동이 심상치 않아 보인다.

"다행히 아카데미에는 만약을 대비한 성직자가 있어 목숨에는 지장이 없을 정도로 치료가 되었답니다. 불행 중 다행이지요. 이제 소영주님과 단장님이 오시면 강력하게 항의하시겠지요. 이건 대귀족과 대귀족의 알력입니다. 렌토님, 섣부르게 나서지 마세요. 잘못하면 우리 천인장 전부가 단장님께 치도곤을 당하는 수가 있습니다.”

앰버는 붉은 혈안의 렌토가 눈에 살기를 띠고 있는 모양을 보고 그가 무슨 생각을 하는지 대충 알 만했다. 하지만 그래선 안 된다. 기분 내키는 대로 행동하다가는 어떤 불상사가 생길런지 알 수 없는 일이다.

“겁나면 자네는 옆에서 구경이나 하게. 내가 하는 행동은 내가 책임을 지면 되는 거지. 나겔 브로이어, 오늘 이 렌토님이 하레스의 위용을 보여주마. 크하하하하!”

렌토는 뜨거운 피가 심장을 가득 채웠다가 사지를 향해 맹렬히 내닫는 듯한 충동을 맛보았다. 바로 광한마공의 효능이다. 시전자가 분노를 느끼면 느낄수록 그 힘이 배가된다. 그래서 먼 훗날의 일을 생각하지 못하고 눈앞의 현실에 집착하게 된다. 사마외도의 한 단면을 렌토가 지금 유감없이 보여주고 있다. 렌토는 말을 한 필 끌고 오라고 이른 다음 단기로 브로이어 가의 수도 저택이 위치한 서쪽 방향을 향해 달려갔다.

“모두 집합! 보병은 계속 경계를 하고 기병은 모두 출동이다!”

뒤에 남겨진 앰버는 처음엔 망설였지만 곧 마음을 결정했다. 렌토를 혼자 가게 둘 수는 없다. 누가 뭐라 해도 그는 하레스 레드스톰 기사단의 천인장이다. 그럴 리는 없겠지만 그가 다치거나 혹여 목숨이라도 잃는 사태가 벌어지면 앰버도 책임을 면키 어렵다. 야스퍼 단장이 부임한 후 제일 강조한 내용이 동료 간의 전우애였다. 전장에서 목숨을 지키는 유일한 길은 동료 간의 보살핌이다. 창과 칼에는 눈이 없다. 퉁겨져 나오는 검이 자신의 등 뒤를 습격하는 곳이 전장이다. 이곳에서 날아오는 검을 대신 막아줄 사람이 바로 전우인 것이다. 그렇지 않아도 레드스톰 기사단의 천인장들은 남달리 우애가 좋았다. 일단 나이들이 고만고만했고, 젊은 나이에 일제히 천인장의 지위에 올랐다는 점에서 유달리 일치감을 느끼는 천인장들이었다.

물론 렌토는 다른 천인장들과 나이 차가 크고 뭔가 이질적인 느낌이 강해 쉽사리 친해지지 않는 유일한 천인장이었다. 하지만 렌토가 레드스톰 기사단의 천인장이라는 사실은 변할 수 없는 진실이다. 자신이 손을 놓고 보고만 있었다는 사실을 알면 레드스톰 기사단 전체의 비난이 자기 한 몸에 쏟아질 것이다. 이번 일로 초래될 여파는 차후의 문제였다. 급한 것은 렌토의 신상에 이상이 없어야 한다는 점이었다.

앰버는 200여 명의 보병을 저택 경비병으로 남겨두고 100여 명의 기병을 인솔해 급급히 렌토의 뒤를 쫓아 달렸다. 렌토는 40여 분가량 말을 달려 브로이어 가의 수도 저택에 도착했다.

"이곳이 나겔 브로이어 후작의 저택이냐?"

브로이어 가의 저택은 서쪽 외곽의 넓은 초지에 위치해 있다. 저택은 정문으로부터 아스라이 보이는 곳의 수풀에 살짝 가려 일부만 보인다. 렌토는 이곳에서 저택까지 가려면 또 5분가량은 달려야 하리라고 가늠했다. 저택이 아니라 또 하나의 영지를 마련한 듯 매우 드넓다. 지금 정문 앞에는 병사 10여 명이 경비를 서고 있다.

"누구시오. 방문을 약속하셨던가요?"

경비조장으로 보이는 기사 한 명이 나서며 렌토에게 묻는다. 혈안을 번뜩이는 상대의 기세에서 불안감을 느낀다. 렌토가 말에 탄 채로 허리에서 검을 빼 들었다.

"물론 방문을 약속받았지. 우리 하레스의 라도님에게 감히 상처를 입힌 것이 바로 너희들의 초대장이다. 그리고 이 검이 너희들의 초대에 대한 응답이다. 냉큼 문을 열어라."

경비 병사들은 렌토가 검을 빼 들자 일제히 창과 검을 겨누며 긴장한다.

"하레스에서 이곳은 무슨 일로……. 그리고 상처를 입다니……. 누가 누구에게 말이오. 알아듣게 상세히 말하시오."

상대편도 기사였다. 아무리 살기를 띤 렌토라 하더라도 순순히 들여보낼 수는 없다.

"호오, 제법 대가 센 놈이로구나. 좋아, 알려주지. 너희 브로이어 가의 삼남인 리베이가 다른 사람을 시켜 우리 하레스의 차남인 라도님을 상해한 사건을 말하는 것이다."

기사가 인상을 찌푸렸다. 사실 리베이는 얼마 전 저택으로 돌아와 있었다. 그러나 평상시와 거의 다를 바가 없었다. 하레스와 관련된 일을 말한 적도 없고 들은 바도 없다. 이건 자신의 선에서 처결할 일이 아님을 알았다.

"기다려 보시오. 안에 기별을 하고 알아보겠소."

기사가 병사 한 명에게 눈짓을 했다. 병사가 돌아서는데 렌토가 버럭 호통을 쳤다.

"필요없다! 난 오늘 리베이의 죄를 물어 그를 잡아가려 온 것이다. 어서 문이나 열어라!"

하지만 기사는 완강했다. 오늘의 정문을 책임진 기사로서 적대적인 감정을 지닌 자를… 적이 될지는 모르는 인물을 들여 보낼 수는 없었다.

“그럴 수 없소. 안의 허락이 있기 전까진 절대 들어 보낼 수 없소.”

렌토가 그 말을 기다렸다는 듯 입술을 일그러뜨리며 웃었다. 바라던 바였다. 그리고는 대뜸 검을 휘둘러 옆에 선 병사 한 명의 목을 날려 버렸다. 감히 반항을 생각할 수 없을 정도의 너무도 날렵한 솜씨다.

“너희가 길을 비키지 않으면 모두 죽이고 내가 직접 열겠다.”

렌토의 말과 함께 잘려진 목이 한 켠으로 날아간 병사의 몸이 ‘털썩’ 쓰러졌다.

“살인이다!”

“저놈을 잡아!”

깜짝 놀란 경비 병사들이 창을 치켜세운 채 우르르 달려들었다. 렌토는 말에 탄 채로 박차를 가하며 병사들 속으로 파고들었다. 그리곤 붉은 검강을 발해 휘둘렀다. 경비병들의 창이 수숫대 날아가듯 잘려져 나갔다.

“검강이다!”

“소드 마스터다!”

경비병들의 경악한 목소리가 울려 퍼졌다. 이어 병사 두 명이 목에 핏줄기를 뿜어내며 뒤로 쓰러진다. 렌토를 막았던 기사는 잠시 얼이 빠진 채 서 있다가 경비병이 쓰러지자 퍼뜩 정신이 들어 소리쳤다.

“뒤로 물러나라!”

거의 반 장에 이른 검강을 발하는 렌토였다. 병사들의 말마따나 소드 마스터임이 확실했다. 소드 마스터에게 병사 10여 명이 달려들어 봐야 개죽음만 당할 뿐이다. 살아남은 병사들이 핼쑥하게 질린 안색들로 급급히 뒤로 물러났다.

“진퇴를 아는 놈이구나. 좋아, 막지 않는다면 목숨은 살려주지.”

렌토가 기사를 향해 흉소를 지어 보인 후 말고삐를 잡아당겼다. 말이 앞발을 들고 일어섰다가 내려서며 정문의 허술한 문을 내질렀다.

꽝!

정문이 무너질 듯 진동을 하며 양쪽으로 활짝 열렸다. 렌토는 말을 몰아 그대로 저택을 향해 달려갔다. 뒤에 남은 기사는 기가 막혔다. 하레스에 두 명의 소드 마스터가 있다는 소문은 들었다. 그런데 저자는 또 뭔가? 하레스에 또 한 명의 소드 마스터가 숨어 있었단 말인가? 어찌 한 영지에 소드 마스터가 세 명이나 존재한단 말인가? 이는 전에도 없었고 후에도 없을 대단한 사건이다. 그리고 그 소드 마스터가 브로이어 가를 습격해 왔다. 기사는 급히 정문 옆으로 다가가 고리 하나를 잡아당겼다.

삐이이이이이이익!

호각 소리보다도 훨씬 큰, 귀신의 호곡성 같은 굉음이 브로이어 가를 덮었다. 그리고 이어 무언가 번쩍 하늘로 날아 올라가더니 '펑' 하고 터지며 검은 구름을 뭉게뭉게 쏟아냈다. 비상 사태를 알리는 신호다. 이것으로 기사는 일부분의 책임을 다한 것이다. 그러나 과연 누가 소드 마스터를 막을 것인가? 가슴이 불안감으로 묵지근해진다.

렌토는 달리는 외중에 호곡성이 브로이어 가에 울려 퍼지는 걸 들었다. 그리고 잠시 후 일단의 기병과 보병이 저택 앞의 초원으로 집결하는 모양을 보았다. 보병은 방패와 크로스 보우를 들고 기병은 검을 빼든 채 다가오는 렌토를 노려본다. 그 수가 대략 500명 선으로 보인다. 렌토가 혈안을 번뜩이며 다가가자 병사들이 일제히 크로스 보우를 겨눈다. 제법 훈련이 잘된 병사들이다. 그중 플레이트 메일을 걸치고 투구까지 쓴 기사 한 명이 앞으로 나섰다.

"나는 이 저택의 경비대장 마이어슨이다. 오는 자는 누군가? 왜 함부로 브로이어 가를 공격하는 것이냐?"

렌토는 이미 한차례의 접전으로 흥성이 크게 동한 상태였다. 한바탕 실랑이를 벌인 내용으로 또 한 차례 앵무새처럼 되뇌고 싶은 생각은 없었다. 렌토는 아무 말 없이 재차 말의 박차를 가해 앞으로 달려들었다. 렌토의 무모함에 마이어슨은 안색을 굳혔다. 그리곤 곧 한 손을 번쩍 치켜들었다. 크로스 보우를 든 병사들의 절반이 앉고 절반은 서서 손을 가슴 위로 올렸다.

"쏴라!"

이미 근접한 렌토를 향해 100여 발의 쿼렐이 날아갔다. 렌토가 검을 빼 들고는 미친 듯이 휘두르기 시작했다. 마침 좋은 시험대였다. 이 쿼렐을 다 막을 수 있다면 명실상부한 소드 마스터다. 렌토는 검강을 발하지 않고 빠른 눈과 손으로만 막아내고자 했다. 그러나 곧 한 대의 쿼렐이 어깨의 살을 찢으며 스쳐 지나가자 인상을 찌푸렸다. 피류의 상처야 별것 아니지만 한 대를 놓친 것이 영 마음에 들지 않았다.

히히히힝!

더군다나 목과 가슴에 쿼렐 10여 발을 맞은 말이 앞발을 꿇더니 쓰러져 버린다. 말 등에서 훌쩍 뛰어내린 렌토는 곧바로 브로이어 가의 경비병들에게 달려갔다.

"막아라!"

마이어슨이 외쳤지만 렌토의 속도가 상상 이상이었다. 경비병들이 방패를 치켜들며 창을 내질렀다. 놀라운 근력으로 방패를 훌쩍 뛰어넘은 렌토가 병사들 사이로 파고들었다.

"으아아악!"

"크악!"

경비 병사들의 비명이 들리며 렌토가 길길이 날뛰기 시작했다. 선불 맞은 멧돼지마냥 좌충우돌하며 거침없이 내닫는다. 그러나 상대는 잘 훈련된 병사들이었다. 처음에는 당황하는 기색이 역력했으나 마이어슨의 호통에 따라 조직적으로 움직이기 시작했다.

방패를 든 병사들이 렌토를 견제하는 사이 퀘렐이 연속해서 날아들었다. 렌토는 빠른 근력을 이용해 오히려 경비병 사이를 뚫고 다니며 사격점을 흐리고 검강을 발해 방패와 함께 병사들을 잘라 버렸다. 그러나 그것도 한두 명이어야지 20여 명을 그런 식으로 검강을 써 쓰러뜨리자 진기가 조금씩 달리는 걸 느꼈다. 이마에도 땀이 흐르기 시작했고 속도가 느려졌다. 마이어슨도 그걸 느끼고 병사들을 독려했다.

"적이 지쳤다! 한 놈에 불과하니 겁내지 말고 달려들어라! 저놈을 죽인 자에게 큰 포상이 내릴 것이다!"

마이어슨의 외침에 병사들이 '와' 함성을 질러 호응하며 더 거세게 렌토를 핍박했다. 렌토는 울화통이 터졌다.

"이 쥐새끼 같은 놈! 감히 뭐라고 씨부리는 거냐?"

렌토가 마이어슨을 향해 달렸다. 그러나 방패병이 앞을 막아섰고, 퀘렐이 연속해서 날아오는 바람에 전진을 멈춰야 했다. 렌토는 화가 머리 끝까지 나 광한마공을 극한까지 끌어올렸다. 그러자 얼굴이 붉게 타오르며 눈에서도 불을 뿜어내듯 혈안이 짙어진다. 다시 검강으로 5, 6명의 방패병을 잘라 버렸다. 사람과 방패가 함께 검강에 휩싸이며 선혈이 주변의 초원에 넓게 흩뿌려지자 경비병들도 기가 질려 버리고 말았다.

"마지막 안간힘이다! 계속 몰아붙여라!"

마이어슨이 렌토의 상태를 정확히 알아보고 병사들을 독려했다. 과

연 렌토는 한차례 힘을 쓰고 난 이후 눈에 띄게 힘과 속도가 줄어들었
다. 검강은 이미 거두었고 다만 검술만으로 상대한다. 호흡이 거칠어
지고 붉은 얼굴이 하얗게 질려간다. 마이어슨은 벌써 100여 명의 병사
들을 살상한 적을 반드시 죽여 버리리라 다짐했다. 검강을 발하는 것
으로 보아 소드 마스터가 분명했다. 살려두면 반드시 후환이 될 자였
다. 마이어슨이 이렇게 렌토를 바라보며 살심을 굳히고 있을 때였다.
 "와아아아아아!"
 갑자기 정문 방향에서 일단의 함성이 터지며 '두두두' 말이 달려오
는 소리가 들렸다. 마이어슨은 눈을 부릅떴다. 거의 1백 명의 기병이
검을 휘두르며 달려오고 있었다. 마이어슨이 급히 병사들에게 돌아섰
다. 그러나 안타깝게도 병사들은 렌토를 상대하느라 진형이 크게 흐트
러진 상태였다. 다시 전열을 가다듬을 시간이 없었다.
 "일대만 저놈을 상대하고 나머지는 전면의 적을 방어해라!"
 마이어슨이 목청껏 외쳤지만 오히려 병사들의 혼란을 조장했을 뿐
이었다. 병사들이 급히 서두르느라 진형이 더욱 흐트러졌다. 그런 병
사들 사이로 하레스의 기병이 짓쳐들어왔다.
 "막아라!"
 "으악!"
 병사들의 외침과 비명이 터져 나오며 순식간에 하레스의 기병이 브
로이어 가의 경비병들을 휩쓸었다. 벌써 한 번의 실전을 겪은 하레스
의 병사들이었다. 훈련을 실전에 어떻게 사용하는지 훌륭하게 경험한
후였다. 방패는 말을 이용해 그대로 짓밟아 버렸고 방패 사이에 숨은
경비병들의 목을 교묘한 솜씨로 날리며 순식간에 지나가 버린다. 브로
이어 가의 경비병 사이를 완전히 관통한 하레스 병들이 재차 말머리를

돌려 다시 덮쳐 왔다. 이렇게 서너 번을 왔다 갔다 하자 일부는 도망쳐 버리고 대부분 목을 잃거나 몸에서 피를 흘리며 쓰러져 버린다. 렌토에게 당한 병사들을 제외한 거의 400명에 이르는 인원이 단 1백 명의 하레스 기병들에게 처참하게 유린된 것이다.

"렌토님, 괜찮으십니까?"

앰버가 칼을 지팡이처럼 짚고 서서 헐떡이고 있는 렌토에게 급히 다가갔다. 몸에 혈흔이 잔뜩 묻어 있었지만 다행히 큰 상처는 보이지 않는다. 렌토가 씩 웃었다.

"엠버 천인장, 이깟 놈들을 무찌르는 데 무슨 병력을 1백 명씩이나 끌고 왔나?"

말은 그렇게 하면서도 고마운 눈길을 던진다. 다른 천인장들에게 처음으로 신세를 졌다는 생각이 든 것이다. 렌토는 곧 주저앉아 광한마공의 운공법에 따라 운기조식을 하기 시작했다. 엠버가 병사들을 시켜 렌토를 지키도록 했다. 운기조식 중에 외부에서 충격을 받으면 생명이 위태롭다고 누누이 라모에게 들어왔던 것이다. 엠버는 눈앞에 보이는 브로이어 가의 저택을 바라보았다. 전투가 어떻게 진행되는지 나와 있던 시종들이 엠버와 눈을 마주치자 화들짝 놀란 표정으로 급급히 저택 안으로 달려간다.

"저택을 포위해라."

경비병들이 일소됐으니 이제 하레스의 병사들을 막을 사람은 없었다. 하레스의 기병들이 각각 이대로 나뉘어 크게 우회하며 저택을 포위했다. 엠버는 이번 사태가 일파만파의 파장을 불러오리라는 걸 짐작했다. 감히 호른 제국 후작가를 습격해 병사들을 도륙하다니……. 하지만 이미 내디딘 발걸음이었다. 렌토의 급한 성미로 초래된 사태이지만 이렇게 된 이상 일단 리베이를 잡아가야 했다.

"저택으로 들어가 브로이어 가의 삼남 리베이를 잡아와라. 가급적 살상은 하지 마라. 끝까지 반항하는 자는 본보기로 목을 베도 좋다. 그러나 하녀와 시종들은 건들지 마라."

엠버의 명령에 하레스의 병사들 20여 명이 말에서 내려 일제히 저택 안으로 들어갔다.

"꺄아아아악!"

시녀들의 비명이 저택 안에서 터져 나온다. 잠시 후 반항을 하다 얻어 터졌는지 얼굴이 울긋불긋 채색된 리베이가 병사 두 명에게 양쪽 팔을 잡힌 채 끌려 나왔다.

"이것 놔라, 이놈들아! 내가 누군 줄 알고……. 호른 제국 후작가의 아들이다. 죽고 싶으냐!"

여전히 기가 살아 호통을 내지르는 리베이다. 엠버가 리베이에게 다가가 주먹을 들어 얼굴을 후려쳤다.

"크윽!"

코뼈가 내려앉으며 리베이가 즉시 기절해 버렸다. 엠버가 되돌아보니 렌토가 운기조식을 마치고 막 일어나는 모습이 보였다. 엠버가 손을 들어 올렸다.

"철수!"

엠버의 명에 따라 기병 한 명이 리베이를 자신의 안장 위에 걸쳐 놓은 후 브로이어의 저택을 빠져나가기 시작했다. 하레스의 병사들이 물러가는 모습을 브로이어 가의 시종들이 망연한 눈빛으로 전송한다.

"이 녀석들 얼굴이 왜 이래?"

라모와 야스퍼는 늦게서야 황궁에서 나왔다. 글렌 공작이 라모와 야스퍼를 잡았기 때문이다. 세 사람은 머리를 맞대고 자코 왕국의 공격에 대비한 논의를 하느라 꽤 오랜 시간을 잡아먹었다. 글렌 공작은 아무래도 심상치 않으니 하레스의 병력이 하루라도 빨리 글로스타 영지로 향해 출발하기를 희망했다. 라모도 글렌 공작의 의견에 동조하고 즉시 하레스 병력을 출동시키기로 합의를 보았다. 그래서 라모와 야스퍼가 저택에 돌아왔을 때는 늦은 오후가 되고 말았다.

라모는 하레스에 있어야 할 렌토 천인장이 저택에 와 있음을 알고 의아했다. 그래서 이유를 물으니 렌토와 앰버 둘 다 미적거린다. 이윽고 지금까지의 경과를 들은 라모는 한편으로는 화가 났고 또 한편으로는 어이가 없었다. 동생인 라도가 나겔의 삼남인 리베이에게 당해 큰 부상을 입었다는 데는 참을 수 없는 분노가 일었다. 그러나 렌토가 대담하게 브로이어 가로 쳐들어가 리베이를 잡아온 사실에 대해선 혀를 차지 않을 수 없었다. 그야말로 아이들 싸움이 어른 싸움으로 확산된 것이다.

그새 렌토와 앰버는 주도면밀하게 조사까지 해 라도에게 린치를 가한 학생들을 전부 잡아들여 창고에 가둬두었다. 그래서 라모와 야스퍼가 저택 뒤편에 마련된 창고로 가보니 리베이를 비롯한 10명의 생도들이 잡혀와 있었고 병사들 몇 명이 지켜서 있다. 생도들의 얼굴이 퉁퉁 부어 올라 형상을 제대로 짐작하기 어려웠다.

"이놈들이 반항을 하기에 몇 대 쥐어박았습니다."

렌토의 말처럼 몇 대 쥐어박은 수준이 아니었다. 특히 렌토가 리베이라고 지적한 생도는 아직도 코를 부여잡고 끙끙거리고 있다. 라모는 나겔에게 언젠가 뜨거운 맛을 보여주겠다고 벼르고 있던 중이었다. 그러나 이런 식으로 단초가 마련될 줄은 몰랐다. 더군다나 아직 생도들이 아닌가. 심하게 다루고 싶은 생각이 들지 않는다.

"렌토 천인장, 근무지 이탈에다 함부로 사람을 잡아오다니……. 뒷일을 어떻게 감당하려고 멋대로 나대는 것이냐?"

야스퍼가 짐짓 렌토를 꾸짖었다. 그러나 렌토는 도리어 의기양양한 표정으로 항변해 온다.

"단장님, 이는 우리 하레스에 대한 도전입니다. 그럼 단장님은 그냥 보고만 계시려고 했습니까?"

야스퍼는 '쩝' 입맛을 다셨다. 하긴 그냥 있을 수는 없다. 더군다나 상대가 나겔이라면 더 더욱 참을 수 없다. 렌토는 하레스에 충성을 맹세한 선봉장으로서 할 일을 한 것이다.

"이놈들 목을 베어버려야 합니다."

렌토는 오히려 살기를 흘리며 학생들을 노려본다. 손을 등 뒤로 묶여 꿇어앉은 10명의 학생들이 고개를 들고 아우성치기 시작했다.

"살려주세요."

"잘못했습니다."

"우린 시키는 대로 했을 뿐입니다."

리베이는 자신이 한 일이 있으니 빌지도 못하고 가늘게 몸만 떤다. 렌토가 다가서며 학생들에게 발길질을 해댔다. 비명성이 창고 안을 울린다.

"렌토 천인장, 그만두게. 그리고 즉각 이 생도들을 방면하게."

라모가 렌토를 막으며 지시했다. 렌토가 이해할 수 없다는 얼굴을 한다. 라모는 이들이 아직 기사라고 부를 수 없는 생도들임을 크게 참작했다. 라도가 다치기는 했지만 죽지는 않았다니 사건은 이쯤에서 무마할 생각이었다.

"고맙습니다, 라모 백작님!"

생도들이 살았다는 표정으로 머리를 조아리며 감사를 표시했다. 라모가 몸을 돌려 창고를 나가려는데 경비 병사 한 명이 황망한 표정으로 들어선다.

"큰일 났습니다! 나겔 브로이어 후작이 병사들과 마법사를 동원해 저택을 포위했습니다. 병력이 거의 2천 명에 육박해 보입니다."

병사의 보고에 라모가 입가에 미소를 짓는다. 그 모습을 보고 야스퍼는 머리를 저었다.

'나겔 후작, 벌집을 건드리는 것이 낫지… 아주 죽으려고 용을 쓰는군.'

야스퍼가 속으로 이런 생각을 하든지 말든지 라모는 렌토와 앰버를 대동하고 급히 저택의 정문 쪽으로 달려갔다. 저택 앞에는 이미 하레스 병력 100명이 크로스 보우로 상대를 겨누며 경계하는 모습이 보인다. 조금도 동요하지 않는 하레스 병사들의 모습에서 상대도 꺼림칙한 모양이다. 그 앞쪽에 거의 1천 명의 병력과 50여 명의 마법사들이 보였지만 함부로 준동하지 못한다. 그 중앙에 지금 나겔 후작이 서서 두꺼비 같은 얼굴로 저택을 노려보고 있다.

"라모 백작, 그대도 이번 일이 아이들의 사소한 시비에서 시작됐다는 걸 들었을 것이오. 그런데 그걸 기회로 브로이어 가를 침범해 병사들을 살해하고 내 아들을 잡아가다니……. 원래는 라모 백작 그대가 책임을 져야겠지만 우리 쪽의 잘못도 있고 하니 이번 참사의 원흉인 병사들만 내놓으면 불문에 붙이겠소. 물론 그대들의 잘난 두 명의 천인장도 반드시 내가 데려가겠소. 그리고 내 아들인 리베이를 즉각 방면하시오."

나겔이 두터운 입술로 특유의 달변을 쏟아놓는다.

나겔은 퇴궐한 이후 저택의 참상을 직접 목격하고 분노에 앞서 가슴이 서늘해지는 걸 느꼈다. 브로이어 가의 저택을 지키는 병사들은 휠츠리 영지에서도 고르고 고른 정예병들이었다. 그런데 겨우 1백 명의 하레스 병사들에게 얼마 버티지 못하고 전멸당했다는 시종들의 보고를 받고는 공포감이 들지 않을 수 없었다. 더군다나 그중 소드 마스터가 끼어 있었다는 보고에는 손발까지 얼어오는 듯한 추위를 느낀다. 라모와 야스퍼는 여지껏 자신과 같이 회의를 하고 있었다. 즉, 하레스에는 제삼의 소드 마스터가 있다는 말이 아닌가. 어찌 한 영지에서 소드 마스터가 연달아 나온단 말인가. 나겔은 번민에 휩싸이지 않을 수 없었다.

결국 자신을 따르는 유력 영주 세 명의 도움을 받아 병사들을 모으고 용병을 고용해 달려왔지만 이길 수 있다는 보장은 어디에도 없다. 나겔도 귀가 있으니 전장에서 소드 마스터가 얼마나 대단한 무력을 선보이는지 들었다. 더군다나 무력은 자신의 방식도 아니다. 나겔은 모략과 계교로 상대를 무너뜨리는 방식을 즐겼다. 무력은 머리 나쁜 자들의 무모한 도발쯤으로 치부하며 최후의 방법으로 생각해 왔었다.

아들인 리베이가 잡혀갔다는 소리에 달려오기는 했지만 그로서도 세 명의 소드 마스터를 상대할 자신이 없었다. 절로 얼굴이 경직되는 걸 막을 수 없다. 나겔은 일단 말로서 라모를 설득할 수 있기를 바랬다. 후작이라는 권위를 생각한다면 정말 대단한 인내력을 발휘한 셈이다. 그러나 라모는 나겔은 쳐다보지도 않고 뒤의 영주들을 바라본다.

"세 분의 영주 분들도 오셨군요. 세 분도 나겔 후작님과 같은 의견이십니까? 진정 우리 하레스에 적대하겠다는 생각으로 이렇게 달려오신 겁니까?"

나겔의 뒤에 서 있던 세 명의 영주들이 라모와 나겔의 눈치를 보며 안절부절못한다. 이거 괜스레 고래 싸움에 끼어들었다가 새우 등 터지는 건 아닌가 걱정이 들었기 때문이다. 라모가 그런 영주들의 모습을 보고 빙긋 웃고는 하레스 경비대의 백인장을 바라보았다.

"나머지 1천 명의 병력은 어디 있는 건가?"

2천 명이라는 보고와는 달리 앞에는 1천 명가량의 병사만 보였다.

"그들은 좌우로 포진돼 저택을 포위했습니다. 그쪽으로도 우리 쪽 병력 200명이 경계하고 있습니다. 그런데 복장으로 봐서 전부 용병들인 듯싶었습니다."

백인장이 즉각 상황을 보고한다. 나겔은 자신의 말에 라모가 대답조차 않자 두터운 얼굴이 조금 일그러진다. 렌토와 앰버가 브로이어 가의 저택에 상주하던 병력을 모두 제거했다니 지금의 병사들은 바로 나겔의 뒤에 서 있는 영주들이 모아온 병력일 터이다. 그래도 병력이 부족함을 느끼자 급급히 수도의 용병을 돈으로 사서 쳐들어온 것일 테지. 라모는 대번 상황을 알 만했다.

그때 한 인물이 나겔에게로 달려왔다. 덩치가 우람하고 검은 가죽옷을 입은 40대가량의 인물이다. 뺨에는 길게 검 자국이 나 있다. 행색으로 보아 용병으로 보인다.

"후작님, 여기가 어딥니까? 용병 중의 한 명이 말하기를 이곳이 하레스의 수도 저택이라고 하던데……. 맞습니까?"

무뚝뚝한 용병이 따지듯 물어오자 나겔은 짜증이 치민다.

"그게 무슨 상관인가? 자네들은 어차피 일만 하고 돈만 챙기면 되는 것 아닌가."

용병이 칼자국이 난 뺨을 실룩였다.

"무슨 상관이냐고요? 물론 상관이 있지요. 우리는 용병이기 이전에 호른 제국 국민의 한 사람이오. 우리 호른 제국의 영웅들을 우리가 어찌 욕보일 수 있겠소. 아니, 그 이전에 두 명의 소드 마스터 앞에서 개죽음을 당하란 말이오? 이번 계약은 취소되었습니다. 후작님, 그건 후작님이 상대를 정확히 알리지 않은 잘못이 있으므로 위약금도 청구할 수 없음을 알려 드립니다."

용병의 말에 나겔 후작이 대경실색했다.

"네놈이 죽고 싶은 것이냐? 감히 계약을 파기해? 네놈이 호른 제국의 후작을 능멸하고도 살아남기를 바라느냐?"

나겔의 위협에 용병의 눈썹이 칼끝처럼 일어난다.

"나겔 후작님, 우리는 용병이오. 검을 밑천으로 하루하루를 살아가는 인생들이지요. 그런 위협일랑은 저잣거리의 평민들에게나 하십시오. 만약 우리를 상대하시겠다면 저희들도 기꺼이 웅대해 드리지요."

용병이 도리어 나겔을 위협한다. 용병길드에 등록된 숫자가 물경 몇만이던가? 나겔도 그들과 척을 져서는 곤란하다는 걸 알았다. 그러니 저절로 얼굴만 붉히며 입을 다물고 만다. 용병이 이번엔 라모를 향해 돌아섰다. 그리고 라모와 야스퍼를 주의 깊게 살펴본다.

"라모 백작님, 그리고 야스퍼 백작님이시죠? 처음 뵙겠습니다. 용병대장인 아버클입니다. 노스롭 영지에서의 전투는 호른 제국민이라면 모르는 사람이 없습니다. 두 분을 뵙게 되어 정말 영광입니다. 원하신다면 저희와 지금 즉시 계약하실 수 있습니다. 아니면 저희는 곧 물러가겠습니다."

말인즉 공짜는 안 되고 돈만 주면 대신 나겔을 막아주겠다는 소리다. 나겔 후작과 영주들이 적이 당황한다. 이건 혹을 떼러왔다가 혹 하나를 더 붙인 격이 아닌가. 용병들이 하레스 편에 붙으면 이 싸움은 해 보나 마나였다.

“저놈을 죽여!”

마침내 나겔이 악에 받쳐 소리를 질렀다. 명령을 받은 마법사들이 곧 파이어 볼과 아이스 애로우를 아버클 용병대장에게 무더기로 날리기 시작했다. 아버클도 단순한 용병대장은 아닌 듯 검을 풍차처럼 휘두르며 마법 공격을 막았다. 그러나 그 숫자가 너무 많았다. 어깨에 파이어 볼 한 방을 맞고 뒤로 벌렁 나자빠진다. 라모는 그래도 아버클이 자신을 비호하다 당하는 봉변으로 생각돼 그를 구원하기 위해 앞으로 나서려 할 때였다.

쉭. 쉭.

화살이 마법사들에게로 날아왔다. 미리 입을 맞추어놓았는지 일단의 용병들이 저택의 좌우 측면에서 화살을 날린다.

“실드!”

마법사들이 실드를 쳐 화살을 막았지만 덕분에 아버클이 마법 공격에서 벗어날 수 있었다. 곧 저택을 포위했던 용병들이 몰려왔다. 용병들이 도리어 나겔 후작과 영주들이 데려온 병사들을 포위해 간다.

“멈춰라!”

라모가 사자후를 발해 용병들을 막았다. 용병들과 나겔 후작의 휘하 병사들이 곧 격돌하려는 순간이었다. 고막을 찌르는 굉렬한 외침에 장내 모든 사람의 동작이 일순간에 멈췄다. 더 이상 피를 보아 좋을 것이 없었다. 라모는 이쯤에서 상황을 원만하게 해결하고자 용병들을 막은 것이다.

"앰버 천인장, 리베이와 생도들을 모두 데려 나오게."

라모는 앰버 천인장에게 지시한 후 나겔을 바라보았다.

"나겔 후작님, 이 일은 저도 모르게 일어난 일이니 이쯤에서 서로 양보해 없던 일로 하는 게 좋을 듯싶군요. 아드님은 바로 방면해 드리죠. 그리고 정 분풀이를 하시려면 다음 기회를 노리는 게 좋을 듯싶군요."

라모의 약간의 비아냥거리는 소리에도 나겔은 대답을 못한다. 나겔은 라모가 호른 제국민 사이에서 이토록 유명해져 있는 줄을 몰랐다. 아닌 게 아니라 영주들을 따라온 병사들도 웅성거린다. 상대가 하레스인 줄은 몰랐던 모양이다. 병사들이 자신의 영주들을 바라본다. 영주들까지 주춤거리며 꺼리는 기색이 역력하자 나겔은 완전히 자신의 의도가 빗나갔음을 알았다.

잠시 후 하레스 병사들이 리베이와 생도 10명을 데리고 나와 나겔 측에 넘긴다.

"좋소, 라모 백작. 오늘은 이만 물러가겠소. 하지만 이 일을 황제 폐하께 알리고 현명하신 판단을 기다리겠소. 그대도 각오하는 것이 좋을 거요."

황제를 이용해 자신을 응징하겠다는 소리를 듣자 라모는 '픽' 하고 실소를 터뜨린다.

"나겔 후작께서는 참으로 재미있는 분이시군요. 후작님의 말씀을 듣다 보면 갈수록 홍이 나는군요. 아주 재기가 넘치고 화제가 많으신 분이구나 하는 걸 느낍니다. 싫증이 나지 않는 분이라는 말이죠. 이번엔 또 어떤 홍미로운 일을 벌이시나 기대가 될 정도입니다. 기다리고 있겠습니다. 하루빨리 황궁으로부터 연락이 오기를 학수고대하지요."

입가에 미소를 지으며 평온하게 말을 이어가는 라모를 보자 나겔은 질리는 기분이 든다. 유일한 자신의 정적이었던 공작도 라모처럼 여유가 넘치지는 않았다. 자신을 만나면 반은 짜증으로 반은 긴장으로 대한다는 걸 느낄 수가 있다. 그런데 라모는 그 어느 쪽도 아니다. 마치 자신을 어린아이 대하듯 한다.

'너쯤이야 마음만 먹으면 한 주먹감이다.'

대놓고 말하지는 않지만 그런 여유와 자신이 온몸에서 흘러나오는 듯하다. 나겔은 비로소 글렌 공작이 라모에게 한 수 접어주는 이유를 실감하고 있었다. 상대는 단순히 운이 좋아 백작이 된 철부지가 아니다. 넘치는 무력과 자신을 능가하는 계교를 한 몸에 지닌 놀라운 능력자로 보인다. 나겔은 라모에게서 넘을 수 없는 벽을 느낀다. 그러자 한순간 허망한 기분이 든다. 그간 자신이 글렌을 넘기 위해 수많은 밤을 지새우며 짜온 온갖 계략이 전부 헛수고를 한 게 아닌가. 돌아오는 길에도 나겔 후작은 얻어맞아 얼굴이 퉁퉁 부어 궁시렁거리는 아들의 불평불만을 들어줄 기분이 아니다.

황제를 배알하면 라모를 질책할 수 있는 감춰진 패가 하나 있긴 하다. 바로 황제가 작위를 내린 귀족을 사사로이 참살한 사건이다. 부르크 지방의 영주 밀레 샤르코 자작을 죽인 일을 황제가 안다면 라모도 어느 정도 곤란을 겪을 것이다. 거기에 자신이 약간의 양념을 바른다면 훌륭한 올가미가 만들어질 것이라 자신했었다.

그런데 오늘 보니 그것만으로는 택도 없어 보인다. 그런 성긴 그물로 성급하게 라모를 낚으려고 하다가는 오히려 나겔 자신이 나올 수 없는 늪에 빠져 버릴지도 모른다는 위기감을 느낀다.

"아버지, 왜 그놈을 그대로 놔두시는 거예요! 단단히 맛을 보여줬어

야죠!"

여전히 따라붙어 불만을 터뜨리는 아들 리베이가 오늘따라 미워죽을 지경이다. 이 아들 덕분에 라모라는 강력한 적수를 깨달았으니 고맙다고 해야 할까? 나겔은 고마운 보답으로 채찍을 들어 아들의 얼굴을 후려쳤다.

"으아악!"

의도하지 않고 휘두른 채찍이건만 정확하게 부러진 콧잔등을 강타한다. 리베이가 죽는다고 비명을 지른다. 다친 곳을 또 얻어맞았으니 아프지 않을 수 없으리라.

"라모 하레스, 감히 내게 도전한단 말이지? 좋아! 이제 때가 무르익는군. 기다려라, 너희 하레스 가를 완전히 박살 내주마."

나겔은 그동안 숨겨왔던 자신의 배후 세력을 떠올리고 이제 그들을 동원해야 할 때가 가까웠음을 알았다. 그 힘이면 하레스 가를 누르기에 부족함이 없으리라. 나겔은 비로소 만족한 미소를 입가에 지었다.

그 무렵 자코 왕국의 10만 기병과 10만 보병 합계 총 20만의 대병이 레팀논 평원에 집결했다.

"국왕 폐하를 대신해 나, 리코 마리니엘이 귀관들께 명하겠소. 우리 자코 왕국의 영욕이 이번 한 번의 결전에 달렸소. 우리의 최대 장점인 기병을 앞세워 일제히 공격해 들어가시오. 내가 멈추라고 하기 전까지는 계속 앞으로 전진하시오. 나아가는 동안 앞을 막아서는 군대는 수단 방법을 가리지 말고 격파하시오. 제군들, 잊지 마시오. 국왕 폐하께서 생전에 남기신 말을. '만일 죽으려거든 명예로운 전장에서 너의 목숨을 바쳐라' 귀관들에게 내가 하고 싶은 말이 바로 이 말이오."

아직도 리코 후작의 목소리가 귓가에 쟁쟁하게 남아 있다. 하룬 플라이드는 피가 끓는 것을 느꼈다. 포우 국왕의 관을 안치한 회의청에서 자코 왕국의 주요 지휘관들을 모아놓고 리코 후작은 피를 토하듯 기세를 올렸다. 비록 죽은 몸이지만 포우 국왕의 시체가 미소를 지으리만큼 회의장 안은 열기와 결의로 뜨거워졌었다. 그것은 국운을 건 싸움에 대비하는 비장감이었으리라. 이제 하룬은 그 비장한 결의를 스스로 펼쳐 보여야 한다.

하룬은 도열한 20만 명의 병력을 둘러보았다. 레팀논 평원이 꽉 차 보인다. 도열한 병사들의 눈이 일제히 하룬에게 쏠린다. 바로 작년에 10만으로 20만의 대군을 격파한 자코 왕국의 기병대였다. 이제 병력 수는 20만으로 불어나 있고 적은 30만에 불과하다. 반드시 이길 것이다. 아니, 작년보다도 더 통쾌하게 도란 제국의 병력 사이를 뚫어버릴 것이다.

하룬 플라이드 백작이 손을 들어 올렸다.

"전진!"

드디어 자코 왕국 10만의 기병이 먼저 앞으로 내닫기 시작했다. 완보였다. 보병이 걷는 것에 맞추어 말을 몬다. 병사들이 곤두세운 창의 강이 레팀논 평원을 흐르는 듯 장엄한 광경을 연출한다. 제일 앞줄에는 풀 플레이트 메일과 투구로 완전무장한 지휘관급 기사들이 병사들을 인도한다. 제2열에는 각 부대의 깃발을 든 기수들이 바짝 자신의 지휘관을 따르고 있다. 평원을 불어온 바람이 힘차게 깃발을 흔든다.

"래시, 오늘은 내 생애 최고의 날이다. 너도 그렇겠지. 아무쪼록 오늘도 잘 부탁한다."

전투가 벌어지면 절대 뒤로 빠지지 않고 항상 앞장서 온 하룬이었다. 오늘도 튀어나온 가시처럼 제일 선두에서 달리던 하룬은 자신의 애마에게 말을 건다. 달리는 와중이지만 주인이 목을 쓰다듬자 래시는 고개를 약간 비틀며 정겹게 호응한다. 워낙 거대한 체구에 쓰는 검조차 그레이트 소드여서 웬만한 말은 하룬의 체중을 감당하지 못하고 금방 지쳐 버린다. 하지만 래시는 마치 하룬을 위해 태어난 말처럼 보인다. 암놈인데도 불구하고 말 중의 거인이다. 보통 말을 옆에 세워놓고 보면 마치 어린 새끼를 가져다 놓은 듯 왜소해 보이기까지 하다.

래시는 바로 포우 국왕이 자신에게 준 하사품이었다. 웬만한 말은 견디지 못하니 이를 딱하게 여긴 포우 국왕이 전국을 뒤져 찾아준 명마였다. 갈기가 탐스럽게 나고 온몸에 진갈색의 윤기가 흐르는 털을 가졌다. 래시를 처음 본 하룬은 그만 감격해 눈물이 날 지경이었다. 래시도 하룬을 처음 만나자마자 혀를 내밀어 뺨을 핥았었다. 사람과 말이 첫눈에 반한 것이다.

"하룬 백작, 아무리 말이 맘에 들더라도 밤중에 몰래 찾아가 덮치지는 말게."

포우 국왕이 껄껄 웃으며 농담을 할 정도로 인마가 금방 의기투합해 버렸다. 벌써 3년 전의 일이었다. 그 이후 하룬은 어디를 가든 래시를 타고 다녔다. 거마답게 하룬의 체중을 넉넉하게 감당하는 래시가 너무도 고마웠다.

지금 래시를 타고 레팀논 평원을 가로지르다 보니 새삼 포우 국왕의 자상한 목소리가 떠오른다. 비록 타국에서는 잔인한 살인자요, 정복자라고 욕을 하는 포우 국왕이지만, 기사를 아끼고 조국을 사랑하는 사람이었다. 그래서 하룬에게는 세상에 다시없을 명현명군으로 포우 국왕이 가슴속에 새겨져 있다. 이제 그 포우 국왕의 유지를 받들어 자신이 도란 제국의 정벌을 담당하게 되었다.

"패하면 돌아오지 마라. 그곳에서 그냥 죽어라."

눈을 부릅뜨고 외치던 리코 후작의 경고도 떠오른다. 하룬은 그 말을 고스란히 자신 휘하의 기사들에게 전달했다. 기사들은 또 자신에게 소속된 병사들에게 똑같이 강조했을 것이다. 패하면 돌아갈 곳이 없다. 리코 후작이 명한 사라고사까지 절대로 말을 멈추게 해서는 안 된다.

사라고사는 레팀논 평원에서도 1천 킬로미터나 도란 제국 안으로 들어가야 나온다. 그냥 내쳐 달려가더라도 며칠이 걸릴 노정이었다. 리코 후작은 하룬에게 자신의 의지를 옮기려는 듯 불타는 눈으로 강조했었다.

"하룬 백작, 사라고사까지요. 그대가 말을 멈출 곳은 오직 그곳뿐이오. 백작의 힘과 용맹이라면 불가능하지는 않으리라 믿소."

하룬은 그 당시 당황해 미처 대답을 못했었다. 지금 래시를 타고 전장을 달리니 비로소 대답이 떠오른다.

'리코 후작님, 사라고사는 이제 곧 자코 왕국령이 될 것입니다. 이 하룬이 반드시 포우 국왕 폐하의 유지를 받들겠습니다.'

그러나 그 길은 이제 창과 칼로 뒤덮인 혈로가 될 것이다. 그렇더라도 반드시 달려야 한다. 하룬은 스스로의 맹세에 고무돼 참을 수 없는 흥분을 느꼈다. 하룬은 등 뒤의 그레이트 소드를 힘차게 빼 들었다. 그리고 이제 막 모습을 드러내고 있는 도란 제국의 진형을 가리켰다.

"돌격!"

하룬의 외침에 뒤따르던 자코 왕국의 20만 병사들이 일제히 함성을 내질렀다.

"와아아아아아!"

레팀논 평원이 병사들의 함성으로 일순간 얼어붙은 듯 숨을 죽인다. 멀리서도 당황해 이리 뛰고 저리 뛰며 병사들의 진형을 정비하고 있는 도란 제국 기사들의 모습이 보인다. 그런 도란 제국 진형을 향해 먼저 10만의 자코 왕국 기병대가 해일같이 밀려간다. 그리고 그 뒤로 다시 10만의 보병이 방패를 앞세우고 달리기 시작했다.

도란 제국 레팀논 수비부대의 총사령관 메커티어 후작은 이미 자코 왕국의 침공을 보고 받고 갑옷을 차려입고 있었다. 자신의 능력이 부족하단 걸 아는 사람은 준비할 줄을 안다. 메커티어 후작 역시 척후병을 끊임없이 내보내 자코 왕국의 준동을 예비했다. 깔아놓은 눈과 귀들이 속속 적의 침공을 알려온다. 적은 무예가 하나같이 뛰어난 10만의 기병을 포함한 20만이라고 했다. 메커티어 후작은 손과 발이 천근만근으로 무거워지는 듯했다. 조금씩 떨려오기까지 한다. 드디어 때가 온 것이다. 어떻게든 피하고 싶었던 자신의 죽을 시간이 다된 것이다. 바로 작년, 10만의 기병에게 20만이 대파되었다. 이번에도 요행을 바라기는 힘들어 보인다.

"와이어, 자넨 억울하겠군. 아내를 맞은 지도 얼마 되지 않았는데… 내가 괜히 자넬 데려왔어."

메커티어는 입으론 자신의 시종이자 병사인 와이어를 위로하고 있었지만 마음속으로는 온통 당혹과 불안감에 휩싸여 남을 신경 쓸 처지가 아니다. 메커티어 후작의 갑옷 입기를 돕던 와이어는 훨씬 침착했다. 잘생긴 외모에 듬직한 체구를 한 와이어는 귀족이라 불러도 손색없는 품위를 갖췄다.

"죽는 것은 두렵지 않으나 의미없이 죽는 것은 두렵습니다. 후작님, 죽을 때 죽더라도 반드시 이 와이어가 이번 전쟁에 한팔 거들었다는 것을 제가 아는 사람들이 알아주었으면 좋겠습니다."

과연 젊음이란 좋은 것이군. 메커티어는 모처럼 입가에 미소를 지었다. 죽음 앞에 명예를 앞세우는 작업은 젊을수록 손쉽다. 젊은이는 약간만 가슴에 불을 지르면 앞뒤를 가리지 않는다. 기름을 듬뿍 먹인 솜과 같다. 불이 붙으면 자신을 주체하지 못하고 미칠 듯 타오른다.

하지만 나이가 들면 몸과 마음의 기름기가 다 빠진다. 그래서 한번 불을 붙이려면 성과에 비해 품이 많이 든다. 더 많은 장작이 필요하고 부채질까지 해줘도 불이 붙을까 말까이다. 평생 젊음을 가지고 싶은 소망은 외모를 중히 여기는 여자들뿐만은 아니다. 불굴의 의지와 정의감으로 평생을 활활 불태우고 싶은 남자들의 정열이야말로 진정한 젊음이 아닐까?

메커티어는 지금 와이어의 이러한 용기를 조금이라도 얻어 썼으면 하는 바람을 가진다. 그랬으면 최소한 가늘게 떨리는 자신의 손발도 진정시킬 수 있으리라.

"후작님, 자코 왕국 기병이 전방 10킬로미터까지 접근했습니다."

병사 한 명이 막사 안으로 뛰어들어 와 보고한다. 이제 더 이상 고민할 시간이 없다. 곧 싸울 시간이다. 메커티어는 투구를 옆구리에 끼고 급히 막사 밖으로 걸어나갔다. 그 뒤를 조금도 두려운 기색이 없는 와이어가 급히 따라붙는다. 이미 죽음을 각오한 메커티어 후작은 막사를 나가자마자 서릿발 같은 기세를 일으킨다.

"제군들, 적은 20만에 불과하다. 30만에 이르는 우리 도란 제국의 용맹한 전사들이 막지 못할 이유가 없다. 죽음을 각오하고 싸워 자코 왕국병들을 한 놈도 살려 보내지 마라."

메커티어 후작의 앞에는 각 부대 기사단장과 수비 병력을 이끌고 온 주요 영주들이 20여 명 서 있다. 보통 이런 연설 후에는 함성이 터져야 정상이었다. 그러나 누구도 소리를 지르는 사람이 없다. 이번 전투가 이길 경우의 수보다 질 확률이 더 높다는 걸 모두 알고 있기 때문이었다.

"각자 위치로!"

메커티어 후작의 명령이 떨어지자 각 부대 지휘관들이 흩어져 갔다. 그러나 활력이 없어 보인다. 전의를 일으키지 못하는 군대는 이미 패배에 한발을 들여놓은 것이나 진배없다. 메커티어 후작은 중군에 자리 잡고 앉아 목책 뒤에 늘어선 롱 보우 부대를 바라보았다. 크로스 보우는 단거리 공격용 화살이다. 제법 먼 거리에서 곡사형으로 피해를 주기에는 롱 보우가 안성맞춤이다. 자코 왕국 기병의 돌격을 막기 위해 도란 제국의 지휘관들이 머리를 싸매고 생각해 낸 방법이었다. 멀리서부터 롱 보우로 전진을 막겠다는 복안이었다. 거의 5만에 이르는 화살 공격 부대다.

메커티어 후작의 양옆으로는 각각 5만씩의 기병들이 말을 추스르며 대기하고 있다. 기병에는 기병으로 맞불을 놓기 위해 황궁을 닦달해 말을 징집해 온 덕이다. 작년처럼 그렇게 맥없이는 당하지 않을 것이다. 메커티어는 이를 악물었다.

해일이 밀려오는 듯한 자코 왕국 병사들의 진격이 이제 확연히 메커티어의 눈에도 들어온다. 자코 왕국병들은 무서운 속도로 달려오고 있다. 그리고 곧 그들의 갑옷에 새겨진 큼직한 문장이 보일 정도로 가까워진다.

"롱 보우 발사!"

메커티어는 적절한 거리라고 판단되자 공격을 명했다. 대기하고 있던 마법사가 철관 하나를 꺼내 들고 하늘을 가리켰다.

쾅!

폭음이 터지며 불꽃 하나가 하늘로 치솟아오른다. 그와 동시에 롱 보우를 떠난 5만 개의 화살이 일제히 진격해 들어오는 자코 왕국의 기병들에게 날아갔다. 메커티어는 눈을 크게 뜨고 이후에 벌어질 아비규환을 기대했다. 그러나 곧 반쯤 일으킨 몸을 다시 의자에 털썩 주저앉혔다.

돌격해 오는 자코 왕국병들의 머리 위로 거대한 우산 하나가 생겨난다. 즉, 자코 왕국병들이 일제히 말 옆구리에 매달고 오던 방패를 들어 머리를 가리며 계속해서 달려오고 있었던 것이다. 과연 그룬디아 대륙 최강의 군대였다. 물론 일부 기병과 전마가 화살에 맞아 쓰러지는 모습도 보였지만 그 수는 소수에 불과해 보인다.

더군다나 지금 자코 왕국병들이 직선으로 달려오다가 두 갈래로 갈라져 좌우측으로 돌아오는 모습을 보고 메커티어는 좌절감을 느꼈다. 도란 제국 진형의 정면으로 수많은 함정을 설치해 놓았었다. 땅을 깊게 파고 창칼을 박아놓았다. 아무리 용맹한 기병이라도 함정에 빠진다면 막대한 피해를 입을 수밖에 없다. 그런데 저 자코 왕국 기병들은 이미 자신들의 준비 상황을 읽고 있었던 것이다. 물론 좌우측에도 함정은 마련돼 있다. 그러나 전면만큼 수량은 많지 않았다.

"여우 같은 놈들!"

메커티어는 나직이 적병의 영악함에 분통을 터뜨렸다. 척후병 간 힘의 우위가 이런 사태를 불렀을 것이다. 자코 왕국 척후병들이 가까이 근접하는 걸 막을 방도가 없었다. 소수에 불과하니 포착하기가 힘들고 도망치기도 유리했다. 함정도 그들에 의해 까발려졌으리라 짐작된다.

"기병 출진!"

메커티어는 이제 힘과 힘의 대결만이 남았음을 알았다. 옆에 선 신호병이 붉은 깃발을 들어 좌우로 한꺼번에 흔들었다. 그러자 양쪽에 대기하고 있던 기병들이 서서히 움직이기 시작했다. 좌우로 돌아가는 자코 왕국병을 향해 롱 보우를 떠난 화살이 계속해서 날아가고 있었지만 조금도 전열이 흩어지지 않는다.

"돌격!"

양쪽의 지휘관이 공격을 명하자 드디어 도란 제국의 기병이 진형을 벗어나 달려갔다. 움츠러든 채 공격을 받으면 이 같은 평원에서는 그야말로 자코 왕국병의 밥이 되기에 알맞다. 무슨 수를 쓰든 자코 왕국병이 중군까지 난입하는 것을 막아야 했다.

"와아!"

"죽여라!"

양군의 기병이 맹렬하게 부딪쳤다. 자코 왕국병에 비할 바는 아니지만 도란 제국의 기병들도 정규군이다. 그래도 한가락하는 무예를 지녔고 전략 전술을 어느 정도 몸에 익힌 정예병인 것이다.

그러나 막상 부딪치자 도란 제국 기병의 일각이 우르르 무너지기 시작했다. 지켜보던 메커티어는 어이가 없었다. 같은 기병과 기병이 부딪쳤으나 왜 도란 제국의 기병들만 저렇게 나동그라지는 것인가. 저들의 말은 쇠로 만들어졌단 말인가?

실상 마상술과 무예에서 기량의 차이가 나니 달려드는 짧은 순간에 허점이 드러난 것이다. 즉, 눈에 불을 켜고 달려드는 자코 왕국병에 비해 주춤한 도란 제국 기병이 먼저 균형을 잃은 것이다. 기세에서 벌써 지고 들어간 셈이다. 거기에 검과 창이 날아온다. 달리는 속도에다 병사 자체의 순발력이 더해지니 도란 제국 기병이 검을 드는 순간 벌써 창이 심장을 뚫은 뒤다. 더군다나 뒤따르는 자코 왕국 기병이 크로스보우로 조준 사격을 가해온다. 이런 혼란한 전투의 와중에 조준 사격이라니……. 쿼렐에 목이 꿰뚫려 말에서 떨어지는 도란 제국 기병은 이미 정신이 암담해진 후 영혼이 육체를 떠난다.

파죽지세란 바로 이런 경우를 두고 하는 말인가. 비슷한 숫자의 기병이 맞붙었는데도 불구하고 자코 왕국 기병들은 똑바로 중군을 향해 달려오고 있었다. 메커티어 후작은 의자에서 벌떡 일어났다. 특히 왼쪽의 선두에서 달려오는 체인 메일을 입은 거구의 자코 왕국 기사가 돋보인다. 거대한 그레이트 소드를 풍차처럼 휘두르며 달려오고 있다. 검강을 일으키지 않는 것으로 보아 소드 마스터는 아니었다. 그러나 결과는 소드 마스터와 진배없다. 가로막는 것은 사람이든 말이든 두 동강을 내며 달려온다. 정말 무시무시한 힘이었다. 불과 10여 분의 접전만에 도란 제국 기병의 진형이 허물어졌다.

"와아아아아아!"

자코 왕국의 기병들이 중군을 향해 똑바로 쳐들어왔다. 보병들이 창을 곤두세우며 막았지만 어림도 없어 보인다. 해일과 같은 기세로 그대로 보병을 깔아뭉개 버리는 장면이 아프게 메커티어 후작의 눈을 찌른다.

"말을 가져와라."

즉시 병사가 대령한 말의 고삐를 잡고 안장 위로 오르려 애썼다. 그러나 손발이 떨려 자꾸만 미끄러지기만 한다. 보다 못한 와이어가 달려와 발을 받쳐 주는 덕분에 메커티어는 겨우 말 잔등에 오를 수 있었다. 말 등 위에서 메커티어는 자신을 향해 달려오는 거인을 바라보았다.

'죽어도 저런 자에게 죽는다면 덜 억울하겠지?'

메커티어가 하룬을 향해 달려갔다. 그 뒤를 와이어를 비롯한 500여 기의 기병이 따랐다. 메커티어는 옥쇄를 각오했다. 마침 하룬도 메커티어를 발견하고는 래시를 채근해 돌진했다. 두 사람이 검을 쳐들고 상대를 향해 내려쳤을 때 단 일 합만에 메커티어의 검이 하룬의 힘을 이기지 못하고 날아가 버렸다. 그리고 2번째 내려치는 검에 매커티어는 어이없이 목을 잃고 말에서 굴러 떨어지고 말았다. 그 광경을 목격한 와이어와 도란 제국의 기병들이 뒤늦게 하룬을 향해 달려들었다.

"크하하하하하! 와라. 모두 목을 날려주마."

하룬이 그레이트 소드를 다시 맹렬하게 휘두르기 시작했다. 거대한 검의 반경에 들어선 와이어가 검과 함께 목이 잘렸고, 기사들이 추풍낙엽처럼 낙마하기 시작했다. 또 기병에 이어 자코 왕국의 보병이 합세해 도란 제국의 병력을 압박해 들어오자 완연히 전세가 기울기 시작했다. 사령관이 죽고 패배가 기정사실화되자 살아남은 도란 제국의 지휘관들은 눈물을 머금고 후퇴를 명하지 않을 수 없었다.

"후퇴하라! 후퇴하라!"

도란 제국의 병사들이 즐비한 시체를 남겨두고 급급히 도망가기 시작했다. 그러나 하룬은 기세를 놓치지 않았다.

"추적하라! 완전히 격멸하라!"

전투는 한 시간도 지나지 않아 승패가 갈렸지만 추적은 하루 종일 계속됐다. 도란 제국의 지휘관들은 중간중간 일부의 병사들을 남겨놓아 맹렬하게 진격해 오는 자코 왕국의 기병을 저지하게 했다.

수많은 희생양을 발판으로 그날 저녁 가까스로 사지를 벗어난 도란 제국의 병사들은 16만여 명에 불과했다. 거의 절반에 가까운 병력을 레팀논 평원에 버려두고 온 것이다.

그 시각, 리코는 호른 제국의 글로스타 영지로 들어서고 있었다.

"리코 후작, 도대체 왜 이리 서두르는 겁니까? 이제 국왕 폐하께서도 승하하셨으니 내가 왕위를 물려받은 후 천천히 공략해도 늦지 않을 텐데……. 그리고 두 나라를 동시에 공략하다니… 이건 정말 미친 짓이오."

일왕자 아무르 벵거가 불평불만을 털어놓는다. 리코가 왕위 계승에는 전연 신경도 쓰지 않자 약이 오른 모양이다. 하긴 아무르에겐 그보다 중한 일이 없다. 삼촌인 포우 국왕이 죽었다. 그러니 이제 당연히 자신이 자코 왕국의 왕이다. 하지만 자신이 그렇게 반대를 했음에도 불구하고 리코는 귓등으로 들으며 이번의 양국 공략을 주도했다.

'리코, 이놈이 혹시 딴마음을 품고 있는 건 아닌가? 누가 알겠어. 국왕 폐하의 핑계를 대고 정권을 잡으려는 속셈인지도 모르지.'

아무르는 리코를 의심스러운 눈초리로 쳐다본다. 하지만 아무르도 방법이 없었다. 군부의 전폭적인 지지를 받고 있는 리코였다. 리코의 비위를 건드렸다가는 왕위가 날아갈지도 모른다. 차후 자신이 국왕이 된다면 가만두지 않겠다는 앙심을 품는 일 외에는 할 일이 없다. 국왕이 되려면 공을 세워야 한다며 이 위험한 전쟁터에 부득불 자신을 끌고 온 사람도 리코였다. 그러니 아무르에게 리코가 곱게 보일 리 만무다. 더군다나 아무르는 리코의 바로 옆에 붙어 서서 말을 달리는 페렛을 보고는 그런 생각이 더욱 굳어졌다. 모습만 봐도 꽤 실력있는 마법사라는 걸 짐작하게 했다. 결코 궁정 마법사는 아니었다. 정체 불명의 마법사를 데려온 리코의 의도를 곡해할 수밖에 없었다. 페렛이 리코의 스승이며 흑마법사이지만 위대한 9서클의 마스터라는 걸 알 리 없다. 리코는 아무르를 한번 흘낏 본 연후 다시 고개를 돌린다. 그 모습에 아무르가 모욕을 받았다고 생각해 얼굴을 붉힌다.

리코는 호른 제국의 글로스타 영지를 눈앞에 두고 있었다. 산과 강과 평야가 조화를 이룬 평화로워 보이는 곳이다. 하지만 이곳도 기병이 싸울 만한 공간은 넉넉했다. 호른 제국의 글로스타 영지를 바라보며 리코는 착잡한 마음을 금할 수 없었다. 약탈 경제로 끌어가는 자코 왕국의 현실이 스스로 생각해도 너무 비참했다. 식량조차 자급자족하지 못할 만큼 황량한 땅을 가진 자코 왕국이다. 그래서 역사서는 자코 왕국을 일컬어 '도적의 나라' 라고 비아냥거린다. 그러나 그것은 실로 어쩔 수 없는 선택이었다.

그런데 보라. 호른 제국은 얼마나 풍요로운가. 지금 리코가 20만의 대군을 이끌고 나아가는 벌판 옆으로 익어가는 곡식의 낱알이 풍성하게 달려 있다. 이 땅만 얻을 수 있다면… 도란 제국의 레팀논 평원만 뺏을 수 있다면……. 더 이상 다른 나라를 침략할 이유가 없다. 이번 기회에 어떻게든 나라의 기틀을 튼튼히 다져야겠다고 결심했다. 그것이 포우 국왕의 유지를 받드는 길이라 생각했다. 리코는 자신을 따라나선 스승인 페렛을 바라보았다. 흑마법사답지 않게 잔잔한 미소를 짓고 있다. 자신이 걱정된다며 부득불 따라나선 스승에게 미안한 심정과 감사한 마음이 동시에 들었다.

"후작 각하, 전방 4킬로미터에 글로스타 성이 있습니다. 적은 성안에 박혀 수비에 치중하고 있습니다. 병력은 대략 15만 명으로 추산됩니다."

　척후병이 달려와 무릎을 꿇으며 보고한다. 리코는 고개를 끄덕이고는 계속해 병력을 인솔하여 앞으로 나아갔다. 리코는 말 위에서 작전을 검토한다. 카스터 드라이트 기사단장이라고 했던가? 글로스타의 기사단장이 백전노장으로 만만치 않다는 첩보를 입수했다. 더군다나 영주인 글렌 공작도 소드 마스터다. 하긴 라모만 제거할 수 있다면 다른 사람은 신경 쓸 이유가 없다. 마검사인 자신의 검을 누가 막을 수 있을 것인가. 수장은 뛰어나고 병사는 강하다. 정면돌파를 하더라도 거칠 것이 없어 보인다.

　리코는 서두르지 않고 계속 앞으로 나아갔다. 글로스타 성은 자코 왕국에서 호른 제국으로 들어가는 길목을 막고 선 요충지였다. 이곳을 함락시키면 거의 200킬로미터는 무혈진군이 가능하게 된다. 하지만 리코는 글로스타 성을 마주보고 서자 공략이 생각만큼 쉽지 않음을 짐작했다. 높은 성벽을 의지한 글로스타의 병력들은 추호도 나올 생각이 없어 보였다.

　리코는 인상을 찌푸렸다. 성벽을 따라 늘어선 기치창검을 보아하니 병력이 만만치 않아 보였다. 리코는 우선 호른 제국병들의 기세를 가늠하고 적의 예봉을 꺾기 위해 총공세를 명하였다. 직접 몸으로 부딪쳐 형세를 판단해 보고자 한 것이다. 과연 예상대로 글로스타의 병사들은 먼 거리에서는 롱 보우로 견제하고 가까운 거리로 다가서면 크로스 보우로 사격해 왔다. 피해가 속출하자 리코는 일단 병력을 되물렸다. 한 번의 공격으로 성안으로 병사 한 명 진입시키지는 못했지만 자코 왕국병들의 성 앞 100미터가량에 위치한 구릉을 확보함으로써 교두보를 마련할 수 있었다. 리코는 일단의 병사들을 구릉 아래로 전진시키고 자신도 직접 그곳으로 지휘부를 옮겼다.

하지만 그 다음이 문제였다. 성을 공략할 뾰족한 묘안이 생각나지 않았다. 평원이라면야 기병을 동원해 일도양단해 버리면 그만이지만 성을 의지한 방어에는 속수무책이었다. 무려 15만의 병력이 포진해 있다. 물론 정예병은 5만에 불과하고 예비병이 10만이었지만 성벽 위의 병력은 정예만큼이나 위력을 발휘하는 법이다.

"이대로 돌진하다가는 피해가 만만치 않겠구나. 리코, 내가 길을 만들 테니 병력을 운용해라."

페렛이 앞으로 나섰다. 그리고 병사들에게 미리 준비해 온 가로 3미터 세로 1미터가량의 널빤지를 가져오게 하여 하나하나 공중 부양을 통해 날려 보냈다.

날아간 널빤지들이 일렬로 늘어서며 성벽 위까지 아치형 다리를 형성하기 시작했다. 마법의 브릿지였다. 그 장관에 아군과 적군이 모두 감탄의 탄성을 내질렀다. 9써클의 마스터가 만드는 위대한 마법의 결실이었다.

"보병들부터 우선 진입하라."

리코는 기쁨을 금치 못하는 한편 때를 놓치지 않고 진격 명령을 내렸다. 자코 왕국의 보병들이 마법 다리를 통해 성벽 위로 달려가기 시작했다. 허공 위를 달리는 적병의 진입을 본 호른 제국 병사들이 성벽에 닿은 널빤지를 철퇴로 내려쳤다. 그러나 마법 방어막이 설치되었는지 끄덕도 없었다.

마하라자 기사단의 카스터 드라이트 기사단장은 생전 처음 보는 광경에 처음엔 입을 벌리고 서 있었지만 곧 백전의 노장답게 상황을 금방 인식했다.

“화살을 날려라. 그리고 마법사들은 화염 마법으로 브릿지를 태워라.”

명령에 따라 화살과 퀘렐이 마법 다리를 건너는 자코 왕국병을 향해 쏟아졌다. 그리고 글로스타 영지 소속의 마법사 100여 명이 늘어서 마법 다리를 향해 화염 마법을 무더기로 쏟아내기 시작했다. 마법 다리는 금방 화염에 휩싸였다. 그러나 마법 다리는 손상이 없었다. 마법 다리는 화염 마법에 대한 내성까지 지녔다. 대신 다리를 건너오던 자코 왕국의 병사들이 무수히 실족하기 시작했다. 방패를 앞세우기는 했지만 정면 좌우에서 사각으로 날아오는 화살들까지 막을 수는 없었다. 더군다나 허공 중의 한정된 공간을 달리는 중이라 피할 곳은 오로지 전면밖에 없었다. 뒤에는 병사들이 계속해서 밀고 올라왔고 좌우로는 발 디딜 곳 없는 허공이었다. 화살에 맞은 자코 왕국병들이 비명을 지르며 마법 다리에서 떨어졌다. 떨어진 병사들은 머리가 깨지고 뼈가 부러지며 곧 사망하고 말았다.

더욱이 마법사들의 화염공격은 비록 다리를 태우지는 못했지만 인육으로 이루어진 병사들에게는 절대적인 살상력을 가졌다. 꺼지지 않는 마법의 화염이 온통 다리를 휘감자 자코 왕국의 병사들은 오도가도 못한 채 모두 통구이가 되고 말았다.

“후퇴하라!”

리코는 일단 병사들을 후퇴시켰다. 역시 만만치 않았다. 이에 페렛은 자신이 만든 키메라를 앞세우면 무난히 성벽을 넘을 수 있다고 리코에게 강조했다. 그리곤 공간에 감추어둔 키메라를 꺼내려 하자 리코가 급히 만류했다. 리코는 키메라를 인간들의 전쟁에 쓰고 싶은 생각이 없었다. 흑마법의 정수라 할 수 있는 키메라를 활용해 전쟁에 이긴

다손 치더라도 가뜩이나 평판이 안 좋은 자코 왕국의 명성에 또 하나
의 악명을 더하는 일이라 생각했다. 리쾨는 어떻게 해서든 병사들의
힘만으로 성벽을 넘고 싶었다.

"네가 그런 생각이라면 할 수 없구나. 그럼 이번엔 내가 마법 계단
을 만들어보마. 마법 다리처럼 시야가 훤히 트여 일방적으로 공격을
당하는 일은 없을 것이다."

페렛이 마법 다리를 거두고는 널빤지를 이용해 계단을 만들기 시작
했다. 양군은 또 하나의 기적에 모두 눈을 크게 떴다. 마법 계단은 성
벽에 연이어 10미터의 공간이 펼쳐져 있고 그 뒤로 지상까지는 계단으
로 이루어졌다. 지지대도 없는 널빤지들이 허공에 계단을 만드는 광경
은 장관이 아닐 수 없었다. 그러니 글로스타의 병사들은 적이 계단을
다 올라선 10미터 지점에서부터나 공격이 가능했다. 이번 마법은 크게
효과가 있었다.

자코 왕국의 보병이 다시 마법 계단을 통해 성안으로 진입을 시도했
다. 노련한 카스터 단장은 이에 맞추어 병사들을 마법 계단 쪽으로 집
결시키고 마법사들에게는 마법 계단에 대한 화염 마법을 집중시키라고
주문했다. 비록 상황히 훨씬 호전됐지만 역시나 자코 왕국 보병의 피
해가 속출했다. 약 10분간 진입을 시도하던 수백 명의 생목숨이 화살
에 맞아죽고 불에 타 죽었다. 그러나 용맹한 자코 왕국병들은 끊임없
이 계단을 올랐고 기어코 성벽의 일부를 점거하고 말았다. 그 뒤로는
자코 왕국의 병사들이 쏟아져 들어가는 물줄기처럼 성벽 안으로 진입
해 들어갔다. 성벽 전체로 근접전이 확대돼 나갔다. 글로스타 성내의
수비 병력 또한 수가 만만치 않아 끊임없이 병력이 수혈되면서 성벽을
점거하려는 양군의 전투는 치열의 극을 달렸다. 자코 왕국병들이 성벽

밑의 성안으로 내려가려 시도했으나 밑에는 창과 화살로 무장한 글로스타 영지의 병사들이 추수하듯 내려오는 자코 왕국 병사들의 목을 베었다.

"공작 전하로부터 연락이 없었느냐? 빨리 구원을 청해라."

카스터 단장은 아직까지는 성을 방어할 여력이 충분했으나 시급한 지원이 필요함을 느꼈다. 적에게는 정체를 알 수 없는 위대한 마법사가 끼어 있다. 생전 듣도 보도 못한 마법의 다리를 구현하는 자였다. 카스터는 성벽 곳곳으로 번져 가는 전투의 양상을 근심스런 눈으로 쳐다보았다. 그때 성 안쪽으로부터 일단의 기병들이 달려왔다. 제일 앞쪽에 달려오는 기사는 바로 글렌 공작이었다. 카스터는 반색했다. 카스터는 말을 멈춰 세우는 글렌 공작의 말고삐를 잡아 세우며 급급히 물었다.

"공작 전하, 이대로는 우리가 불리합니다. 빨리 지원이 있어야 합니다. 하레스에는 연락이 되었습니까?"

글렌 공작은 양군이 치열한 전투를 벌이고 있는 성벽을 바라보더니 말에서 내려섰다. 그리고는 인상을 찌푸렸다.

"지금 라모 백작은 수호른에 있는 모양이오. 그런데 어떻게 된 일인지 연락이 닿지 않고 있소. 하레스의 수석 마법사인 블레이드 경이 곧 조치를 취하기로 했으니 조만간 구원을 올 것이오. 카스터 단장, 그때까지는 어떻게든 버텨야 하오."

글렌 공작과 카스터 단장이 대화를 나누고 있는 사이 자코 왕국병의 일부가 성안으로 향한 계단을 밀고 내려왔다.

"와!"

"빨리 성문을 열어라!"

적군의 함성과 외침이 두 사람에게까지 들려왔다. 그리고는 자코 왕국의 보병들이 성문 쪽으로 돌파구를 열기 위해 맹렬하게 부딪쳐 왔다. 그러나 성문을 방어하려는 호른 제국병들의 수비도 결사적이었다. 성문이 열리고 기병이 닥치면 전쟁의 양상은 또다시 달라질 것을 모두 알고 있었기 때문이다. 창과 검, 그리고 자루가 긴 도끼를 휘둘러 상대의 목을 자르고 머리를 부수는 혈전으로 성문 앞은 선혈로 낭자해졌다. 하지만 호른 제국의 수비병들의 숫자가 워낙 많아 진입해 오던 자코 왕국 보병들이 속속 쓰러지며 한풀 기세가 꺾이기 시작했다.

지켜보던 글렌 공작과 카스터 단장은 안도의 한숨을 쉬었다. 전반적으로 수적 우세를 가진 호른 제국병들이 자코 왕국병들을 효과적으로 막아내고 있었던 것이다. 성벽 바로 아래에는 화살 부대와 마법사들이 죽 늘어서서 적들을 요격하고 있었으며 돌입해 오는 적병은 대기하던 다른 전투병들에 의해 제지되고 있었다. 그러나 그때 글렌과 카스터는 성벽을 타 넘어 훌훌 날아 내려오는 한 인물을 보았다. 처음엔 마법인가 싶었지만 검에서 발해지는 푸른 검강을 보고서야 그가 누군가를 짐작했다.

"라모 백작이 말하던 리코 후작이로군. 카스터 단장, 뒤를 부탁하네. 성벽은 내가 어떻게 해서든 방어해 보겠네."

글렌이 허리에 걸린 검을 빼 들었다. 그리고는 다시 말에 올라타더니 성벽을 향해 달려갔다.

그 뒤를 20기의 기병이 뒤따랐다. 지켜보던 카스터는 가슴이 무거워졌다. 이미 리코의 명성과 검술은 라모와 야스퍼의 증언으로 호른 제국 주요 지휘관들에게 주지된 상태였다. 그 증언이 사실이라면 지금 달려가는 글렌 공작은 불을 향해 달려드는 불나방이 될 것이다.

"사람으로 벽을 쌓아서라도 성문으로 접근하는 적병을 막아라."

카스터는 성문 쪽으로 나아가며 병사들을 독려했다. 직접 돕지는 못하더라도 최대한 적군의 진입을 막아 글렌의 부담을 덜어주는 것이 자신의 임무라고 생각했다.

성을 날아 내려온 리코는 2미터에 이르는 검강을 발해 앞을 막아서는 호른 제국병을 갑옷째로 잘라가며 전진하기 시작했다.

"소드 마스터다!"

병사들이 일시 주춤거렸으나 평상시 카스터 단장의 엄한 교육을 받은 마하라자 기사들을 주축으로 다시 용감하게 달려들었다. 하지만 마법검사인 리코에게 그것은 살인의 기회를 더 많이 부여하는 결과밖에 되지 않았다. 쏟아지는 쿼렐은 순간 이동으로 회피하며 주변의 병사들을 향해 날렵한 쾌검을 퍼부었다. 리코를 둘러쌌던 병사들 30여 명이 모두 가슴을 부여잡으며 앞뒤로 쓰러졌다. 쓰러진 병사들의 가슴에서 피가 솟구쳤다. 플레이트 메일이든 체인 메일이든 검강에 버티지 못하고 모두 뚫리며 정확히 가슴을 관통시킨 것이다. 순간적으로 리코의 주변에 빈 공간이 생겨났다. 리코는 즉시 신형을 날려 성문을 향해 나아갔다.

호른 제국병들이 죽음을 각오하고 다시 앞을 가로막았지만 역부족이었다. 거의 멈추지도 않고 잇달아 검을 날리며 똑바로 전진해 나가는 리코였다. 그러던 리코도 발을 멈추지 않을 수 없는 사태가 발생했다. 느닷없이 성문 방향에서 한 명의 기병이 검을 휘두르며 달려들었던 것이다. 처음엔 대수롭지 않게 생각해 재빨리 옆으로 회피하며 말과 함께 기사를 두 동강 내려던 리코는 갑자기 기사의 검에서 1미터에 이르는 검강이 쭉 뻗어 나오며 머리를 갈라오는 것에 혼비백산해 땅바닥을 뒹굴며 간신히 피했다.

리코의 머리카락이 검강에 잘리며 미처 땅에 떨어지지 못하고 허공에서 나풀거렸다. 하마터면 머리가 두 쪽이 날 뻔한 위급한 순간이었다. 리코가 일어서서 옷에 묻은 먼지를 털기도 전에 말을 달려 지나쳤던 기사가 다시 되돌아오고 있었다. 더욱이 뒤에도 20여 기의 기병들이 리코를 목표로 달려오고 있었다. 기병에 의해 양쪽으로 포위당한 형국인 리코였지만 검강을 발하는 마상의 기사를 바라보았다.

나이는 50여 세쯤으로 보였는데 매우 위엄 어린 얼굴을 하고 있다. 평상시 아래 사람을 부리던 얼굴임을 알 수 있었다.

"글렌 공작!"

리코는 낮게 부르짖었다. 글로스타 성에서 검강을 발하는 기사가 그 외에 누가 또 있단 말인가? 그러나 리코는 한가하게 글렌의 동정을 살필 여가가 없었다. 먼저 뒤쪽의 기사 20명이 말을 달려오는 기세 그대로 검을 휘둘러왔다. 리코는 순간 이동으로 회피해 기사들이 달려 왔던 방향에서 다시 나타났다. 기사들은 그냥 허공에 검을 휘두르며 무의미하게 리코를 지나쳐 버렸다. 그들은 오히려 반대 편에서 달려오던 글렌의 전진을 막아버리고 말았다. 글렌과 기사들은 평상시 기마술을 많이 연마했던지 그 급한 와중에도 절묘한 솜씨로 서로를 비켜가며 충돌을 모면했다. 그러나 덕분에 속도가 늦추어지고 말았다. 글렌이 균형을 잃은 말을 진정시키고 기사들은 급급히 말머리를 리코에게 돌렸다. 하지만 리코는 그 짧은 기회를 놓치지 않았다. 순간적으로 사라졌던 리코가 기사들의 앞에 나타났다. 그리고는 검강을 휘두르며 기마 사이로 파고들었다.

"으악!"

"조심해."

기사들의 몸과 말머리가 한꺼번에 검강에 잘려 나가며 비명이 터져 나왔다. 순식간에 10여 명의 기사들이 도륙되고 말았다.

"이, 이놈!"

화가 머리끝까지 솟구친 글렌 공작이 검강을 발해 리코를 향해 달려 들었다. 자신을 항상 수행해 오던 20여 명의 기병들은 자신의 분신과 다름없었다. 기사들 가운데서도 실력이 우수한 자들로 구성해 호위를 맡긴 것인데 지금 그 분신들이 추풍낙엽으로 쓰러져 가고 있었던 것이 다. 그러나 리코는 글렌 공작을 상대하지 않았다. 글렌 공작이 다가오 면 순간 이동으로 사라졌다가 다른 기사들의 뒤나 옆에 나타나 검강을 휘둘렀다. 결국 몇 호흡 만에 오랫동안 글렌 공작을 수행해 오던 호위 대가 전멸해 버리고 말았다.

그제야 리코는 글렌을 향해 검을 거누었다.

"만나서 반갑소, 글렌 공작! 이제 방해물들도 모두 처리됐으니 정정 당당하게 대결해 봅시다. 그대에게는 마법을 쓰지 않겠소. 검술만으로 그대와 자웅을 겨루겠소."

글렌 공작은 가슴이 터질 것 같은 분노로 눈앞이 흐려졌다. 고수 간 의 대결에서 마음의 평정을 유지해야 한다는 원칙을 모르지 않는 글렌 이었지만 호위 기사들이 전멸하자 격랑이 이는 마음을 진정시킬 수가 없었다.

"좋다, 리코 후작! 생과 사를 갈라보자."

글렌은 억지로 마음의 풍파를 가라앉히며 말에서 뛰어내려 리코에 게 다가갔다. 그리고는 곧바로 리코를 향해 달려들었다. 그의 검에서 발해지는 푸른 검강이 1미터 50센티가량으로 치솟아올랐다. 지금 최대한의 마나를 검에 주입한 것이다. 일생일대의 대적을 맞아 생사를 가르는 마당에 힘을 아껴 무엇하랴. 그런 심정으로 글렌은 혼신의 힘을 다한 것이다. 리코도 물러서지 않고 검강을 발해 맞받아 쳤다.

쾅!

폭음이 울렸고 두 사람이 동시에 조금씩 물러섰다. 그러나 또 동시에 서로를 향해 달려들었다. 글렌은 평생의 힘과 기예를 이번 한 판의 결투에 쏟아 부었다. 리코는 특유의 쾌검을 발해 눈부시게 글렌의 전신을 향해 검을 날렸다. 연신 폭음이 터져 나오며 두 사람 사이로 수많은 불꽃이 명멸했다. 약속대로 리코는 마법을 사용하지 않았다. 그러나 글렌은 점차 힘겨워짐을 느꼈다. 리코의 검이 너무나 빨라 눈에 다 들어오지도 않았다. 다만 소드 마스터에 이르는 오감으로 간신히 하나하나 검날을 쳐내고 있었다. 그러나 진기가 달리면서 조금씩 허점이 드러나기 시작했다. 하지만 글렌은 오늘 이곳이 자신의 죽을 장소라고 생각했다. 그래서 한 치도 물러서지 않고 리코의 검을 맞받아 쳤다. 곧 리코의 검날 하나를 놓치고 말았다.

리코의 쾌검 하나가 왼쪽 어깨를 쑤시고 들어와 팔의 근육을 끊어놓고 빠져나갔다.

너무나 순간적인 일이라 글렌은 통증을 느낄 겨를도 없었다. 오히려 정신이 번쩍 나며 지쳐 가던 육신을 일깨웠다. 글렌은 다시 힘을 내어 달려들며 리코의 목을 향해 검을 내려쳤다. 쾌검을 도외시한 공격이었다. 리코의 검이 자신의 심장을 찌르면 자신은 리코의 목을 내려칠 심산이었다. 하지만 이는 리코의 검술을 무시한 처사였다. 리코의 쾌검이 휘둘러오는 글렌의 검면을 순간적으로 세 번이나 찔러 퉁겨 버렸다. 그리고는 훤히 드러나 가슴을 향해 일검을 찔러 넣었다.

그 순간 기사 한 명이 글렌을 뒤에서부터 잡아채며 앞을 막아섰다. 리코의 검강이 기사의 가슴을 관통하고도 모자라 뒤의 글렌 공작의 가슴까지 뚫어버렸다. 앞을 가로막은 기사는 심장이 관통되며 즉사했으나 글렌 공작은 기사가 잡아채는 바람에 휘청하며 자세가 낮아지는 바람에 비록 어깨 아래를 관통당하기는 했으나 심장은 피할 수 있었다. 살신성인의 기사도를 보인 한 이름없는 기사의 헌신에 흠칫해 잠시 리코가 검을 멈춘 사이 카스터 단장이 달려들어 글렌 공작을 낚아채며 급급히 뒤로 물러섰다.

"쏴라!"

글렌 공작과 어울리는 바람에 미리부터 석궁을 들고 대기하고 있던 병사들이 공격 기회를 잡지 못하고 있다가 카스터 단장의 명령에 일제히 쿼렐을 날렸다. 리코는 순간 이동으로 회피했다가 글렌 공작을 찾았으나 이미 병사들 사이로 숨어버려 위치를 알 수 없었다. 리코는 약간의 아쉬움을 느꼈지만 곧 털어버리고는 원래의 목표인 성문으로 달려갔다. 호른 제국병들이 쿼렐을 날리고 창을 찌르며 격렬히 방어했으나 소드 마스터의 진격을 막을 수는 없었다. 리코는 대지 위에 혈로를 만들며 성문으로 다가갔다. 성문을 여는 쇠사슬이 거대한 물레에 감겨 있는 모습이 보였다. 평상시에는 2마리의 말에 의해서만 열리는 육중한 문이었다. 리코는 우선 성문 좌우로 마법의 불을 던져 활활 타오르게 해 호른 제국병들의 접근을 막은 후 물레를 잡고 돌리기 시작했다. 소드 마스터의 근력에 의해 서서히 성문이 열리기 시작했다. 기겁한 호른 제국병들이 비 오듯 쿼렐을 쏘아댔지만 리코는 한 손으로 여전히 물레를 잡고 한 손으로는 검을 휘둘러 쿼렐을 쳐냈다. 그리고 잠시 후 기어코 성문이 기병의 출입이 가능한 높이로 열리고 말았다. 리코가 물레를 그 상태에서 고정시키자마자 대기하고 있던 대륙제일의 강병인 자코 왕국의 기병들이 성안으로 진입해 들어와 사방으로 부챗살처럼 퍼져 가기 시작했다.

가슴에 큰 상처를 입어 이미 혼절한 글렌 공작을 끌어안고 뒤로 후퇴해 이 광경을 지켜보던 카스터 단장은 이미 형세가 글렀음을 알 수 있었다. 카스터 단장은 글렌 공작을 마법사에게 넘겨 후방으로 이송하라 이른 후 통신 마법으로 주요 지휘관들에게 후퇴를 명했다.

─뒤는 내가 차단할 테니 모두 후퇴하라. 하레스에서 지원군이 올 것이다. 그때까지는 계속 후퇴하라.

카스터는 피눈물을 흘리며 후퇴를 명하지 않을 수 없었다. 벌써 성 안 곳곳에서 자코 왕국의 기병에 의해 호른 제국병들이 패주를 거듭하고 있었다. 더욱이 성벽을 넘어온 보병까지 합세하면서 이젠 완연히 병력의 열세에 처하고 말았다. 카스터는 기병들을 고스란히 후퇴시키고 보병만으로 완강히 막아섰다. 카스터를 향해 자코 왕국의 기병들이 달려왔다. 카스터 또한 상급의 그래듀에이트였다. 한낱 기병에 당하지는 않았다. 오히려 지나쳐 가는 기병의 가슴을 후려쳐 말에서 떨구며 분전했다.

"석궁을 쏴라."

사방에서 호른 제국병들이 무너지고 있었지만 후퇴하는 아군에게 시간을 벌어주어야 했다. 카스터는 병사들을 독려해 쿼렐을 날리게 했다. 무작정 달려오던 자코 왕국 기병들 또한 급작스런 공격에 우수수 무너져 내렸다. 그러나 기병은 끊임없이 달려왔고 곧 호른 제국병들은 쿼렐을 재장착할 사이도 없이 돌입을 허용하고 말았다. 양군은 곧 혼전을 벌이기 시작했다. 하지만 검귀들의 집단이라 할 수 있는 자코 왕국병들의 검술에 당할 재간이 없었다. 더군다나 기병 대 보병의 집단 전은 이미 승패가 갈려져 있다 해도 과언이 아니었다. 호른 제국병들이 죽음을 각오하고 저항했지만 사상자만 무수히 늘어가며 숫자가 눈에 띄게 줄어갔다.

카스터 또한 이젠 주변에 자코 왕국 기병밖에는 보이지 않는 상황에 처해 있었다. 카스터 단장 또한 죽음을 무릅쓰고 끝까지 항전했다. 막 달려오던 기병 하나를 후려쳐 말에서 떨군 후 재차 일어서려던 적의 목을 단숨에 잘라 버렸다. 그러나 뒤에서 달려들던 기병의 검이 미처 돌아설 여가도 주지 않고 카스터의 목을 훑고 지나가 버렸다. 카스터의 목이 잘려 땅에 떨어지며 글로스타 성의 운명도 함께 기울고 말았다.

글로스타 성이 함락될 즈음 라모는 저택 밖에서 경비 병사들의 호위를 받으며 들어오는 수석 마법사 블레이드를 보고 의아해졌다. 라모는 막 나겔과의 분쟁을 원만히 해결하고 야스퍼와 함께 정원에서 담소를 나누고 있던 중이었다.

"블레이드 경, 하레스 영지에 있어야 할 경이 여기엔 웬일이오? 그리고 일이 있으면 마법진을 이용할 것이지 왜 걸어오는 거요?"

둥글넓적한 블레이드의 얼굴이 보기 드물게 상기돼 있었다.

"소영주, 글로스타 성이 함락됐습니다. 자코 왕국의 기습입니다."

라모와 야스퍼는 경악했다.

"뭐라고요? 그럴 수가……."

라모는 일시 말문이 막혔다. 예상은 하고 있었지만 이토록 전격적으로 공격해 들어올런지는 미처 상상하지 못했다. 더군다나 왕성회의가 끝나고 곧바로 글로스타 영지로 돌아간 글렌 공작이었다. 그도 영지 내에 마법사들을 보유하고 있으니 왕성회의 중 자코 왕국에서 쳐들어왔다면 바로 통신 마법이 전달돼 왔을 것이다. 그러나 글렌 공작이 되돌아갈 동안 아무런 동정이 없었으니 전투는 글렌 공작이 돌아간 이후 벌어졌음이 분명하다. 그렇다면 한나절도 되지 않아 글로스타 성이 적의 수중에 떨어졌단 말인가? 만일 그랬다면 왜 글렌 공작은 자신에게 통신 마법을 보내지 않았을까? 이런 라모의 의문은 금방 풀렸다.

"이곳 마법사들에게 심상치 않은 일이 발생한 모양입니다. 통신 마법이 전혀 연결되지 않은 데다 직접 소영주께 보고하려고 텔레포트를 시도한 마법사 한 명이 공간으로 사라져 버렸습니다. 누군가 이곳 마법진에도 장난을 쳤습니다."

라모는 얼굴을 굳힌 채 급히 저택의 한 켠에 마련된 마법사실로 향했다. 마법사실을 열었을 때 방 안에는 피비린내가 진동했다. 항상 상주해 온 세 명의 마법사들이 모두 시체가 돼 있었다. 한 명은 목이 반쯤 잘려진 채 문가에 쓰러져 있고, 또 한 명은 등에 깊숙한 상처를 입고 절명한 상태였다. 또 마법진 근처에는 가슴에 대거 하나가 박힌 마법사가 쓰러져 있었다. 그리고 그 주위로 복면을 한 자들 다섯 명이 여기저기 거의 냉동된 채 죽어 있었다.

"기습을 받았군요. 그 외중에도 보르도는 자신의 장기인 냉동 마법으로 침입자들을 모두 얼려 죽인 것 같습니다. 하지만 이놈들도 마법진을 파괴하면서 소기의 목적을 달성했군요. 시간이 2시간은 지난 것 같습니다. 그러니 통신도 안 되고 마법진이 왜곡되었던 거군요."

블레이드의 관찰이 정확했다. 죽어 나자빠진 침입자들의 복면을 벗기고 몸을 수색했으나 단서가 될 만한 것은 아무것도 없었다. 저택 경비대장 앰버가 그들을 주의 깊게 살펴보더니 입을 열었다.

"이자들은 아무래도 어쌔신 같습니다. 복면을 한 점으로 보나 쓰인 무기들이 장검보다는 대거를 활용한 점이 이를 입증합니다. 그리고 혼란한 와중이라 하더라도 저택의 알람 마법을 뚫고 들어올 만한 자들은 그 방면에 정통한 어쌔신들밖에 없습니다. 누가 사주한 걸까요?"

라모와 야스퍼는 동시에 한 사람을 떠올렸다.

"나겔 브로이어!"

야스퍼가 부르짖었다. 라모 또한 그라는 심증이 들었다. 하지만 왜 하필이면 마법사들인가? 암살을 목적으로 했다면 라모나 가족들을 대상으로 하는 게 합당한 것 아닌가? 마법사들이 죽음으로써 글로스타 성의 전투에 대해서 몇 시간 동안 라모는 까맣게 모르고 있었다. 그렇다면 나겔은 자코 왕국의 간자인가? 무시하기에는 너무나 절묘한 포석이 아닌가? 글로스타 성이 함락될 동안 라모는 한가하게 이곳에서 나겔과 노닥거리고 있었다.

라모가 생각에 잠겨 있는 동안 마법 사실의 수정에서 로브를 입은 얼굴 하나가 떠올랐다.

─왜 이렇게 통신이 안 되는 겁니까? 벌써 수십 번도 더 연결을 시도했는데 이렇게 무성의해서야 원…….

수정구 안의 마법사는 벌컥 화부터 내기 시작했다. 블레이드가 급히 앞으로 나섰다.

"이보게, 날세. 화부터 내지 말게. 여기 사고가 있었네. 그래서 통신이 두절되었던 거야. 그건 그렇고 왜 통신을 연결했나?"

화를 내던 마법사가 블레이드를 보더니 금방 표정을 바꾸었다.

─블레이드님, 여기 와 계셨군요. 하레스에도 전한 바와 같이 황제

폐하께서 여러 번 라모 백작님을 호출하셨습니다. 그런데 통신이 연결되지 않으니 노발대발하시고… 저희들만 죽을 지경입니다."

사정을 눈치 챈 라모는 즉시 블레이드로 하여금 마법진을 복구하라 이르고 황궁 마법사에게 사정을 물어보았다.

"글로스타 성이 함락되고 마하라자 기사단장 카스터 드라이트 경이 전사하셨습니다. 또 글렌 공작 전하는 중상을 입으셔서 의식이 없습니다. 글로스타의 병사들은 영지 바깥으로 후퇴해 다시 진형을 만들고 있으나 지휘관이 없어 우왕좌왕하고 있는 중이랍니다. 어서 빨리 입궁하십시오."

라모는 야스퍼와 함께 곧 복구된 마법진을 통해 황궁으로 이동했다. 라모와 야스퍼가 황제의 집무실로 들어서니 황제는 의자에 앉아 머리를 짚고 있다. 그 옆에는 글렌 공작 대신 나겔 후작이 시립해 있다.

"라모 백작, 도대체 뭘 하느라 이제 나타난 거요?"

황제의 어조에는 짜증기가 강하게 배어 있었다. 나겔은 그런 질책이 당연하다는 듯 미소가 살짝 얼굴에 걸려 있다. 라모와 야스퍼가 한쪽 무릎을 꿇고 머리를 숙였다 일어났다.

"저희 하레스 수도 저택에 상주해 있던 마법사들이 모두 피살되었습니다. 누군가 의도적으로 황궁과 저의 통신을 방해하려던 수작 같습니다. 이는 아무래도 호른 제국 내부인의 수작으로 보입니다."

라모는 나겔을 주의 깊게 살펴보며 고했다.

"그런 일이 있었단 말이오? 도대체 누가 그런 짓을……."

황제의 얼굴이 더욱 찌푸려졌다.

"이는 분명 적과 내통하는 자의 사주입니다. 그렇지 않고서야 이렇게 절묘한 시간에 통신을 막아 자코 왕국이 글로스타 성을 침공한 사실을 저희들이 놓칠 리 없습니다."

야스퍼는 노골적으로 나겔을 노려보았다. 그러나 나겔은 두꺼비 얼굴로 무표정을 가장하고 있다.

"야스퍼 백작, 왜 날 노려보는 거요? 설마 날 의심하는 건 아닐 테지요?"

야스퍼는 참지 못하고 소리쳤다.

"바로 그 설마요. 황제 폐하, 나겔 후작을 조심하십시오. 후작은 글렌 공작과 저희들이 진언드린 글로스타 성의 병력 증강을 막은 장본인입니다."

나겔은 무표정하게 소리쳤다.

"닥치시오. 통신 마법이 두절된 사태를 왜 내게 뒤집어씌우는 거요. 이는 그대들이 꾸민 모략이 분명하오. 황제 폐하, 오히려 라모 백작과 야스퍼 백작이 의심스럽습니다. 글로스타 성이 함락되기 전에 두 소드 마스터가 급파되었더라면 전황은 훨씬 유리했을 겁니다. 그런데 의도적으로 통신을 끊고 시간을 지체한 혐의가 짙습니다."

라모와 야스퍼는 나겔의 말에 어이가 없었다. 황제는 골치가 아픈지 고개를 설레설레 흔들었다.

"그만두시오, 나겔 후작! 지금 그런 걸 따질 때가 아니오. 그리고 라모 백작과 야스퍼 백작도 진정하시오. 나는 그대들이 우리 호른 제국의 간성임을 믿소. 일단 발등에 떨어진 불부터 꺼야 하지 않겠소. 이 일은 나중에 철저히 조사하여 시비를 분명히 가리도록 하겠소. 라모 백작, 그대를 글로스타 영지의 병력을 책임진 사령관으로 임명하겠소. 그리고 주변 영지의 병력들이 지원을 나가도록 손을 써놓았소. 즉시 출발하여 부디 자코 왕국병들을 무찌르고 돌아오길 바라겠소."

황제의 말에는 라모를 믿는다는 신의가 넘쳐흘렀다. 그리고 일부 나겔을 질책하는 의도까지 포함돼 있었다. 황제의 맘속에 처음으로 나겔에 대한 의심이 들었음을 알려주었다. 나겔의 표정이 조금 굳어졌다. 나겔을 노려보던 라모와 야스퍼는 즉시 한쪽 무릎을 꿇었다.

"알겠습니다, 황제 폐하! 반드시 적을 호른 제국의 영토 밖으로 모조리 몰아내겠습니다."

라모와 야스퍼는 즉시 황제의 집무실을 나와 황궁 마법진을 통해 글로스타 영지의 병력이 후퇴한 지역으로 공간 이동했다. 글로스타 영지 소속의 마법사들이 그린 임시 마법진을 통해 나타난 라모와 야스퍼는 주변을 둘러보았다. 글로스타 영지 바깥 20킬로미터까지 후퇴한 병사들은 지금 사방에 널브러져 시장터와 같은 무질서를 보이고 있었다. 부상자가 곳곳에서 보였고 그렇지 않은 병사라 하더라도 한나절을 쫓겨오느라 모두 실신 지경이었다. 날은 어두워져 가는데 덮고 잘 이불한 장 없는 실정이었다. 그대로 추운 땅에서 잠을 자면 몸에 찬 기운이 배어 굳어버리고 말아 다음날 전투를 할 수 없는 상태에 처하게 된다.

라모는 우선 하레스의 마법사들과 천인장들을 모두 호출하게 했다. 그리고 일단 살아남은 마하라자 기사들을 소집하게 한 연후 부상당한 글렌 공작을 만났다. 글렌 공작은 심장 바로 위를 관통당하여 실신한 상태였다. 마법사들이 포션과 힐링 마법으로 상처를 치료하였으나 여전히 의식이 없었다. 라모는 글렌 공작을 앉힌 후 명문혈에 진기를 주입했다. 그리고 온몸의 혈도를 점검해 보았다. 글렌 공작의 몸은 엉망이었다. 검강에 적중되는 순간 주변의 모세혈관이 모두 파괴되고 혈도가 막혀 죽지 않은 것이 천만다행이었다. 라모는 진기로 글렌 공작의 막힌 혈도를 서서히 뚫어가기 시작했다. 그러기를 30분 만에 글렌 공작이 한 모금의 선혈을 내뱉은 후 서서히 의식을 되찾았다.

"공작 전하, 의식이 드십니까?"

명문혈에서 손을 뗀 라모가 급히 글렌의 등을 어깨에 기대게 한 후 물었다. 글렌의 눈동자가 서서히 라모에게 돌아왔다.

"라, 라모 백작, 왜 이제야 왔나. 자네 보기가 정말 부끄럽군."

글렌은 평소의 위엄 대신 처량함이 가득한 얼굴로 라모를 바라보았다. 혈도를 모두 뚫기는 했으나 검강에 격중된 상처는 한순간에 치유할 수가 없었다. 글렌은 그 외중에도 영주로서의 책임감을 잊지 않았다.

"카스터 단장은 어디 있나? 그리고 자코 왕국병들을 물리쳤나?"

글렌은 주변에 선 눈에 익은 영지 마법사가 보이자 질문부터 던졌다. 마법사가 침통한 얼굴로 고개를 숙였다. 그제야 글렌은 고개를 들고 사방을 살폈다. 그리고 곧 큰 충격을 받고 라모의 어깨로 머리를 떨구었다. 그리고 떨리는 목소리로 물었다.

"카스터 단장은 어떻게 됐나? 내 오랜 친구는……."

마법사가 기어코 오열했다.

"기사단장님께서는… 전사… 하셨습니다. 영지의 병사들을 한 명이라도 더 후퇴시키기 위해 적을 가로막다 그만……. 죄송합니다, 공작 전하!"

말을 듣던 글렌 공작이 눈물을 뚝뚝 흘리더니 가늘게 어깨를 떨었다.

"내 영지는… 내 영주민들은……. 이럴 수가… 이럴 수가……."

라모는 어깨를 안고 있던 글렌의 몸이 점차로 더 크게 떨리기 시작하는 걸 느끼고 얼른 수혈을 짚었다. 무공이 깊을수록 절망이 깊으면 더 큰 충격을 받는 법이다. 라모는 마법사를 시켜 글렌 공작을 얼른 수호른으로 이동시켜 치료받게 조치를 취했다.

얼마 후 하레스로부터 마법사들과 10명의 천인장들이 당도했다. 그리고 살아남은 마하라자 기사단의 70여 명가량의 기사들이 집합했다.

막사 하나 없이 피폐한 황야에 주저앉은 채 임시회의가 열렸다. 야스퍼는 라모의 옆에 앉고 하레스의 천인장들은 라모의 뒤에 일렬로 선 채였다.

"나는 황제 폐하로부터 임시 사령관직을 제수받고 파견 나온 라모 백작이오. 피해 상황과 현재 전투 가용 인원을 보고하시오."

라모가 입을 열자 기사 한 명이 일어섰다.

"제가 보고 드리겠습니다. 저는 마하라자의 부기사단장 피야트라고 합니다. 글로스타 성의 전투에서 총원 15만의 병력이 동원되었으며, 이곳으로 후퇴해 온 인원은 모두 9만여 명입니다. 다행히 기병 3만이 거의 대부분 건재한 채 이곳으로 후퇴했습니다. 이는 카스터 단장님께서 죽음으로 적병을 가로막아 준 덕분입니다. 부상병은 2만 명가량으로 현재 전투 가용 인원은 7만 명입니다."

침통한 표정으로 보고하는 피야트의 얼굴은 허망함이 가득해 보였다. 단 한 번의 전투치고는 피해가 너무 컸던 것이다. 라모는 피야트로부터 전투 상황을 세세히 보고받고는 전투의 양상을 대강 파악할 수 있었다.

"역시 자코 왕국의 기병들은 강하군요. 우리 하레스의 병력들이 있었다면 멋지게 한번 붙어볼 만한데……. 병력을 마법진으로 데려오는 건 한계가 있으니 이것 참……."

야스퍼가 아쉬운 표정으로 옆에서 말을 건넸다. 라모는 구레나룻을 쓰다듬었다.

"되지도 않을 일은 말을 꺼낼 필요도 없네. 일단 이곳을 벗어나는 게 급선무야. 지금의 병력으로 이런 탁 트인 황야에서 기병과 맞서는 건 바보 같은 행위야. 적을 우리가 유리한 지형으로 끌어들여야 해. 피야트 부단장, 이 근방에 적을 분산시킬 만한 지형이 있소?"

그러자 기사 몇 명이 몇 군데 지형을 거론했고 주의 깊게 들어보던 라모는 한곳에 관심을 기울였다.

"구릉이 많아 병력을 숨길 곳이 많고 적 또한 분산되지 않을 수 없는 지형이 있단 말이지? 더군다나 그곳이 수호른으로 향하는 길목이고……. 아주 적격이군. 이곳에서 얼마나 떨어져 있지?"

말을 꺼냈던 기사가 얼른 대답했다.

"이곳으로부터 후방 50킬로미터 지점입니다. 적이 만일 진격해 온다면 길이 협소해 병력이 늘어지게 됩니다. 하지만 우리 또한 병력을 집결할 수 없으니 같은 조건이 되고 맙니다."

라모는 고개를 끄덕이고 뒤의 천인장들을 바라보았다.

"자네들은 어떻게 생각하나? 서로 병력이 분산된 가운데 전투가 벌어진다면 어떤 작전을 써야 할까?"

스턴이 먼저 입을 열었다.

"마법사들로 하여금 적정 관찰을 하게 하고 우리는 병력을 계속적으로 움직이면서 적들을 항상 다수로 상대하는 게 이 경우 알맞은 병법이라고 봅니다. 다만 병력 운용이 원활해야 하는데 그것도 저희 천인장들이 최대한 병사들을 다그친다면 그럭저럭 가능하리라 봅니다."

그러나 타푼이 반대하고 나섰다.

"그러나 그것은 적에게 마법사가 없을 경우에만 적용됩니다. 보고에서는 마법의 브릿지를 구사할 만큼 뛰어난 마법사가 자코 왕국 측에 있다고 들었습니다. 그렇다면 자칫 전술이 어그러지면 큰 낭패를 당할 우려가 있습니다. 오히려 우리가 포위돼 곤욕을 당할 경우 말입니다."

라모가 얼른 말을 받았다.

"마법사는 걱정할 필요 없네. 내가 충분히 마법사를 견제할 수 있고, 필요하다면 당장에라도 그를 방문해 지워 버릴 수도 있네."

타푼은 자신의 주장을 굽히지 않았다.

"그래도 안 됩니다. 선두는 격파할 수 있을지 모르지만 적은 계속 병력을 투입할 테고, 병력에서 열세인 우리는 어느 순간 오히려 포위될 수 있습니다. 제 생각에는 우리 측 병사들을 좌우로 넓게 포진시켜 적 들 또한 병력을 분산시키지 않을 수 없게 만들어야 한다고 생각합니다. 분산된다면 지원할 수 있는 병력의 한계를 드러낼 것이고 그때 각 천 인장들이 그때마다 적절한 전략으로 적을 분쇄하는 겁니다."

귀네스가 맞장구를 치고 나섰다.

"맞습니다. 우리가 넓게 포진돼 좌우에서 적군을 굽어본다면 뒤가 염려스러워서라도 적들은 병력을 분산시킬 수밖에 없습니다. 더욱이 우리 천인장들은 다들 그만한 능력이 있지 않습니까? 뭐, 많아야 2배 병력이 될 텐데, 그들조차 물리치지 못한다면 천인장 자리를 내놓고 초 야로 자리를 옮겨야지요."

귀네스의 마지막 언급에 농담기가 담겨 있자 벨트로가 낄낄거렸다.

"천인장들 가운데 가장 염려스런 자는 바로 귀네스뿐입니다. 귀네스 가 자신있다면 저희들한테는 물어볼 것도 없습니다."

벨트로의 말에 다른 천인장들조차 '맞아'를 연발하며 웃음을 터뜨 렸다. 심각한 회의장이 순식간에 사교장이 되고 말았다. 라모의 앞에

줄지어 앉아 있던 마하라자 기사단 소속의 기사들은 어이없는 얼굴로 그런 하레스의 천인장들을 바라보았다. 일패도지당하여 풀이 죽어 있던 마하라자의 기사들은 하레스 천인장들의 터무니없는 자신감이 이해되지 않았다.

그들은 일단 라모와 천인장들의 대화에 끼어들 수가 없었다. 그들에게 있어 미덕은 용맹과 뛰어난 검술이었다. 최고 지휘관이라 하더라도 이 세계의 전투는 병력의 수와 무력에 의해서 승패가 가름된다. 절묘한 전략 전술은 그다지 써보지 않았다. 그러니 하레스 천인장들이 다투어 내놓는 의견의 틈바구니 속에서 꿰어놓은 보릿자루가 될 수밖에 없었다.

라모는 야스퍼를 돌아보았다.

"야스퍼, 자네 의견은 어떤가? 타푼의 전략이 그럴듯한데……."

야스퍼는 자리에서 일어나 천인장들을 향해 돌아섰다.

"내일 전투에서 패배하는 천인장들은 모두 10골드씩 월급을 감봉하겠다. 대신 이긴 자에겐 매달 20골드씩 인상된 월급을 지불하겠다."

옆에서 듣던 라모는 야스퍼의 돌출 행동에 당황했다. 천인장들이 좋아라 함성을 질렀다.

"감사합니다, 단장님! 그럼 단장님은 승리할 경우 얼마나 인상되는 겁니까?"

벨트로가 묻고 나서자 야스퍼는 라모를 힐끔 한번 쳐다보더니 자신만만하게 대답했다.

"나야 50골드지. 이미 라모 백작께서 예전에 약속을 하셨으니, 이번엔 분명히 인상해야지."

그러자 천인장들이 일제히 야스퍼에게 야유를 퍼부었다.

"그런 법이 어디 있습니까? 단장님은 50골드 인상인데 왜 저희들은 겨우 20골드입니까?"

"그럼 내가 너희들하고 똑같냐? 명색이 단장인데 대우도 다를 수밖에."

라모가 참지 못하고 벌떡 일어났다.

"줄 사람은 생각도 하지 않는데 너희들끼리 짓고 까부는 거냐? 포상은 하겠지만 월급 인상은 어림도 없다. 인상은 내년에 천인장들은 5골드, 야스퍼 단장은 10골드를 고려하겠다."

천인장들이 일제히 라모에게 야유를 퍼부었다. 그 대열에는 야스퍼도 동참하고 있었다.

지켜보던 마하라자 기사단은 눈살을 찌푸렸다. 애들 장난도 아니고 뭐 하는 짓들인가 하는 표정이다. 다만 예전 야만족 정벌에 참가했던 소수의 기사들만이 라모와 야스퍼의 무위가 생각나며 미미하게 고개를 끄덕였다.

결국 작전은 타푼의 의견이 채택되고 이어 라모는 분산 배치될 병력의 지휘관을 선정하는 과정에서 마하라자 기사들의 반발을 예상하고 미리 불만을 잠재워야겠다고 생각했다.

"내일 지원 병력이 도착할 것이다. 그럼 글로스타의 병력과 합쳐 10개의 부대로 나눌 생각이다. 그래서 각각의 지휘관을 선정해야 한다. 난 여기서 아주 전통적인 방식으로 지휘관을 선정할 생각이다. 여기 하레스의 천인장 10명이 서 있다. 누구든 나서서 아무나 선택하여 검술 대련을 통해 이기면 그를 한 부대의 지휘관으로 임명하겠다. 자, 누구부터 나서겠나?"

라모의 선언이 내려지자 하레스 천인장들은 곧 선물을 받을 호기심

가득한 얼굴로 마하라자 기사들을 바라보았다. 반면 마하라자 기사들은 오만상을 찌푸렸다. 너희들은 누구도 하레스의 천인장들의 상대가 될 수 없다는 뉘앙스가 라모의 말속에 들어 있었기 때문이다.

잠시 아무도 나서지 않았다. 그러나 점차로 기사들의 눈이 피야트 부단장에게 쏠렸다. 아무래도 부단장인만큼 가장 검술이 뛰어난 모양이다. 피야트도 마하라자 기사들의 기대를 저버릴 수 없어 일어나 앞으로 나섰다.

"제가 도전해 보겠습니다. 저 사람과 하겠습니다."

피야트가 지적한 사람은 말없이 서 있던 렌토였다. 가장 험상궂게 생기고 위맹해 보였기 때문이다. 마하라자 기사단의 명성을 감안해 약해 보이는 기사보다는 가장 강해 보이는 렌토를 지적한 것이다.

"쯧쯧, 하필이면 렌토 선배야?"

"렌토 선배, 적당히 봐주세요. 그래도 내일 함께 싸워야 할 전우인데, 상처는 입히지 마세요."

천인장들이 가엾다는 듯 렌토에게 한 부드럽게 해달라는 주문에 피야트는 어이가 없는 동시에 오기가 솟았다. 자신도 검술이라면 누구와 싸워도 지지 않을 자신이 있었다. 완전히 박살을 내버려야겠다고 속으로 전의를 다졌다. 그러나 렌토가 붉은 눈을 치뜨며 검을 뽑아 들고 앞으로 나서자 소름이 쫙 끼쳤다.

"크크크, 애송아! 어디 재롱을 떨어봐라. 마하라자 기사단의 솜씨를 한번 구경해 보자."

그러면서 검에 진기를 주입하자 50센티미터가량의 붉은 검강이 검에서 솟아올랐다. 검강을 보자 피야트는 다리에 힘이 빠지며 얼굴이 창백해졌다. 피야트 대신 하레스의 천인장들이 야유했다.

"우우우!"

"렌토 선배, 같은 호른 제국의 기사들끼리 대련을 하는데 검강까지 발할 필요가 있습니까? 정말 너무하는군요."

렌토는 천인장들의 야유에 검강을 거두었다.

"좋아, 검강을 발하지 않겠다. 순수한 검술만으로 상대하마. 자, 덤벼라."

렌토가 선심 쓰듯 말을 건네었지만 피야트는 감히 달려들 생각을 할 수 없었다. 자신이 아무리 상급의 그래듀에이트이지만 소드 마스터에게는 그야말로 구르는 수레 앞의 곤충에 지나지 않는다. 암중으로 피야트를 응원하던 마하라자 기사들도 할 말을 잊었다.

"하레스의 천인장들이 모두 소드 마스터라는 말입니까? 그렇다면 이번 결투는 해보나 마나입니다. 하레스의 천인장들이 저희들을 지휘하는 데 아무런 불만이 없습니다."

피야트가 검 한 번 뽑아보지 못하고 굴복했다. 그의 결정에 다른 마하라자 기사들도 아무런 이의를 달 수 없었다. 그제야 라모가 앞으로 나섰다.

"자, 결정됐으면 모두 노숙을 준비해라. 기사들은 각자의 소속으로 돌아가 병사들의 편제를 재정비해라. 그리고 마법사들이 가져오는 담요와 장작을 병사들에게 나누어 주도록. 곧 어두워질 것이다. 그전에 빨리빨리 서둘러라."

라모의 지시에 기사들이 흩어져 갔다. 라모는 20여 개의 임시 마법진을 그려 연신 담요와 생필품을 전송해 오는 곳으로 갔다. 그리고 작업을 진두지휘하고 있는 블레이드를 만났다.

"소영주, 우리가 마법사인지 막노동자인지 구분이 안 됩니다. 이런 험한 일을 해보긴 마법사 생활을 시작하고 나서 처음입니다."

블레이드가 투덜거렸다. 마법사들이 마법진에 달라붙어 마력을 쏟아 붓고 있었다. 9만 명의 병사들의 덮고 잘 담요와 불쏘시개를 수호룬과 주변 영지에서 전송해 오는 일은 대역사라 할 만했다. 대신 사람이 아닌지라 정교하게 조종하지 않아도 상관없다는 점이 다행이라고나 할까? 덕분에 마법사들만 죽어나는 중이었다.

"블레이드 경, 경도 자코 왕국 측에서 마법의 브릿지를 만들었다는 소리를 들었을 거요. 만약 경이라면 그것이 가능하겠소?"

라모의 질문에 블레이드가 잠시 자신의 역량을 가늠해 보았다.

"글쎄요. 마법의 브릿지를 만들 수는 있을 겁니다. 그리고 화염 마법에도 어느 정도 방어력을 갖출 수도 있지요. 하지만 그 정도 광범위 마법을 펼치면서 철퇴로 내려쳐도 끄떡없을 정도의 브릿지는 불가능합니다."

블레이드의 말에 라모는 구레나룻을 쓰다듬었다.

"그렇다면 블레이드 경보다 상위의 마법사라는 결론이군요."

"그렇습니다. 그는 분명히 9서클의 마스터입니다. 하지만 이상합니다. 지금까지 알려진 9서클의 마스터는 마법사 길드장이신 헤스타 트로이얀님이 유일하십니다. 하지만 헤스타님이 자코 왕국을 지원하실 리는 만무합니다. 대륙의 평화를 깨는 나라에 마법을 빌려주실 분이 아니시죠."

"그럼 또 한 명의 마스터가 존재한다는 거군요."

블레이드가 고개를 끄덕였다.

"그렇습니다. 놀라운 결론이지만 그렇게밖에 생각할 수 없습니다."

라모는 어두워가는 하늘을 바라보았다.

"내일 벌어질 전투가 기다려지는군요. 누군지 궁금하기도 하고…
내일이면 마검사인 리코 후작도 만날 테니 이래저래 흥미로운 하루가
되겠군요."

라모의 말에 블레이드가 웃었다.

"세상에 전쟁을 흥미로운 날로 기대하는 사람은 소영주 한 분뿐일
겁니다. 병사들은 오늘 밤 잠을 이루지 못하고 내일이 두려워 전전반
측할 텐데요."

블레이드의 지적에 라모는 속이 뜨끔했다. 아직까지 자신은 광한마
제 사마조의 기억을 다 지우지 못하고 전쟁을 반가워하고 있는 것이다.
그것을 블레이드에게 들키자 라모는 새삼 자신을 되돌아보지 않을 수
없었다.

다음날 새벽 라모는 전 병력을 기상시켜 후방 50킬로미터 지역으로
후퇴를 명하였다. 가는 도중 황제의 명을 받고 지원 나온 근동 영지의
병력들이 합류했다. 그 수가 4만여 명이었다. 라모는 행군 도중 부상병
들은 따로 전투 지역 밖으로 대피시켰다. 그리고 나니 이제 싸울 수 있
는 병력 11만 명이 남았다.

구릉 지대에 도착한 라모는 그 일대를 세세히 살펴보았다. 일단 전
반적으로 구릉의 높이가 낮고 경사 또한 완만해 기병이라면 단숨에 치
달을 수 있을 정도였다. 하지만 바로 너머에서 전투가 벌어지더라도
소리만 들리지 않는다면 모를 만큼 사람의 시선을 가리기에는 충분했
다. 그런 구릉이 도처에 깔려 있고 마차 5대가 한꺼번에 지날 만큼 큰
도로가 구불구불 구릉 사이를 지나고 있었다.

"야스퍼, 어떤가? 이 정도면 병사를 분산 배치해 전략을 펴기에 안

성맞춤 아닌가?"

야스퍼도 지형이 꽤나 마음에 든 표정이다.

"그렇군요. 여기라면 소수의 병력으로 다수를 상대하기에 무리가 없겠어요. 다만 이 중앙 통로를 어떻게 방어하느냐가 관건이겠군요."

라모는 제법 넓은 도로를 바라보았다. 비록 길은 구불거렸지만 기병이 준동하기엔 불편함이 없는 넓이였다.

"여긴 내가 방어할 테니 걱정하지 말고 자네는 앞으로 횡대로 흩어질 부대를 수시로 오가며 지원하는 역할을 담당하게. 마법사 부대를 자네가 거느리고 다니게. 그러다 리코가 나타나면 즉시 내게 연락하고."

라모는 야스퍼에게 신신당부를 한 후 전날 밤 이미 구상한 대로 하레스 천인장들에게 각각 1만 명의 병력을 이끌고 책임 지역으로 가서 진지를 구축하도록 조치했다. 다만 기병은 중앙 통로 좌우 천인장들이 각 1만씩을 담당하고, 예비병으로 기병 1만을 남겼다. 라모는 블레이드와 페넬을 데리고 제일 높은 구릉으로 올라가 각 부대의 배치 상황을 관찰했다. 라모와 야스퍼 밑에서 오랫동안 호흡을 맞추어 온 천인장들은 모두 자신이 맡아야 할 지역과 책임을 정확히 숙지하고 있었다. 라모의 전생대로 표현하자면 학익진이 펼쳐진 것이다. 호른 제국의 병력들이 학의 날개처럼 포진돼 적을 기다리고 있는 셈이다.

리코가 이끄는 자코 왕국병들은 정오가 되기도 전에 구릉 지대의 전면에 도착했다. 리코가 살펴보니 기치창검이 햇빛에 반사돼 구릉 전체가 번쩍이고 있었다. 심지어는 호른 제국 병사들의 머리가 구릉 너머로 오르락내리락하는 등 공공연한 걸로 보아 매복도 아닌 것으로 판단

됐다. 우리는 여기서 이렇게 기다리고 있다. 그러니 덤벼봐라. 이런 의
도가 담겨져 있는 것을 느낀다. 어쨌든 호른 제국 제2의 방어선이 이곳
에 집결되었음을 짐작했다.

리코는 지휘관급 기사들을 불러 임시 전략 회의를 열었다. 기사들도
눈이 있는지라 호른 제국의 병력 배치를 짐작했다. 그들의 의견은 리
코의 계획과 얼추 맞아떨어졌다.

"이곳을 무작정 돌파하고 나면 뒤가 염려스럽습니다. 그렇다고 병력
을 떼어 저들을 견제하기에는 앞으로가 문제입니다. 계속해서 호른 제
국병이 막아설 텐데 그때마다 병력을 분산시키면 종국엔 병력 부족으
로 곤란을 겪을 겁니다."

"그렇습니다. 여기에서부터 차근차근 부숴 나가야 합니다. 마법사
들의 탐지 마법에 따르면 호른 제국의 병력은 10개의 부대로 나뉘어져
있고 보이지 않는 예비병까지 감안해 10만에서 12만으로 추정됩니다.
병력의 우위에 있는 우리가 저들을 피해갈 이유가 없습니다. 구릉도
경사가 그다지 심하지 않아 기병이 달리는 데 문제가 되지 않습니다.
병사들의 개인 기량은 우리가 월등합니다. 같은 병력으로 싸워도 우리
가 질 이유가 없습니다. 우리도 부대를 나누어 각각 적을 격파하고 구
릉이 끝나는 지점에서 만나도록 하면 될 것입니다."

리코도 기사들의 의견에 십분 공감했다. 그는 스승인 페렛의 마법과
자신의 검술이라면 비록 뜻하지 않은 함정이 마련돼 있다 하더라도 어
렵지 않으리라 판단했다. 문제는 라모 하레스였다. 그도 분명 여기에
와 있을 것이 자명했다. 그리고 보면 호른 제국 공략의 최대 분수령이
바로 이곳에서 벌어질 전투라는 걸 예감할 수 있었다. 하지만 아무리
뛰어난 검사라 하더라도 이런 대규모 전쟁에서 한 사람이 승패를 가르

지는 못한다. 포우 국왕의 유지를 위해 자신이 죽음을 담보로 라모를 막아서면 그사이 승리를 거머쥘 수 있다고 추측했다.

리코는 기병을 각각 8천씩 10대로 나누고 그 뒤를 보병 각 5천으로 받치게 했다. 나머지 2만의 기병으로 리코가 직접 중앙을 공략하기로 했다. 자코 왕국병도 지난 전투에서 사망 1만 2천에 부상자가 8천 명가량 생겼다. 거기에 함락한 글로스타 성의 수비와 만일을 대비한 예비병으로 성에 보병 3만을 남겨두고 왔다. 그러니까 여기엔 15만의 병력이 진출한 셈이다.

리코의 지시에 따라 자코 왕국의 병력들이 구릉을 앞에 둔 황야에 횡으로 늘어서 10개의 부대로 분리됐다.

"진격하라."

리코가 명령을 내리자 자코 왕국병들은 일제히 구릉 지대를 넘어가기 시작했다.

앰버 천인장은 자신이 담당한 지역을 향해 다가오는 자코 왕국병들을 주시했다. 구릉 아래에 집결한 자코 왕국 병사들이 먼저 보병부터 방패를 치켜들고 구릉을 넘어오기 시작했다. 앰버는 전위대를 재빨리 후퇴하도록 명령했다. 그리고 자신의 휘하로 들어온 마하라자 7명의 기사들에게 당부했다.

"명심하시오. 마법사가 신호탄을 쏠 것이오. 각자의 위치에서 대기하고 있다가 빛을 내는 신호탄이 터지면 일제히 공격하시오. 그러다가 검은 연기를 뿜어내는 신호탄이 터지면 무조건 후퇴하시오. 후퇴 시에는 반드시 구릉 위에 1천 명가량의 저격병을 숨겨놓았다가 추격해 오는 적의 기마병을 격퇴해야 하오. 따라잡히면 절대 안 되오. 여기서 확실하게 적의 예봉을 한차례 꺾어야만 하오."

앰버의 전략대로 지휘관급 기사들이 즉시 자신들의 관할 병력을 이끌고 능선 사이로 모습을 감췄다.

막 첫 구릉을 넘어온 자코 왕국병들은 저항해 오는 호른 제국병들이 보이지 않자 오히려 조심스러워졌다. 자코 왕국병들은 늘어진 병력 간의 연계가 끊어지지 않도록 주의하면서 구릉을 내려와 차근차근 전진해 나갔다. 그리고 또 다른 능선에 주의를 기울여 올라가는 순간 무언가 하늘로 날아올라 가더니 번쩍하고 흰 빛을 뿜어냈다.

"와!"

갑자기 함성이 울리며 구릉 사이에서 호른 제국병들이 일제히 쏟아져 나왔다. 좁은 구릉 틈에 낀 자코 왕국의 기병들은 기동력을 살리지 못하고 호른 제국병들의 난입을 허용할 수밖에 없었다. 호른 제국병은 창병을 앞세워 기마병을 찔러 떨구면 뒤따르던 다른 병사가 심장을 찌르고 목을 잘라 버렸다. 처음엔 갑작스런 기습에 당황해 잠시 밀리던 자코 왕국병들은 특유의 용맹성과 뛰어난 검술로 곧 치열하게 반격하기 시작했다. 그러다 이윽고는 점차 밀어붙이며 우세를 점하게 되었다.

그때 다시 하늘에서 무언가가 터지며 검은 연기를 뿜어냈다.

"후퇴하라!"

지휘관들의 외침에 호른 제국의 병사들이 구릉 위로 도망치기 시작했다. 자코 왕국 기병들이 맹렬히 추격해 가며 도망가는 호른 제국병의 등을 창과 검으로 쑤셨다. 그러나 능선을 오르기 시작하자 위로부터 쿼렐이 무더기로 쏟아지기 시작했다. 약 1천 명가량의 호른 제국병들이 크로스 보우를 들고 도망쳐 오는 동료들을 마중해 내려오며 연신 퀘렐을 날렸다. 또다시 의외의 습격을 받은 자코 왕국의 기병들이 무더기로 쓰러졌다. 방패를 든 자코 왕국의 보병이 방어에 나섰을 때는 이미 호른 제국병들은 구릉을 완전히 넘어간 뒤였다. 잠시 멈칫했던 자코 왕국병들은 추적을 재개했다.

또 하나의 구릉을 넘어선 자코 왕국병들은 도망가는 호른 제국 병사들의 후미가 보이자 이를 갈았다. 대륙제일의 정병으로 소문난 자신들이 두 차례나 기습을 당한 것이 억울하기 그지없었다.

"추격하라!"

기마병들이 먼저 말에 박차를 가하며 쏜살같이 구릉 아래로 쫓아 내려갔다. 그 뒤를 걸음 느린 보병이 힘껏 쫓아갔지만 대형은 절로 쐐기형이 되고 말았다. 기병이 이미 또 다른 구릉을 넘어갔을 때 보병은 겨우 구릉 아래에 다다랐다. 자코 왕국 보병이 허덕거리며 구릉 위로 오를 때, 기병들은 이미 또 다른 구릉을 넘어가고 있는 중이었다.

뒤따르던 자코 왕국의 보병 지휘관은 속으로 이상하다고 생각했다. 보병으로 이루어진 호른 제국의 병력을 기병들이 아직도 따라잡지 못한 것을 이해할 수가 없었다. 그러나 그는 곧 이해할 수 있게 되었다. 구릉 위로부터 퀘렐이 쏟아지기 시작했다.

"아차, 함정이구나."

앞선 기병을 믿고 방패를 내린 채 힘겹게 구릉을 오르던 자코 왕국의 보병들은 느닷없는 기습으로 일시지간 수백 명이 고꾸라졌다.

"방패를 들어 방어하며 뒤로 후퇴하라!"

지휘 기사가 고함을 질렀고 잘 훈련된 자코 왕국 보병은 즉시 전면에 방패를 세워 방어하며 뒷걸음질치기 시작했다. 그러나 좌우의 구릉 사이에서 호른 제국병들이 나타나 퀘렐을 쏘아대기 시작하자 굳건했던 자코 왕국의 병진도 크게 혼란스러워지기 시작했다. 더욱이 뒤편의 구릉 위에서까지 화살이 쏟아져 내리자 자코 왕국 보병들이 잇달아 쓰러졌다. 사면 협공인지라 방패도 소용이 없었다.

"원을 그려 방패를 쌓아라! 기병들이 되돌아올 때까지 버텨라!"

자코 왕국 지휘 기사가 목청껏 외쳤지만 호른 제국병들은 여유를 주지 않았다. 비 오듯 쏟아지는 화살과 퀘렐의 빗줄기가 자코 왕국 보병의 용맹과 생명을 순식간에 앗아가기 시작했던 것이다.

호른 제국병을 쫓던 자코 왕국 기병들은 도망치는 적병들의 숫자가 너무 적다는 걸 눈치 챘다. 그리고 거리가 가까워지다가도 구릉을 넘기만 하면 다시 멀어지곤 해서 이상하다고 생각하는 중이었다. 그러다 뒤쪽에서 갑자기 함성이 들리자 자코 왕국 기병 지휘관은 자신의 머리를 쥐어박았다.

"이런, 릴레이 식으로 소수의 병력을 미리 대기시켜 놓았다가 도망가게 하는 유인책에 우리가 걸려들었구나. 전원 반전! 보병을 구하러 간다. 빨리 말머리를 돌려라."

자코 왕국의 기병들이 자신들의 보병을 구원하러 달려갔을 때는 이미 제대로 서 있는 병사들을 발견하기 힘들 정도로 대패하고 난 뒤였다. 기병 지휘관은 낙담하긴 했으나 절망하진 않았다. 기병이 건재하는 한 얼마든지 전세를 만회할 수 있다고 생각했다.

"전원 돌격!"

자코 왕국 기병들이 호른 제국병을 향해 달려갔다. 우선 구릉 아래로 내려온 호른 제국병들부터 박살 낼 생각이었다. 그러나 또다시 사방에서 퀘렐이 쏟아지며 사상자가 속출하기 시작했다. 하지만 자코 왕국 기병은 개의치 않고 호른 제국병을 향해 달려갔다. 자코 왕국 지휘관은 이제야 울분을 풀게 되었구나 하고 생각하며 눈앞에 보이는 호른 제국 기사를 향해 달리는 탄력과 함께 검을 내질렀다. 그러나 상대 기사의 검에서 검강이 솟으며 자신의 검을 맞받아 치는 광경에 경악성을 내질렀다. 자신의 검이 잘려져 나가며 검강이 목을 스치고 지나가자 자코 왕국 기병 지휘관은 세상이 암흑으로 변하는 걸 느끼다가 의식이 사라져 버렸다.

앰버는 목이 잘린 채 계속해서 달려가던 적의 기사 한 명이 기어코 말 등에서 떨어져 내리는 걸 쳐다보지도 않았다. 앰버는 검에 더욱 진기를 주입하며 달려오는 자코 왕국 기병 사이로 파고들었다. 그리고는 검강으로 풀을 베듯 목을 베기 시작했다. 검강을 본 자코 왕국 기병들의 돌입이 멈추어졌다. 덕분에 크로스 보우에 의한 공격은 더욱 원활해졌고 기병 특유의 기동력이라는 숨통이 막힌 자코 왕국 기병들이 잇달아 퀘렐에 맞아 말 위에서 떨어져 내렸다.

완연히 기세가 꺾인 자코 왕국병을 향해 이젠 호른 제국병들이 함성을 내지르며 달려들기 시작했다. 하지만 역시 대륙제일의 강군이었다. 그 와중에도 소부대별로 진형을 짜기 시작하더니 스스로 살아 움직이는 촉수처럼 호른 제국병들을 요격했다. 계속해서 퀘렐을 날려 자코 왕국 기병에게 타격을 주고 있었지만 접전에 들어간 병사들에게서는 사상자가 속출했다. 앰버는 이에 아예 화살이 쏟아지는 적군의 틈새로 파고들었다. 아군의 퀘렐에 상할 우려가 있었지만 승기를 놓칠 수는 없었다. 검강을 휘두르는 앰버가 가운데를 파고들어 오자 다시 자코 왕국 기병의 진형이 크게 혼란스러워졌다.

"소드 마스터다!"

"후퇴하라!"

결국 견디지 못한 자코 왕국병들이 혈로를 뚫고 도망가기 시작했다. 패배의 아픔을 안겨준 적수에게 앙갚음을 하기 위해 글로스타 영지의 병사들은 악착같이 추격하며 퀘렐을 쏘아댔다.

전투는 세 시간가량이 지나서야 종결됐다. 앰버는 도망친 자코 왕국 기병이 3천 명에 이르는 것을 매우 아까워했다. 부상을 입고 포로가 되거나 구릉 아래에서 생명을 버린 적군이 거의 1만 명에 이르는 대승이었다. 호른 제국 병사들이 승리의 함성을 질렀다. 앰버는 아군의 손실 또한 거의 3천여 명에 이르는 걸 확인하고 더욱 적병의 탈출을 아쉬워했다.

중앙 대로 바로 좌측 구릉 위를 넘어서던 자코 왕국병들도 비슷한 경험을 하고 있었다. 구릉을 넘어서자 호른 제국병들은 보이지 않았다. 구릉에 가려 전혀 보이지 않으니 자코 왕국병들은 한정된 공간으로 병력이 뭉칠 수밖에 없었다. 조심스레 또 하나의 구릉을 넘어서던 자코 왕국병들은 갑자기 구릉 위로부터 쏟아져 내려오는 호른 제국 기병과 맞부딪쳤다.

"적이다!"

자코 왕국 기병은 분분히 외치며 물러서지 않고 오히려 박차를 가했다. 자코 왕국병 또한 과반수가 기병인지라 물러설 이유가 없었다. 그러나 그것이 실수였다. 얼른 후퇴하거나 옆으로 회피해 예봉을 피했더라면 그날의 승패는 오래갔을 수도 있었다.

이것은 얼핏 미련해 보이기만 하고 머리를 쓸 줄 모를 것 같은 렌토가 자신다운 고지식한 전략을 마련한 것이었다. 즉, 가장 확실하면서도 통쾌한 작전을 구상했다. 사실 평지에서 이 같은 엇비슷한 숫자의 기병이 맞붙는다면 호른 제국 기병은 도저히 자코 왕국 기병의 상대가 될 수 없었다. 자코 왕국 기병의 기마술과 무력 등 모든 전력에서 호른 제국 기병은 한 수 접어줄 수밖에 없었다. 하지만 지금과 같은 지형상의 이점을 등에 업는다면 정황이 다르다.

자코 왕국 기병들의 안색이 변했다. 높은 지형에서 치달아 내려오는 호른 제국 기병의 돌진이 마치 바다에서 일어난 큰 해일이 밀려오는 것인 양 너무나 위압적이었다. 힘겹게 구릉을 오르던 중이라 급작스레 밀고 내려오는 호른 제국 기병과 부딪치면 나동그라지는 인마(人馬)는 자코 왕국 측이었다.

더군다나 호른 제국에는 소드 마스터라 불러도 손색없는 하레스의 선봉장 렌토가 있었다. 광한마공을 바탕으로 붉은 검기를 발한 검으로 자코 왕국 기병들의 목과 심장만을 노리며 돌격해 내려가는 렌토의 모습은 그야말로 마기에 깃든 소름 끼치는 마물에 다름 아니었다.

"절대 머뭇거리지 마라. 한순간이라도 주저하는 자는 내가 직접 목을 잘라주겠다."

렌토는 전투 직전 휘하 기사들과 병사들에게 이렇게 주문했었다.

억울하게 죽기는 싫은 병사들이었다. 더욱이 렌토가 제일 앞에서 거침없이 적을 격파하며 내려가니 그 뒤를 호른 제국 기병이 우레와 같은 함성을 내지르며 뒤따랐다.

사실 렌토는 나겔의 저택을 단독으로 쳐들어갔을 때, 자신의 성급함을 후회했었다. 아무리 소드 마스터라 하더라도 검강을 남발하면 나중에 진기가 달려 종내에는 위험을 자초한다는 소중한 경험을 했다.

렌토는 오늘과 같은 실전에서는 검기만으로 적을 상대하더라도 충분함을 깨달았다. 그것만으로도 베어지지 않는 것이 없었고 동작은 더욱 빨라졌다. 그래서 앞을 막아서는 자코 왕국 기병을 아예 반쪽으로 잘라내는 등 동작이 커졌어도 오히려 진기의 소모가 작았다. 렌토의 전투 방식은 통쾌한 만큼이나 확실한 승전을 담보로 했다.

대신 몸으로 부딪쳐 가는 병사들의 피해는 또 그만큼 컸다.

구릉 아래로 내려선 호른 제국 기병들은 한 번 접전을 벌여 속도가 늦추어지면 즉시 적의 측면으로 이동해 갔다. 대신 뒤에서는 재차 구릉 위로부터 엄청난 속도로 쫓아온 기병이 달려오던 탄력을 그대로 실어 자코 왕국병들을 덮쳤다. 하레스의 천인장들이 이 광경을 목격했더라면 모두 혀를 내둘렀을 것이다.

“정말 무식하게 싸우는군.”

“과연 렌토 선배다운 방식이야.”

이런 평가가 내려졌을 법하다. 이런 저돌성 덕분에 설사 달려들던 호른 제국 기병이 쿼렐에 맞아 심장이 뚫리고 전마가 창에 옆구리를 찔리더라도 스스로 제어할 수조차 없는 속도로 자코 왕국병 서너 명씩을 그대로 깔아뭉개 버렸다. 거의 300킬로그램에 이르는 전마와 건장한 병사가 몸으로 부딪치는 바람에 적은 뼈가 부러지고 목이 부러지는 사태가 속출했다.

끊임없는 돌격으로 자코 왕국병들은 여지없이 관통되며 곳곳에서 격파되고 말았다. 보병 5천이 섞여 있긴 했지만 자코 왕국병들은 기병 대 기병의 접전에서 이토록 낭패를 당하긴 처음이었다. 돌입해 내려오는 호른 제국 기병의 숫자가 줄어들면서 비례적으로 서 있는 자코 왕국병들은 눈에 띄게 줄어들었다. 자코 왕국병의 파탄은 오래지 않아 끝났다.

1시간 만에 전투가 종료되고 적들을 완전히 구릉 사이에 묻어버릴 수 있었으나, 호른 제국 기병 또한 절반의 사상자가 발생하고 말았다. 하지만 렌토는 통쾌한 승리에 취해 피해를 아랑곳하지 않았다. 렌토는 호른 제국병들을 채근해 손을 들고 항복해 오는 자코 왕국병들조차 검기가 맺힌 검으로 여지없이 목을 자르며 승전의 뒤풀이를 즐겼다.

그동안 라모는 중앙 대로를 관통해 달려오는 2만의 자코 왕국 기병을 맞이하고 있었다.

"블레이드 경, 경이 의문의 마법사를 견제할 수 있겠소? 그리 오래 걸리지는 않을 겁니다. 상황이 상황이니만큼 경에게 무리한 요구를 할 수밖에 없구려. 아마 경의 수련에도 크게 도움을 될 겁니다."

시립해 있던 블레이드는 빙그레 웃는 라모를 보며 절로 침을 꿀떡 삼켰다. 젊은 시절에는 몬스터 격퇴를 비롯해 전투를 여러 번 수행한 경험이 있었다. 하지만 하레스에 칩거한 뒤로부터는 오래도록 실전을 겪어보지 못했다. 더욱이 이번에 상대하게 될 존재는 9서클의 마법사였다. 2년 전만 해도 상상하지도 못할 대마도사와의 격전을 자신이 수행해야 한다니……. 과연 얼마나 버틸 수 있을까? 긴장이 되지 않을 수 없었던 것이다.

"소영주, 내 목을 걸고 막아보겠습니다. 이제야 제대로 밥값을 하게 되었군요. 카릴 스승님께 배운 제 실력도 그리 만만치는 않을 겁니다."

오동통한 몸매에 어울리지 않는 블레이드의 단호한 말투에 라모는 웃음이 터져 나올 뻔했으나 간신히 참았다.

"부탁하겠소."

라모는 말을 마치자마자 미리 준비해 놓았던 롱 보우를 들었다. 그리고 바닥에 수북이 쌓아놓은 화살 중 한 대를 들어 롱 보우에 걸었다. 적은 벌써 2백 미터 내외로 접근해 왔다. 라모는 시위를 한껏 잡아당겼다. 롱 보우가 라모의 힘을 이기지 못하고 U 자형으로 휘어져 갔다.

쉭.

시위를 놓자 눈에 보이지도 않는 속도로 화살이 날아갔다. 그리고 선두에서 달려오던 자코 왕국 기병의 가슴을 꿰뚫었다. 달려오던 기병 두 명이 거의 동시에 말에서 굴러 떨어졌다. 첫 번 병사의 가슴을 완전히 관통한 화살이 뒤따라오던 병사의 배에 틀어박힌 것이었다.

"적이다!"

달려오던 자코 왕국 기병들이 일제 작은 방패를 들어 전면을 방어했다. 라모의 손이 바빠졌다. 라모는 연신 롱 보우의 시위를 당겼다. 화살이 구릉 위에서 중앙 대로를 향해 꼬리에 꼬리를 물고 날아갔다. 그러자 대번 진격해 오던 자코 왕국 기병의 전열이 무너지며 급기야 전진을 멈추고 말았다.

방패로 방어했음에도 소용이 없었다. 날아온 화살이 방패를 관통해 병사를 적중시켰던 것이다. 금속제든 가죽 방패든 차이가 없었다. 라모의 진기를 담은 화살이 방패와 병사를 한꺼번에 꼬치처럼 꿰어버렸던 것이다. 라모는 땅에 쌓아놓았던 화살이 다 떨어질 때까지 화살을 날린 후 자코 왕국병들이 우왕좌왕하자 신법을 발휘해 구릉 아래서 쏟아져 내려갔다. 그리고는 대기시켜 놓았던 기병 1만 명에게 명령을 내렸다.

"적의 예봉이 꺾였다. 전진! 나를 따르라!"

라모가 준비해 둔 말에 올라타 바이올레이드를 빼 들고는 먼저 적진을 향해 달려갔다. 그 뒤를 10열 종대로 늘어서 있던 호른 제국 기병이 함성을 지르며 쫓아갔다. 도로라는 평지에서 대륙제일의 기병을 상대로 전투를 벌여야 한다는 부담감이 호른 제국 기병을 짓눌렀지만 자신만만한 지휘관을 따르지 않을 수 없었다.

자코 왕국 기병들은 그룬디아 대륙 제일의 강군답게 호른 제국 기병이 돌격해 오자 언제 혼란스러웠느냐는 듯 전열을 정비해 마주 달려왔다. 그러나 막 양군이 부딪치는 순간 자코 왕국 기병들이 다시 나무 위의 열매가 떨어지듯 다투어 말 등에서 추락하기 시작했다. 라모가 왼손을 흔들어 블랙암을 사방으로 쏘아댔던 것이다. 블랙암은 주로 이마나 목 등 치명적인 사혈을 노렸던지라 격중된 자는 예외없이 영혼이 떠나고 말았다.

라모가 지나친 자리에는 주인 없는 빈 말만 주변을 스쳐 지나갔다. 그러자 뒤따르는 호른 제국병들은 그제야 힘이나 더욱 큰 함성을 내지르며 라모를 뒤따랐다. 그렇게 나아가던 중 갑자기 전면에 흰 방벽이 생겨났다. 라모가 던진 블랙암이 흰 방벽에 맞아 퉁겨져 나왔다. 라모는 흠칫했지만 멈추지 않고 달려가며 바이올레이드에 진기를 주입했다. 솟아난 검강이 방벽을 그대로 찢어버리며 통과해 버렸다. 하지만 라모가 통과한 직후 흰 방벽은 다시 원상 회복되었고 뒤따르던 호른 제국병들은 그대로 방벽에 부딪치지 않을 수 없었다. 방벽에 부딪치자 바위에 부딪친 듯 말과 함께 피를 내뿜으며 뒤로 퉁겨져 나갔다. 덕분에 돌격의 흐름이 끊어지고 말았다.

그동안 블레이드는 탐지 마법으로 적진을 살피고 있었다. 그리고 막 양군이 부딪치는 순간 후드를 입은 30대의 남자를 발견했다. 더불어 그의 주위를 배회하는 강대한 마나의 흐름과 없던 방벽이 생겨난 것까지 목격했다.

"플라이!"

블레이드가 비행 마법으로 적진의 마법사를 향해 날아갔다. 그리고는 두 팔을 벌리고 서서 마법 방벽을 유지하고 있는 적진의 마법사를 향해 화염의 창을 발해 집어 던졌다. 길이가 3미터는 될 듯한, 이글이글 불타오르는 화염의 창이 목표를 향해 날아갔다.

페렛은 방벽에 마나를 주입하는 중 주변의 마나가 일그러지는 걸 느끼고 고개를 들었다. 그러자 화염창 하나가 자신을 향해 날아오는 것이 아닌가. 페렛은 얼른 방벽의 마나를 끊었다. 그리고는 양손을 휘저어 주변의 마나를 회전하게 한 후 화염의 창을 그 회전력 안으로 끌어들여 되쏘았다.

블레이드는 상대가 양손을 휘젓다가 손가락을 들어 자신을 가리키자 화염의 창이 되돌아오는 것을 보았다. 그러나 화염의 창을 이루는 마나는 자신의 것이었다. 블레이드는 간단히 마나를 회수해 화염의 창을 소멸시킨 후 의문의 마법사를 향해 날아가 그 앞으로 내려섰다. 그리고는 상대를 주의 깊게 관찰했다. 비록 30대의 얼굴이었지만 그 눈에 서린 세월의 무게를 읽을 수 있었다.

"선배와 같은 대마도사를 만나게 되어서 정말 영광입니다. 저는 하레스의 수석 마법사 블레이드 하퍼라고 합니다. 선배 같은 분이 자코 왕국에 존재한다는 사실이 놀랍군요."

블레이드가 고개를 숙여 예를 표하자 페렛이 얼굴에 이채를 띠었다.

"자네는 내가 누군지 알고 예를 표하는 것인가? 자네는 내가 흑마법사라는 걸 알고 고개를 숙이는 건가? 내가 자네의 상전인 라모 하레스를 죽이려 해도 그렇게 나를 예우해 주겠나?"

이번에는 블레이드가 잠시 놀란 얼굴을 했다. 그러나 곧 평정을 되찾았다.

"그러셨군요. 하지만 흑마법사라 하더라도 위대한 경지를 개척하신 분께는 당연히 예의를 표해야 한다고 생각합니다. 더욱이 서로 적으로 만났으나 걷는 길이 다를 뿐 같은 분야의 선배이시니 제가 예를 표한다고 해서 부끄러울 일이 없지요."

페렛은 통통한 얼굴을 한 블레이드에게 미소를 보냈다.

"자네는 상관에게 사랑받고 살겠군. 그렇게 말솜씨가 좋으니……. 자네의 마력을 보아하니 9서클의 유저는 되는 듯한데……. 나야말로 놀랍군. 자네 정도의 나이에 그런 경지에 오르다니. 머지않아 자네는 대륙제일의 마법사를 예약한 것이나 다름없군. 그리고 보면 리코는 너무 호른 제국을 몰랐어. 그리고 결정적으로 하레스의 저력을 간과했군. 말해 보게. 내 탐색 마법이 틀리지 않다면 지금 곳곳에서 자코 왕국병들이 격파당하고 있겠지? 그것도 하레스에서 주도하고 있겠지?"

블레이드는 경의를 표하기 위해서라도 거짓을 말할 수는 없었다.

"그렇습니다. 하레스의 천인장들이 모두 나섰습니다. 이곳에 온 자 중 선배와 리코 후작을 제외하고는 그들을 대적할 자는 아무도 없을 겁니다. 이런 지형으로 들어온 순간 자코 왕국의 패배는 결정되었습니다."

페렛이 곧 침통한 얼굴이 되었다.

"리코에게는 안된 일이군. 리코는 내 유일한 제자일세. 난 자코 왕국의 국민이 아닐세. 다만 제자를 도와주러 온 것뿐이지. 어떤가, 자네가 날 방해하지 않는다면 내가 리코와 살아남은 자코 왕국병을 모두 데리고 돌아가겠네. 승낙하겠나?"

블레이드가 쓴웃음을 지었다.

"죄송하지만 그건 안 되겠습니다. 우선 저의 상관인 라모 백작께서 허락하지 않으실 겁니다. 그는 호른 제국에 속한 하레스를 사랑하는 사람이고, 글랜 공작 전하와도 친분을 나누고 계십니다. 리코 후작과 자코 왕국병은 글로스타 성을 함락시키는 순간 돌아가지 못할 다리를 건넌 것입니다. 전면 항복 외에는 방도가 없습니다."

그러자 페렛이 눈을 치켜떴다.

"자네는 내가 흑마법사라는 걸 잊고 있는 모양이군. 난 서로 더 이상 피를 흘리지 않을 제안을 한 것일세. 내가 제작한 키메라를 이곳에 풀어놓는다면 살아 돌아갈 호른 제국병은 얼마 되지 않을 걸세. 더욱이 소환술이야말로 나의 장기일세. 이건 만약의 상황이지만 내가 다급함을 느껴 피의 제물을 약속하고 상급 마족을 호출하면 라모 백작의 능력이 아무리 출중하다 하더라도 곤란을 겪을 걸세."

블레이드가 고개를 흔들었다.

"키메라는 라모 백작과 또 한 명의 소드 마스터인 야스퍼 백작만 나서도 곧 전멸해 버릴 겁니다. 그리고 마족 소환은 자제해 주시길 바랍니다. 라모 백작의 뒤에는 이 땅의 위대한 존재가 버티고 있습니다. 스스로 더 큰 화를 초래하지 마십시오."

페렛의 잘생긴 얼굴이 굳어졌다.

"드래곤이란 말인가? 정말 갈수록 첩첩산중이군."

페렛이 긴 탄식을 불어냈고, 블레이드는 그런 페렛을 바라보며 묵묵히 서 있었다.

두 마법사가 대화를 나누는 사이 전황은 급박하게 돌아가고 있었다.

방벽이 사라지자 호른 제국병들은 다시 진격을 개시했고, 자코 왕국병들도 전열을 가다듬어 대항해 왔다.

라모는 이번엔 검을 다시 집어넣고 말에서 뛰어내려 신법을 발휘해 자코 왕국병 사이로 뛰어들었다. 그리고는 백보신권과 탄지신통을 발해 사방으로 내질렀다. 백보신권에 격중당한 말과 기병이 동시에 뇌수가 터지며 날아갔고, 탄지신통에 격중당한 병사는 가슴과 배에 구멍이 나며 비명도 지르지 못하고 말에서 굴러 떨어졌다. 오기조원에 이른 진기를 바탕으로 라모는 끊임없이 백보신권과 탄지신통을 내갈겼고, 그 뒤를 호른 제국 기병이 급습하자 자코 왕국병들은 완전히 균형을 잃고 무너지기 시작했다.

그런데 이번엔 달려들던 호른 제국병들이 우르르 무너지기 시작했다. 알고 보니 리코가 검강을 발한 검으로 호른 제국병들을 주살하고 있었다. 순간 이동을 펼치며 눈부신 쾌검을 펼쳐 내니 순식간에 호른 제국병들의 전진이 멈추어지고 말았다.

이 사실을 눈치 챈 라모가 즉시 신형을 돌려 리코를 쫓았다.

"리코!"

라모가 진기를 모아 사자후를 발했다. 정신없이 호른 제국병을 주살하던 리코의 신형이 멈추어 섰다. 그리고 라모를 향해 돌아섰다.

"라모 하레스!"

라모를 바라보는 리코의 눈이 무섭게 불타고 있었다. 죽음을 두려워하지 않는 눈이었다. 불패의 의지를 엿보이게 하는 시선이었다. 라모의 눈도 그에 못지않았다. 진정한 적수를 만나 전생의 사마조가 라모의 의식 속에서 깨어났다. 그것은 살육과 파괴의 눈이었다.

두 사람은 다짜고짜 서로를 향해 달려들었다.

검강을 발한 검을 빼 들고 서로 상대를 향해 휘둘렀다. 연신 폭음이 터져 나오며 처음엔 막상막하의 접전이 벌어졌다. 난생처음 보는 소드 마스터의 치열한 접전에 양군은 일시 전쟁을 잊고 구경하기에 여념이 없었다. 하지만 곧 리코가 조금씩 밀리기 시작했다. 라모의 손에서 예측불허의 블랙암이 쏟아져 오고 탄지신통을 발해오자 리코의 손발이 바빠지기 시작했다. 이 광경에 호른 제국병들이 환성을 질렀고 양군은 퍼뜩 제정신이 돌아와 다시 전쟁을 재개했다.

라모와 리코의 접전은 점점 한쪽으로 기울기 시작했다. 리코의 순간 이동도 소용이 없었다. 순간 이동은 10미터 반경을 벗어날 수 없었다. 그 정도 거리는 라모의 신법이 순식간에 따라잡았고 오히려 블랙암에 더 위태로워질 뿐이었다. 리코는 실드를 펼치고 공격 마법을 병행하면서 라모의 공격에 대항했지만 갈수록 힘겨워졌다. 리코는 자신의 마나를 두 개로 나누어야 하니 배로 힘이 들었지만 라모는 손에 든 검과 왼손이 따로 노는 것 같았다. 심지어는 몸이 접근했을 때는 순간적으로 발이 날아오고 어깨로 가슴을 쳐왔다. 점차 리코의 패색이 짙어졌다. 여전히 쾌검을 발해 라모의 접근을 막고 있었지만 갈수록 부딪치는 검강의 강도가 부담이 돼 돌아왔다. 손발이 저리고 이마에서 식은땀이 흘러내리기 시작했다.

한 가닥 희망은 라모가 빠진 호른 제국병의 궤멸이었다. 숫자상으로 우세하고 무력에서도 뛰어난 자코 왕국 기병이 속히 호른 제국 기병을 무찔러 주길 바랄 뿐이었다. 하지만 그런 리코의 바람도 자코 왕국병 후미에서 치솟는 검강과 쏟아지는 화염 마법으로 대열이 흩어지며 지리멸렬 상태를 보이자 암담한 절망으로 바뀌었다. 하레스의 기사단장 야스퍼 핸슨이 마법사들을 모아 후미를 급습한 것이다. 양쪽으로 적을 맞은 자코 왕국 기병은 크게 혼란 상태에 빠지고 말았다.

이런 광경에 리코가 크게 흔들렸고, 이를 놓치지 않고 라모가 일격 필살로 검강을 발한 검으로 리코의 목을 노렸다. 리코가 검을 들어 막았지만 진기가 약해진 검이 부러져 나가며 곧 머리가 떨어질 상황에 처했다. 그때 라모는 자신의 발 밑에서 숫구치는 마나의 유동을 느끼고 할 수 없이 리코를 놓아둔 채 허공으로 몸을 날렸다. 뾰족한 바위 하나가 라모가 서 있던 자리를 뚫고 올라왔다. 방해를 받은 라모는 성질이 나서 주변을 둘러보았다. 페렛이 플라이 마법으로 리코의 옆에 내려서는 광경을 발견했다. 라모는 신법을 발해 즉시 달려들었다.

"실드!"

페렛이 리코의 손을 잡고 뒤로 물러서며 실드를 펼쳤다. 라모는 검강을 발해 그대로 실드를 갈라 버렸다. 그러나 또 하나의 실드가 뒤에 준비돼 있다. 라모는 또 한 번 실드를 그대로 갈라 버렸다. 하지만 실드는 연속적으로 펼쳐져 있었다. 라모가 실드를 파괴하는 순간 라모의 전면에는 금방 새로운 실드가 펼쳐지곤 한다. 라모는 약이 오를 대로 올랐다.

상천제의 신법으로 허공을 밟으며 올라갔다. 그리고 곧 공중으로부터 쏘아져 갔다. 하지만 설마 실드가 라모를 따라 이동하며 펼쳐질 줄은 몰랐다. 라모는 다시 허공에서 연속으로 펼쳐지는 실드를 갈라야 했다. 그리고 땅에 내려섰을 때는 이미 페렛과 리코는 한참 후퇴한 뒤였다. 라모는 혀를 내둘러야 했다. 9서클의 마스터라는 말만 들었지 이 정도의 위력을 발휘할 줄은 몰랐다.

하지만 라모는 포기할 줄을 몰랐다. 특유의 태극혜검을 발해 원을 그렸다. 검기가 한 점으로 응축되더니 쏘아져 나갔다. 그리고 페렛이 이중 삼중으로 펼쳐 놓은 실드를 한꺼번에 간단히 뚫어버리고는 급습해 갔다. 깜짝 놀란 페렛과 리코는 급히 순간 이동으로 회피했다. 그 다음부터 두 사람은 춤추는 인형이 되었다. 불에 달궈진 철판에 맨발로 올라선 사람 모양 사방으로 도망 다녔지만 라모의 검은 끝까지 쫓아왔다. 페렛 또한 도망 다니는 와중에 펼쳐지는 말로만 듣던 라모의 무용에 간담이 서늘해졌다.

라모가 두 사람을 완전히 요절내려는 순간 뒤에서 만류하는 소리가 들려왔다.

"소영주, 이제 그만 하십시오."

라모가 돌아보니 블레이드가 겸연쩍은 얼굴로 서 있었다.

"저 사람은 흑마법사입니다. 소영주께서 계속해 핍박하시면 불행한 사태가 벌어집니다. 저자들은 이미 패배했습니다. 꺼지는 불씨는 뒤적이지 않는 법입니다."

라모는 블레이드로부터 간략한 설명을 듣고서야 페렛의 진면목을 짐작할 수 있었다. 키메라야 문제될 것이 없었지만 마족은 꺼림칙했다. 질 거라는 생각은 들지 않았지만 괜한 불씨를 일으킬 필요는 없다는 생각이 들었다. 그리고 결정적으로 야스퍼의 활약으로 자코 왕국병들이 궤멸 상태에 빠져 있었다. 이번 전투는 벌써 명백한 승리를 거두고 있었다. 라모는 블레이드의 만류도 있고 해서 리코와 페렛이 살아남은 기병을 이끌고 후퇴하는 광경을 바라보며 다음을 기약해야 했다.

"이보게, 블레이드. 고맙네. 언젠가 자네에게 보답하겠네."

페렛이 보낸 소리 마법이 은밀하게 날아와 블레이드의 귓전을 간지럽혔다. 블레이드는 실상 페렛을 막지 않은 것이 아니라 막을 수가 없었다. 이곳으로 오기 직전의 상황이 떠올랐다.

블레이드는 당연히 페렛의 앞길을 막았다. 그러자 페렛이 한 손을 치켜들었다.

"포박!"

페렛이 손바닥을 활짝 펼쳐 블레이드를 향해 내밀었을 때 블레이드는 온몸이 결박당하는 갑갑증을 느꼈다. 하지만 그도 9서클의 유저였다. 블레이드는 마나의 결계를 간단히 끊어버렸다. 그러나 블레이드는 여전히 몸을 움직일 수 없었다. 블레이드가 끊어버린 마나는 사라지지 않고 그대로 유동하며 잘려지지 않는 탄력 강한 그물처럼 점차로 블레이드의 몸을 옥죄어왔다. 블레이드는 몸 안의 마나를 이용해 자신을 결박해 오는 대기의 마나를 밀어내며 아주 미세한 공간을 얻은 후 순간 이동을 펼쳐 빠져나갔다.

하지만 그가 원래 장소에서 5미터 좌측에 나타났을 때 블레이드는 여전히 자신을 죄는 대기의 사슬을 느꼈다. 낭패감에 젖은 블레이드는 라모 앞에서 큰소리를 치던 자신의 명예를 위해 사생결단의 마법을 떠올렸다. 하지만 그전에 블레이드는 자신을 얽어매던 마나가 사라지는 것을 느꼈다.

"이제 그만 하세. 자네는 아직 내 상대가 아니야. 자네는 누구에게 마법을 배웠나? 9서클의 유저라고 보기에는 너무 활용성이 떨어지는 군. 자네 같은 뛰어난 후배의 기를 꺾기는 싫네. 자네를 이긴다고 해서 전세가 호전될 것도 아니고……."

블레이드의 얼굴은 더없이 붉어졌다. 오랜 세월 스스로의 입지를 세워온 9서클의 마스터와 급조된 9서클의 유저 사이에는 커다란 격차가 있다는 걸 절감하지 않을 수 없었다.

"자네는 앞으로 몸 안의 마나보다는 몸 밖의 마나를 활용하는 방법에 대해서 더 연구해 보게. 9서클의 마법사는 바로 공간을 지배하는 자이네."

블레이드는 페렛의 말에 머리를 망치로 얻어맞는 듯한 충격을 느꼈다. 자신이 9서클의 유저는 되었지만 너무나 단시일에 올라선지라 체계가 부족했다. 그러니 보통 9서클의 마법사가 경지에 올라서면서 고심하게 되는 공간의 한계에 대해서 블레이드는 미처 생각이 미치지 못했던 것이다.

드래곤인 카릴이야 인간 마법사의 깨달음에 대해서는 관심도 없었고 알지도 못했다. 드래곤은 천생의 마법 생물인지라 그저 방대한 마나를 축적시키게 하면 모든 것이 해결될 걸로 믿었던 것이다. 그러니 방대한 마나를 이겨내기 위해 몸의 골격을 바꿀 생각을 했던 것이다.

블레이드는 페렛의 가르침에 절로 고개를 숙일 수밖에 없었다. 그리고 그가 리코를 향해 날아가는 것도 막을 수 없었다. 더욱이 그가 비록 흑마법사이지만 그리 사악해 보이지 않았고, 또 그의 목적이 제자의 보호라는 것을 알고 완전히 방조해 버린 것이다.

자코 왕국의 패잔병들이 완전히 후퇴한 후 얼마 지나지 않아 각처에서 승리를 거둔 하레스의 천인장들과 그들이 거느린 병력이 돌아왔다. 총 병력 11만 명이 투입된 전투에서 살아남은 병사는 6만 5천 명이었다. 사상자가 무려 4만 5천 명에 이르렀다. 하지만 이는 자코 왕국에 비하면 매우 양호한 숫자였다. 자코 왕국은 총병력 15만이 투입돼 살아 돌아간 자가 3만에 불과했으니 일방적인 호른 제국의 승리라 할 수 있었다. 한곳에 모인 호른 제국의 병사들은 승리의 함성을 외쳤다.

"호른 제국 만세!"

"라모 백작님 만세!"

병사들은 믿어지지 않는 승리에 서로 얼싸안고 승리의 기쁨을 나누었지만 라모는 양이 차지 않았다. 라모는 전투의 결과를 황성에 보고하게 한 후 재차 병력을 정비하기 시작했다. 다시 글로스타 성을 되찾아야 할 것이다. 그리고 하레스의 병력까지 데려와 이 기회에 자코 왕국에 톡톡히 대가를 치르게 할 생각이었다.

리코는 남은 3만의 병력만을 이끌고 글로스타 성으로 되돌아가고 있었다. 성안의 보병 3만이 건재하니 아직은 절망할 때가 아니었다. 리코는 글로스타 성을 방어할 전략을 짜기에 골몰했다. 하지만 페렛은 리코의 의견에 반대했다.

"글로스타 성을 끼고 있어봐야 아무 득 될 것이 없다. 라모 하레스의 무위가 상상 이상으로 고강하여 대적할 자가 없더구나. 그건 네가 직접 부딪쳐 보았으니 잘 알 것이다. 더군다나 그의 휘하에 있는 수하들이 하나같이 뛰어나 싸운다는 건 더욱 자멸을 초래할 뿐이야. 리코, 네가 진정 자코 왕국을 사랑한다면 너의 패배를 인정해라. 너는 이번 전투에서 패했다. 앞으로 네가 할 일은 호른 제국이 더 이상 자코 왕국으로 밀고 들어오지 못하도록 방비하는 일이다. 그것만으로도 네겐 과중한 임무다. 라모 하레스가 마음만 먹는다면 자코 왕국이 아무리 강력한 기병을 가졌다 하더라도 십 중 칠팔은 뚫리고 말 것이다. 그러니 라모 하레스에게 휴전을 제의해라. 그것만이 자코 왕국의 명맥을 보존하는 길이다."

리코는 패배한 뒤에 이제 항복에 다름없는 휴전을 해야 한다고 생각하니 눈앞이 아득해졌다. 다른 제장들을 볼 면목이 없었다. 리코에게 있어 라모 하레스라는 존재는 크나큰 장벽으로 느껴졌다.

글로스타 성으로 돌아왔을 때 리코는 이제 정말 휴전을 해야겠다는 생각이 드는 사건이 발생해 있었다.

"아무르 왕자가 도망쳤습니다."

성을 책임지고 있던 올렉 자작이 보고하는 소리에 리코는 기어코 울분이 터지고 말았다.

"도대체 너희 놈들은 뭘 하고 있었던 것이냐! 내가 아무르 왕자를 철통같이 지키라고 명했는데 그것조차 지키지 못한단 말이냐?!"

리코는 사실 진작부터 아무르 왕자를 죽이려고 계획하던 중이었다. 그러나 리코의 평소 성품이 다정다감했던지라 마음을 정하지 못하고 주저하고 있었다. 그래서 일단 글로스타 성에 남겨두었던 것인데, 아무르 왕자가 눈치를 채고 도망치고 말았던 것이다. 아무르 왕자가 왕성으로 돌아가 귀족들을 부추겨 병사들을 규합하면 자칫 권력을 다투는 내란이 일어날 수도 있었다. 내우외한이 겹치자 리코는 좀체로 흔들리지 않던 평정을 잃고 화를 내고 말았다.

아무르 왕자를 감금해 놓았던 글로스타 성내의 내실을 찾았을 때 리코는 심상치 않은 장면을 목격했다. 올렉 자작은 절대 자신의 직무를 태만히 하지 않았다. 내실 앞에는 10명의 병사가 쓰러져 있었고 방 안에는 기사 두 명이 목이 잘린 채 쓰러져 있었다.

절대 아무르 왕자의 짓이 아니었다. 왕성 안에서 나약하게 자라 성품만 극악한 아무르 왕자는 병사 한 명조차 상대할 수 없었다. 그러니 플레이트 메일로 몸을 감싼, 검술이 뛰어난 기사의 목을 베었다는 건 상상할 수도 없는 일이었다. 기사들은 검이 부러져 있었다. 접전이 이루어졌던 것이다. 그러니 기습을 받았다고 할 수도 없었다. 더군다나 목을 벤 솜씨가 지극히 깔끔해 거의 리코와 맞먹는 소드 마스터의 짓이라는 걸 추측할 수 있었다.

리코는 매우 혼란스러워졌다. 라모가 벌써 이곳을 다녀간 것은 아닐까? 그렇다면 휴전은 절대 받아들일 수 없다는 메시지인가? 내란이 일어나면 어쩌지? 이런 상념으로 리코는 빨리 왕성으로 돌아가 아무르를 처단하고 아르센 왕자를 국왕으로 옹립해야 한다는 생각에 마음이 급해졌다.

그 무렵 라모는 병사들을 재차 정돈해 구릉 지대를 벗어나 글로스타 성으로 향하고 있었다. 또다시 주변의 영지에서 병사들을 보내왔다. 그 수가 또 3만가량 되었다. 라모는 9만 5천의 병력을 몰아 글로스타 성으로 진격했다.

"형님, 저거 보세요."

라모는 야스퍼의 외침에 진격하던 도중 양 떼를 몰고 가는 양치기 소년을 발견했다. 소년은 전쟁과는 아무런 상관이 없다는 표정으로 군사들이 지나가는데도 유유자적 여유가 넘쳤다. 라모는 양치기를 불러 세웠다.

"글로스타 영지 내의 사정은 어떠냐? 자코 왕국병들이 영주민들의 재산을 약탈하고 사람을 함부로 죽이지 않더냐?"

라모의 질문에 소년은 별로 어려워하지도 않고 천진하게 대답했다.

"처음엔 그랬는데 리코 후작이 약탈한 병사를 잡아 목을 베었어요. 그 다음부터는 그런 일이 거의 일어나지 않았는걸요? 그래서 글로스타 영지는 평소와 다를 바 없어요."

라모와 야스퍼는 서로를 돌아보았다. 그러자 블레이드가 얼른 끼어들어 한마디 한다.

"허허, 리코 후작도 마음에 드는 부분도 있군요. 소영주, 그들이 협상을 요구해 오면 못 이기는 척 받아주시지요. 보상만 충분하다면 그 정도로 참으시는 게 어떨지요. 아무래도 페렛 에인슈라는 마법사는 생각하면 생각할수록 감탄할 만한 존재입니다."

블레이드는 페렛의 성품이라면 반드시 평화 협상을 요구해 오리라 짐작했다. 리코의 스승이라고 하니 그도 페렛의 요구를 거절하긴 힘들 것이다. 하지만 라모의 대답은 유보적이다.

"글쎄요."

라모는 리코보다 페렛이라는 흑마법사가 더 위험 인물로 보였다. 자신이 홀로 글로스타 성으로 잠입해 페렛이라는 마법사부터 처치할까 하는 성급한 생각도 들었다. 라모는 이제 일개인이 아니었다. 호른 제국의 백작이며 하레스의 소영주이고, 이번 자코 왕국의 침략을 격퇴하기 위한 수비 병력의 사령관이었다. 또한 글렌 공작에게도 마음의 빚을 지고 있었다. 언젠가 자코 왕국에서 쳐들어온다면 자신이 글로스타를 지켜주겠다는 약속을 지키지 못했다. 불가피한 상황이었지만 약속을 지키지 못했다는 부담감이 작용했다. 그래서 함부로 블레이드에게 약속할 수 없었다. 또 지키지 못할 상황이 생길 수도 있다. 글로스타 성만은 어떤 희생을 치르더라도 자신의 손으로 탈환해야 하는 것이다.

호른 제국병들이 드디어 글로스타 성 전면 1킬로미터에 진영을 만들기 시작했다. 라모는 우선 하레스의 천인장들과 자신이 먼저 돌입해 성문을 열어야겠다고 전략을 구상 중이었다. 리코와 페렛이라는 마법사만 견제한다면 천인장들을 막을 자는 없었다. 거의 완벽한 승리가 예상되는 전투였다.

그러나 라모는 잠시 자신의 구상을 접어야 했다. 글로스타 성문이 열리며 백기를 든 10여 명의 기사들이 달려오고 있었다. 그 전면에는 리코가 있었다. 그리고 페렛이라는 마법사 또한 플라이 마법으로 따라오고 있었다. 호른 제국의 병사들이 일제히 크로스 보우를 겨누었다. 하지만 리코는 아랑곳하지 않고 달려왔다. 병사들이 창을 겨누며 진로를 막아섰다. 그러자 야스퍼가 소리쳤다.

"막지 말고 길을 열어주어라."

야스퍼의 명령에 병사들이 비켜서자 라모의 정면으로 달려온 리코가 말에서 뛰어내렸다. 리코는 라모를 향해 똑바로 걸어오더니 입을 열었다.

"라모 백작, 그대에게 협상을 제의하고 싶소."

리코의 얼굴은 매우 침통해 보였다. 라모는 이제야 리코를 아주 가까운 곳에서 세밀하게 관찰할 수 있었다. 물론 전투 중에도 볼 수는 있었지만 검강이 난무하는 곳에서 보던 리코와는 또 다른 느낌을 들게 했다. 리코는 신장이 크고 체형이 날렵해 언뜻 야스퍼와도 비슷해 보인다. 하지만 야스퍼는 형형한 눈매에 위엄이 서렸으나 리코는 소년 같은 우수 어린 눈매에 감정이 매우 풍부한 얼굴을 하고 있었다. 매우 호감이 가는 얼굴이었다. 하지만 라모는 말을 아꼈다. 아직 협상을 할 것인지 싸울 것인지 작정이 서지 않은 것이다. 그러자 블레이드가 옆에서 거들었다.

"협상의 조건은 무엇이오? 조건에 따라 협상도 가능하지만 우리 측에서 만족할 만한 대가를 내놓지 않는 한 계속 전쟁이오."

라모는 구태여 블레이드를 막지 않았다. 야스퍼가 오른팔이라면 블레이드는 라모의 왼팔이었다. 왼팔이 협상을 원하고 있다고 해서 나무랄 생각은 없었다.

"글로스타 성을 비우고 즉시 철수하겠으며, 이번 전쟁으로 호른 제국이 입은 피해를 모두 보상하겠소."

리코가 침울하게 입을 열었지만 라모는 성이 차지 않았다.

"마하라자 기사단의 카스터 드라이트 단장이 전사하고 글렌 공작 전하께서 크게 부상을 당하셨소. 내가 만약 협상을 한다면 그분이 크게 화를 낼 것이오."

라모가 입을 열자 이번에는 페렛이 끼어들었다.

"라모 백작, 그대의 무위에는 나도 경탄을 금치 못하는 바요. 하지만 싸움이 길어지면 꼭 그대의 승리만 보장된다는 법이 없소. 이쪽에도 나름의 복안이 있소이다."

라모는 페렛의 말에 냉소했다.

"복안이라고? 그래, 어떤 걸 준비할 예정이오?"

이번엔 리코가 말을 받았다.

"우선 레팀논 평원에 나가 있는 10만 기병을 호른 제국의 국경으로 호출하겠소. 그리고 전국에 병력 동원령을 내려 용병과 이미 군을 제대한 예비병까지 모두 징집할 것이오. 그럼 적어도 병력 20만은 더 모을 수 있소. 그것도 기병으로만. 그대가 특수 지형을 바탕으로 승리를 거두었지만 우리 자코 왕국에 산재한 황야에서도 그런 작전을 펼칠 수 있다고 생각하시오?"

라모는 대수롭지 않게 생각했지만 야스퍼와 천인장들은 다른 모양이었다. 야스퍼가 다가와 귓속말로 속삭였다.

"형님, 기병 30만이라면 신중히 생각하셔야 할 겁니다. 사실 이번 전투는 지형의 이점을 최대한 살렸으니 망정이지 그렇지 않고 평지에서 부딪쳤더라면 천인장들이 모두 나섰더라도 승리를 장담하지 못했을 거요.”

라모는 왼팔에 이어 자신의 오른팔까지 신중론을 펴자 마음이 착잡해졌다. 그때 다시 페렛이 나섰다.

“또한 나는 이번엔 그대를 상대하지 않을 작정이오. 나는 수호른과 하레스로 가서 싸울 것이오. 하레스에 내가 만든 키메라를 풀어놓는다면 그대도 땅을 치며 후회하는 일이 생길 것이오.”

라모는 페렛의 말에 분노보다 호기심이 앞섰다.

“키메라? 그건 어떻게 생긴 거요?”

페렛이 웃으며 손을 들어 공간을 열었다.

“한번 구경해 보시겠소?”

공간이 열리며 몸이 온통 칠흑같이 검은 물체 하나가 튀어나왔다. 신장은 5미터에 이르고 머리는 몸에 비해 작은 삼각형으로 뾰족했다. 몸의 앞뒤로는 거북이 껍질 같은 단단해 보이는 각질로 둘러싸여 있었고, 약간 내려뜨린 양팔은 거대한 낫처럼 휘어져 있었다. 바로 그 팔이 무기로 보였는데, 손끝이 뾰족하고 팔의 양면이 대거 여러 개를 거꾸로 박아놓은 듯 날카로워 보였다. 그 모양이 워낙 무시무시해 주변의 병사들이 모두 거의 50미터 반경 뒤로 피했다.

“블랙워트라는 이름을 가진 키메라요. 보다시피 각질이 단단해 칼과 창이 통하지 않는 존재요. 또 저 양팔은 가까운 것은 팔을 휘둘러 박살을 내고, 먼 것은 접힌 팔을 펴 손끝을 창처럼 찔러 넣는데 반경 8미터 안에 있는 건 뭐든지 꿰뚫지요. 저것과 똑같은 블랙워트가 내겐 30구가량 되오. 저걸 10구만 하레스에 풀어놓아도 그대에겐 후회할 만한 일이 생길 거요."

라모는 미간을 찌푸렸다.

"스턴 천인장!"

라모가 부르자 스턴이 즉시 뛰어왔다.

"부르셨습니까, 소영주님!"

라모가 블랙워트를 가리켰다.

"저걸 토막 내고 오게."

스턴이 즉시 복명하고 검을 빼 들고는 블랙워트를 향해 성큼성큼 걸어갔다. 그러자 페렛은 라모가 키메라를 시험해 볼 요량임을 알고 즉시 블랙워트를 가동시켰다. 그러자 키메라가 고개를 들고 괴성을 질렀다.

크워어어엉!

그리고는 다가오는 스턴을 향해 낫처럼 생긴 팔을 접은 채로 들어올렸다. 이윽고 스턴이 공격 반경으로 다가오자 갑자기 접힌 팔이 펼쳐지며 마치 개구리가 혀를 내밀어 파리를 낚아채듯 순간적으로 뾰족한 손끝으로 스턴을 찍었다. 그 동작이 너무나 빨라 구경하던 병사들은 모두 놀람의 탄성을 질렀다.

하지만 소드 마스터에 이른 스턴이 당할 리 만무했다. 스턴은 어느새 옆으로 회피하며 검으로 손끝을 내려쳤다. 하지만 거두어들이는 동작도 비할 바 없이 빨라 스턴은 허공을 내려쳐야 했다. 이번에 스턴이 빠른 동작으로 뛰어들어 키메라의 가슴을 검으로 찔렀다. 키메라는 별반 다른 회피를 하지도 않고 일검을 허용했다.

챙!

금속음이 들리며 검이 퉁겨 나왔다. 스턴은 얼른 블랙워트로부터 물러나 거리를 두었다. 이번엔 블랙워트가 스턴을 향해 달려갔다. 거구가 달리는데도 소리 하나 나지 않았고 고양이가 걷는 것 모양 날렵해 보이기까지 했다.

스턴에게 접근한 키메라가 접힌 팔을 검이나 철퇴처럼 스턴을 향해 내려쳤다. 워낙 신장의 격차가 크고 팔 하나가 스턴과 별 차이가 없이 커 격중되면 대번 박살이 날 듯했다. 위협을 느낀 스턴은 결국 검강을 발했다. 그동안 수련의 성과가 있어 스턴의 검강은 거의 70센티미터에 육박했다. 이번에도 병사들의 탄성이 터졌고, 리코와 페렛조차도 경탄을 금치 못했다. 하레스의 천인장들이 보통은 아닐 거라는 짐작은 했지만 모두 소드 마스터일 줄은 짐작도 못했다.

키메라가 휘둘러 오던 팔과 스턴의 검강이 부딪치자 대번 블랙워트의 거대한 팔이 싹둑 잘려져 나갔다.

"와아!"

호른 제국의 병사들이 함성을 질렀다. 하지만 키메라는 고통을 느끼지 못하는지 태연히 하나 남은 팔을 마저 들어 또다시 스턴을 내려쳤다. 하지만 역시 스턴의 검강에 남은 팔마저 싹둑 잘려져 나갔다. 그러자 키메라는 멀뚱하게 제자리에 섰다. 스턴이 속도를 높여 키메라에게 다가가 한쪽 다리를 검강으로 잘라 버렸다. 기우뚱하던 키메라가 옆으로 쓰러져 버렸다.

그러자 스턴은 지체없이 키메라의 세모꼴 머리를 단숨에 잘라 버렸다. 머리가 땅에 떨어지자 블랙워트는 곧 사지를 부르르 떨더니 잠잠해져 버렸다. 호른 제국병들의 함성이 다시 한 번 터져 나왔다. 그 모양을 보던 페렛이 투덜거렸다.

"이거야, 원! 무력 시위를 하려던 건데 오히려 무력 시위를 당했군.

쯧쯧. 리코야, 아무래도 피 터지게 싸워야 할 모양이다."

말은 그렇게 하면서도 표정은 태연자약하다. 라모는 또다시 미간을 찌푸렸다. 스턴과의 대결을 통해 라모는 키메라의 무력 정도를 파악할 수 있었다. 소드 마스터가 아니면 상대할 수 없는 괴물이었다. 팔을 내뻗는 그 놀라운 순발력, 그리고 스턴이 검강을 발하지 않으면 안 될 만큼 단단한 각질은 그래듀에이트라도 상대하기 어려울 듯 보였던 것이다. 저런 걸 하레스에 10마리나 풀어놓는다면……. 라모는 상상만 해도 끔찍했다.

라모는 페렛을 노려보았다. 페렛이 라모의 눈길을 의식하고 미소를 지었다.

"협상을 하기 위해 온 사자를 죽이지는 않겠지요? 뭐, 그렇다고 해서 쉽게 당할 나도 아니지만."

라모는 본래부터 협상할 마음이 없었던 데다 페렛의 마지막 말이 귀에 크게 거슬렸다.

"페렛 에이슈 경이라고 하셨소? 자신만만하군. 9서클의 마스터이며 인간으로선 긴 세월을 살아온 여우로군. 자, 내 눈을 보시오. 내 눈이 그대에게 하는 말이 있을 거요. 그것이 내 대답이오."

페렛은 라모의 말에 무심코 눈을 마주쳤다. 라모의 눈이 붉은 기운을 띠고 있었다. 페렛은 라모의 눈동자를 바라보며 고개를 돌릴 수 없었다. 뭔가 알 수 없는 힘이 페렛의 육체를 지배하는 듯했다. 더욱이 라모의 눈동자가 확대되며 정신이 아득해지는 걸 느꼈다. 페렛은 정신을 차리려 안간힘을 썼다.

"이. 리. 와. 라."

라모가 섭혼술을 발휘하자 페렛은 처음엔 몸을 움찔하며 거부하려는 기색이 보였다. 그러나 라모의 눈동자가 확대되면서 붉은 안광이 짙어지자 도저히 항거할 수가 없었다. 페렛은 엉거주춤 라모에게 다가가기 시작했다. 그 모양을 보고 있던 리코는 대경실색했다. 그리고 기어코 페렛이 무방비 상태로 라모의 1미터 전면에 서자 리코는 즉시 순간 이동을 발휘했다. 그리고 페렛의 바로 뒤에 나타나 팔을 낚아채려 했다. 하지만 라모가 한 수 빨랐다.

"멈춰라!"

라모가 페렛의 가슴에 한 손을 얹으며 소리쳤다. 리코는 페렛의 한 손을 붙잡은 채 다른 행동을 할 수 없었다. 자코 왕성에서도 라모가 저와 같은 방법으로 아이언 골렘을 박살 낸 적이 있다는 게 상기되었다. 나중에 골렘을 조사해 보고서야 내부가 박살나 있는 것을 보고 라모의 무서움을 절절히 느꼈던 리코였다. 혹시 페렛이 그런 꼴을 당하는 건 아닌가 걱정이 되어 오금이 저려왔다.

"네 스승을 죽이고 싶지 않으면 조용히 있어라."

라모는 여전히 시선을 페렛의 눈에 고정시킨 채 리코를 저지했다.

라모는 페렛의 눈을 통해 그의 감정과 영혼의 탁도를 어느 정도 짐작했다. 페렛은 결코 두려워하지 않았다. 다만 자기 자신에 대해 불신하고 있었다. 9서클의 마스터가 검사에게 제압된다는 걸 상상할 수도 없었을 것이다. 그리고 라모는 페렛의 영혼이 흑마법사답지 않게 순수한 면이 많은 걸 느낄 수 있었다.

"페렛 경, 그대는 몸을 움직이지 못할 뿐 들을 수는 있을 거요. 그대의 말대로 사자로 왔으니 이번엔 무사히 돌려보내 주겠소. 하지만 당신이 만약 수작을 부린다면 당신과 리코는 결코 무사하지 못할 거요. 그리고 자코 왕국의 주춧돌 하나 남겨두지 않고 모두 쓸어버리겠소.

전쟁이란 인간의 일이오. 더러운 키메라나 마족 따위를 동원할 생각은
애당초 꿈도 꾸지 않는 게 좋을 거요."

라모는 눈빛을 거두며 페렛의 가슴을 밀었다. 페렛이 밀려나며 뒤에
서 있던 리코의 품에 쓰러졌다. 리코가 부축하고는 잠시 후에야 페렛
은 간신히 몸이 정상으로 돌아왔다. 하지만 마음속의 충격은 비할 바
가 없었던지 안색이 창백해졌다.

"리코 후작, 가서 전투 준비를 하시오. 그대의 지휘로 글로스타 성이
함락되었듯, 역시 우리 호른 제국 병사들의 힘으로 성을 탈환해 보겠
소. 그리고 30만의 기병을 동원하시오. 내가 그마저도 격파한 연후에
나 다시 협상을 거론해 봅시다."

리코는 라모의 진의를 알자 주먹 쥔 손을 부르르 떨었다.

"라모 하레스, 너야말로 기고만장하지 마라. 누가 이길지는 싸워봐
야 안다. 최종적인 승자는 신만이 아실 것이다."

리코는 페렛을 부축하여 말에 오른 후 데려온 기사들의 호위를 받으
며 글로스타 성으로 향했다.

"후작님, 웨어 백작이란 분이 찾아오셨습니다."

집사가 들어와 알리는 말에 나겔은 책상 앞에 앉아 무언가 쓰던 펜
을 집어 던지고 급급히 일어섰다. 나겔이 매우 반가운 표정으로 다그
쳤다.

"어디에 있나?"

"접대실로 모셨습니다."

집사는 위치를 알리면서도 약간 의아했다. 호른 제국의 권력가인 나
겔 후작의 저택을 관리하는 집사답게 그가 모르는 백작은 없다고 해도

과언이 아니었다. 호른 제국에 몇 명의 백작이 있으며, 그들의 나이, 생김새, 성품, 관할 영지 정도는 줄줄이 꿰고 있었다. 물론 최근 백작의 반열에 오른 라모 백작과 야스퍼 백작에 관해서도 정보를 수집해 놓은 상태였다. 집사로서 그 정도조차 모른다면 기본이 안 되어 있다고 할 것이다.

하지만 이번에 찾아온 웨어 백작이라는 인물은 난생처음 보는 이였다. 호른 제국에서 웨어란 이름을 쓰는 백작은 없었다. 또 그의 생김새도 집사가 수집한 목록에서는 발견되지 않았다.

"자네는 그만 물러가게."

접대실 문 앞에 이른 나겔은 먼저 집사를 돌려보내고 방문을 열었다. 방 안에는 다섯 사람이 있었는데 세 사람은 소파에 앉아 있고 두 사람은 그 뒤에 선 채였다. 소파 한쪽에 나란히 앉아 있는 사람 중 제일 왼편의 인물은 나겔이 잘 아는 자코 왕국의 웨어 백작이었다.

"후작님, 정말 오랜만에 뵙는군요."

웨어 백작에 자리에서 일어나 가볍게 고개를 숙였다. 웨어 백작은 신장이 무척 작았다. 다 일어섰음에도 불구하고 나겔보다 머리 하나는 작아 보였다.

"웨어 백작, 정말 반갑구려. 그렇지 않아도 내가 연락을 하려던 참이었소. 그런데 백작이 이렇게 먼저 나를 찾아오다니……. 혹시… 대사제께서……."

웨어 백작의 눈이 가늘어졌다.

"그렇습니다. 이제 때가 됐습니다. 이제 200년 전의 한을 풀어야지요. 아, 그리고 인사하시지요. 이분은 장차 자코 왕국의 국왕이 되실 아무르 왕자님이십니다."

나겔은 가운데 앉아 있는 20대 후반의 청년을 바라보았다. 화려한 의상을 입고 거만하게 앉아 있다. 소개를 했음에도 불구하고 매서워 보이는 눈매가 한번 꿈틀했을 뿐 일어날 생각을 않는다.

"처음 뵙겠습니다, 아무르 왕자님! 저는 나겔 후작이라고 합니다."

나겔은 속으로는 '빌어먹을 놈'이라고 욕지거리를 내뱉으며 겉으로는 웃는 낯으로 대했다. 그제야 아무르 왕자는 나겔을 바라보며 입을 열었다.

"자코 왕국의 아무르요."

간단한 대답에 나겔은 다시 한 번 속으로 욕을 퍼부었다.

"그리고 이 사람은 차기 궁정 마법사로 내정된 호즈펠드 경입니다. 이제 8써클의 마스터이지만 곧 9써클의 대마도사가 유력한 분입니다."

나겔은 호즈펠드가 입고 있는 검은색의 후드 하며 살기가 넘치는 눈, 그리고 몸에서 줄줄이 흘리는 사기를 감지하고 그가 흑마법사라는 걸 짐작할 수 있었다.

호즈펠드가 일어나 간단히 목례만 하고 다시 냉큼 앉는다. 나겔은 왕자나 마법사나 다 마음에 들지 않아 속으로 투덜거렸다.

인사가 끝나고 나자 나겔의 시선은 자연스레 세 사람의 뒤에 서 있는 이질적인 두 사람에게 쏠렸다.

"오오, 가드 템플러!"

나겔은 두 사람을 보자 자신도 모르게 탄성을 질렀다. 선 채로 서 있는 두 사람은 순백의 갑옷을 입고 있었다. 재질이 무엇인지 지극히 하얀 색조를 띠었으며 온몸을 덮고도 무릎 아래까지 늘어져 있었다. 그리고 투구를 쓰고 있었는데 양 옆으로 가리개가 달려 있고 인중을 거쳐 코끝까지 덮개가 부착돼 있다. 허리에 차고 있는 검조차도 흰색 일색이었다.

가드 템플러의 가슴에는 한 송이 퍼스 플라워가 양각돼 있다. 신의 영역에서만 핀다는 꽃인 퍼스 플라워는 약간의 음영으로 신비를 자아 낸다.

더군다나 두 사람의 눈은 어린아이처럼 맑고 깨끗했으며 둘 다 상당한 미남이었다. 그런 것들이 하나로 합체되고 나니 '신의 기사' 라는 가드 템플러로서의 진면목이 잘 드러났다.

그들의 얼굴은 약간 굳어 있었는데 알고 보니 흑마법사를 못마땅하게 쳐다보고 있었다. 신의 기사가 마족의 대리인이라 불리는 흑마법사와 한자리에 있다는 사실이 자못 불편해 보였다.

나겔은 예전에 자신이 가입한 비밀 집회에서 가드 템플러를 본 적이 있었다. 하지만 오늘처럼 이렇게 가까운 곳에서 대면하긴 처음이었다.

"우선 자리에 앉으시지요."

나겔은 웨어의 깨우침에 그제야 정신을 차리고 맞은편 소파에 앉았다.

"제가 이렇게 오게 된 이유는 2가지 목적이 있어서 입니다. 첫 번째는 바로 대사제님의 전언입니다. 대사제께서는 나겔 후작님께서 하루빨리 호른 제국의 고통에 신음하는 국민들을 구원하라고 하셨습니다. 이들 가드 템플러들도 그 일에 쓰도록 후작님께 맡긴다고 하셨습니다. 두 번째는 자코 왕국과 호른 제국의 평화 협정입니다. 신이 주신 생명을 함부로 내던지는 전쟁은 반드시 막아야 합니다. 제가 글로스타 성에 감금되다시피 한 아무르 왕자님을 구하고 난 뒤 호른 제국이 글로스타 성을 탈환했다는 소식을 들었습니다. 더욱이 리코 후작이 전국에 병력 동원령을 내렸고, 호른 제국병들이 자코 왕국의 영역을 넘었습니다. 갈수록 상황이 심각해지고 있습니다. 더욱이 우리는 이제 최초로 한 나라의 국왕이 되실 아무르 왕자님을 신도로 영입했습니다. 그러니 온전한 취임식을 위해서는 먼저 평화가 우선되어야 합니다. 대사제께서는 나겔 후작님께서 빨리 손을 쓰길 바라십니다.”

웨어 백작의 말에 나겔은 가슴이 설레기 시작했다. 비밀 단체가 보유한 가드 템플러는 총 7명이었다. 그중에 두 명을 자신에게 붙여준 것이다. 이제 일은 거저먹기나 마찬가지였다. 나겔의 지략과 소드 마스터를 능가하는 가드 템플러의 힘이 합쳐졌으니 무엇이 두려울 것인가? 대사제의 명인즉슨 하루빨리 호른 제국의 권력을 틀어쥐라는 주문이었다. 이는 오히려 나겔이 바라 마지않던 소망이었다.

“웨어 백작, 이렇게 나를 신임해 주셔서 대사제께 정말 감사하구려. 이 나겔이 반드시 대사제께서 바라시는 위업을 달성하는 데 모든 힘을 다하겠다고 전해주시구려.”

나겔의 두꺼비 같은 입술이 모처럼 한껏 벌어졌다.

네 사람은 양국의 권력을 한 손에 잡아챌 서로의 계책을 나누며 1시간가량을 숙의한 다음에야 자리를 파하였다. 그리고 가드 템플러를 포함한 여섯 사람은 동쪽으로 난 창문을 향해 무릎을 꿇고 앉았다.

“높은 곳을 나시는 이상과 지혜의 신 휘페리온이시여, 저희들을 굽어살피소서.”

경건한 자세와 목소리로 경배를 드렸다. 하지만 경건하게 목청을 높이는 웨어 백작과 나겔 후작은 물론이고 아무르 왕자와 흑마법사 호즈펠드는 마음속까지 경건하지는 않았다. 각자 심중에 감추어둔 권력과 재물에 대한 이상만 높았을 뿐 신에 대한 경외심은 거의 들어 있지 않았다.

다만 제일 뒤에 곧은 자세로 경배를 드리는 두 명의 가드 템플러만이 신심이 가득한 얼굴로, 또는 신에 대한 그리움으로 성심성의껏 절을 드리고 있을 뿐이었다.

그렇게 나겔이 흉계를 꾸미는 동안 라모는 병력을 이끌고 자코 왕국으로 진격하고 있었다.

"형님, 전 아무래도 내키지가 않는군요. 적은 대부분 기병인데 우리는 보충된 12만의 병력 중 절반이 보병입니다. 비록 하레스의 1만 병력이 합세했다지만 여전히 병력도 열세이고 무력도 미치지 못하니 자칫 패하기라도 하는 날에는 큰일이 아닙니까? 더욱이 저는 리코 후작이 글로스타 영지에 거의 피해를 입히지 않고 후퇴한 점을 높이 사고 싶습니다. 저 같으면 홧김에 영지와 성에 불을 확 싸질렀을 겁니다. 리코 후작은 비록 적일지언정 존경할 만한 인물입니다."

라모는 야스퍼의 은근한 종용에도 흔들리지 않았다.

"야스퍼, 내가 진군하는 이유는 대륙의 평화를 위해서일세. 도란 제국과 호른 제국은 각자 넉넉한 영지와 풍요로운 생활을 영위하고 있지만 자코 왕국은 그렇지 못하네. 항상 불평불만에 쌓여 있지. 약탈 경제에 길들여져 있는 나라야. 그게 자코 왕국의 전통이고 생활이야. 이 기회에 그 기세를 꺾어놓아야 하네. 리코가 아무리 훌륭한 재상이라 하더라도 국민의 숭무정신을 바꾸지는 못해. 손으로 막으면 손바닥을 찢고 삐져 나올 걸세. 그러니 아예 검을 부러뜨릴 수밖에."

리코는 글로스타 성으로 돌아간 뒤에 라모가 병력을 이끌고 오기도 전에 3만 병력을 이끌고 급히 자코 왕국령으로 후퇴해 버렸다. 라모와 야스퍼가 버티고 있는 한 글로스타 성의 방어는 불가능함을 알고 미리 물러나 버렸던 것이다. 라모는 추적하지 않았다. 그것은 리코가 글로스타 영지에 거의 피해를 입히지 않고 물러난 점을 높이 샀기 때문이었다. 리코는 심지어 전투가 벌어졌던 글로스타 성조차 전투의 와중 파괴된 일부 건물을 제외하고는 고스란히 남겨놓고 후퇴했다. 그래서 라모는 리코와 다시 정정당당한 대결을 펼치고 싶었다.

하지만 페렛의 위협이 우려돼 스턴과 타푼을 하레스로 돌려보내 방비하게 했다. 황성은 나름의 마법 방머막이 잘 돼 있으므로 정황만 보고한 후였다.

야스퍼도 라모의 의도가 레아 신의 신탁과도 관련이 있다는 사실을 알고는 더 이상 만류하지 않았다. 다만 대륙을 위협하는 한 자루 검을 부러뜨릴 전략을 짜기에 골몰했다.

라모와 12만의 병력은 글로스타 성을 탈환하고도 일주일 만에야 적과 조우했다. 그곳은 자코 왕국 원더스 지방이었는데 전형적인 황야였다. 붉은 황토와 드문드문 잡초가 나 있는 평지였다. 멀리 황폐해 보이는 산이 몇몇 또렷이 보이기는 했으나 너무 거리가 멀어 전투와는 아무런 상관이 없었다. 양군은 2킬로미터가량의 거리를 두고 서로를 바라보며 진을 치기 시작했다.

라모는 원래 병력을 나누어 기습과 분산 격멸을 구상했었으나 척후병의 보고에 마음이 바뀌었다.

"적의 병력은 눈대중으로 약 13만가량으로 추정됩니다. 전원 기병입니다."

마법사들이 공간 이동을 해가며 주변을 탐색하게 한 결과 근방 100킬로미터 안에는 다른 병력이 없다는 보고도 함께 접했다. 30만을 동원할 수 있을 것이라는 리코의 호언장담에 구멍이 뚫린 것이다. 무슨 문제가 있는지는 모르지만 잘됐다고 라모는 생각했다. 단 한 번의 대회전으로 끝장을 볼 심산이었다.

그런데 라모의 의욕에 제동이 걸렸다.

"라모 백작님, 전투를 중지하고 즉시 병력을 철수시키라는 황제 폐하의 명이십니다."

느닷없이 황궁 마법사로부터 통신 마법이 전해져 온 것이다. 라모는 글로스타 성을 탈환한 직후 계속 자코 왕국령으로 진격해 들어가 호른 제국의 위엄을 세우겠다고 황궁에 보고를 하였고, 황제는 허락했다. 그런데 이제 와서 전투를 중지하라니……. 라모는 그럴 수 없다고 생각하였다.

"황제 폐하께 고해주시오. 이미 철수하기에는 늦었소. 그대도 수정구일지언정 보시오. 저 앞에 자코 왕국의 병력이 보이지 않소? 우리가 등을 돌리는 순간 모두 이곳에 뼈를 묻을 것이오. 승리가 아니면 패배요. 지금 내가 선택할 패는 이 두 가지밖에는 없소. 이 점을 잘 설명드려 주시오."

마법사도 수정구를 통해 자코 왕국병의 진형을 살펴보고는 안색이 변했다.

─잘 알겠습니다. 우리 호른 제국과 라모 백작님의 승리를 기원하겠습니다. 부디 적을 무찌르시기를…….

"고맙소."

다행히 마법사가 상황을 잘 이해한 듯하여 라모는 통신 마법을 끊은 후 본격적인 전투를 준비하였다. 라모는 마법사들을 동원하여 전생에 익혔던 광범위 진법을 펼쳤다. 사상오행진이었다.

라모는 일 년 전부터 자코 왕국과 대규모 전쟁이 벌어졌을 때 평지에서 기병과의 전투가 승패를 가르는 요소라는 걸 파악했다. 호른 제국병은 평지에서 절대 자코 왕국 기병의 적수가 아니었다. 지금 잔뜩 웅크린 채 긴장하고 있는 호른 제국 병사들의 면면이 이를 잘 설명하고 있었다. 그런 불리한 점을 타파하기 위해 개발한 것이 사상오행진이었다.

원래 진법이란 산과 계곡, 강, 또는 수목을 배경으로 인간이 조형을 가해 완성된다. 즉, 지형과 자연의 도움이 없이는 펼칠 수 없는 것이다. 하지만 평야가 많은 그룬디아 대륙에서는 필연적으로 병력과 병력의 실제 무용으로 승부를 가늠해야 한다. 다른 전략 전술은 잘 먹히지도 않고 쓰지도 않는다.

마찬가지로 사상오행진 또한 이런 황야에서는 펼칠 수 없었다. 아니, 펼칠 수는 있다. 많은 시간을 들여 만족할 만한 지형지물을 인공적으로 만들면 가능하다. 하지만 한 번의 전투를 위해 수없는 지형지물을 만들 정신 나간 지휘관은 없다. 또 적은 그걸 기다려 주지도 않는다. 그걸 보완하기 위해 라모는 마법의 힘을 빌렸다. 블레이드와의 실험으로 마법석을 통해 훌륭하게 사상오행진을 재현해 낸 것이다. 즉, 곳곳에 마법석을 감추어놓아 환상 마법을 펼치게 하는 것이다. 각각의 마법석은 단순한 눈속임에 불과했지만 그것이 순서에 따라 교묘하게 배열되고 보니 빠져나올 수 없는 미로가 되고, 환영이 난무하는 마계가 펼쳐졌다.

라모는 천인장들과 기사들을 모아 사상오행진을 설명했다. 무언가를 설명하는 데는 한 번 경험하게 하는 것 이상 효험있는 건 없다. 라모는 블레이드에게 소형 사상오행진을 펼치게 했다. 그리고 야스퍼부터 불러 진 안을 통과해 보라고 주문했다.

야스퍼는 진 안으로 들어가자마자 갑자기 검을 빼 들더니 검강을 발해 사방으로 휘두르기 시작했다. 지켜보던 기사들은 야스퍼가 갑자기 미친 것이 아닌가 의아해했다. 잠시 후 라모가 들어가 야스퍼를 데리고 나왔다.

이윽고 기사들도 한 명씩 차례로 들어가게 했다. 기사들은 예외없이 검을 빼 들어 휘둘렀고, 그때마다 라모가 들어가 빼내왔다.

"형님, 세상에! 이게 뭡니까? 갑자기 마물이 튀어나와 질겁했습니다!"

야스퍼가 눈이 둥그레져 질문한다. 야스퍼도 처음 보는 광경이었다. 라모가 블레이드를 통해 실험하느라 하레스의 마법사들만 알고 있을 뿐, 이는 야스퍼나 천인장들도 모르는 대외비였다.

"이것은 그냥 마법석을 이용한 환영 마법이라고 이해하면 된다. 그러나 여기에는 엄격한 규칙이 있다. 이 마법진 안에서는 미세하나마 길이 있다. 그리고 들어가는 곳은 어디든 상관없으나 나오는 문은 단한 군데이다. 그러니 각 지휘관급 기사들은 하레스의 마법사들이 가르쳐 주는 사항을 잘 숙지하여 결코 잊지 말도록 하라. 만약 이를 소홀히 하여 마법진 안에서 병사를 희생시키는 지휘관이 나오면 추후 엄벌에 처하겠다."

한동안 기사들이 사상오행진을 배우느라 법석을 떨었다. 하지만 기사들이 배우는 부분은 사상오행진의 극히 일 단면이었다. 사상오행진은 배열에 따라 천변만화로 바뀌어간다. 그걸 다 배울 필요도 없고 시간도 없었다. 그래서 가장 단순한 배열로 통일해 가르친 것이다.

이렇게 라모가 필승의 안배를 마련하는 동안 리코는 시름에 잠겨 있었다. 전방에 흐른 제국의 진형이 빤히 건너다 보였다. 하지만 함부로 진격을 명할 수 없었다. 호른 제국 영지 안에서의 단 한 번 접전으로 리코는 승리를 장담할 수 없었다. 또한 나중에 살아 돌아온 기사와 병사들에게 전투 상황을 일일이 보고하게 하면서 리코는 감탄 반 탄식 반으로 들었었다.

10개의 부대가 모두 패한 동일한 점 외에는 하나같이 기기묘묘한 전략에 의해 격파당했다는 걸 알았다.

무식해 보이는 전략을 쓴 렌토라는 기사의 방식도 씹으면 씹을수록 묘미가 있다는 걸 깨달았다.

그 외에도 리코에겐 걱정거리가 하나 더 있었다. 전국을 관할하는 총사령관으로서의 권위가 더 이상 먹혀들지 않는다는 점이었다.

리코가 랑주의 왕성으로 돌아갔을 때 아무르 왕자는 종적이 없었다. 처음엔 아마 다른 곳으로 도망갔겠거니 하고 다행스럽게 생각했었다. 그래서 리코는 도란 제국 레팀논 평원에 나가 있는 병력 중 기병 5만을 소환했다. 기병 모두를 소환할 수 있었으면 좋았을 테지만 도란 제국도 현재 반격을 해오고 있었다. 하룬 백작이 훌륭히 싸우고 있으나 병력을 5만이나 뺐으니 앞으로 고전이 예상된다. 하지만 당장 발등에 떨어진 불부터 꺼야 하겠기에 리코는 눈물을 머금고 결단을 내렸다.

또한 전국에 병력 동원령을 내렸다. 그런데 모인 병력이 고작 8만 명에 불과했다. 주로 수도인 랑주 인근의 영지에서 보내온 병력들이었다. 그들은 왕성과 가까웠던 만큼 포우 국왕의 생전 소망과 리코의 포부를 잘 알고 있는 영주의 병사들이었다. 그런데 랑주에서 멀어질수록 군사 동원령은 무시되었다. 그나마 눈치를 보아 일부를 보내오는 영주도 있었지만 아예 시침 뚝 떼고 외면한 영주가 더 많았다. 평상시라면 리코가 직접 영지를 순회하며 적절한 응보를 내렸을 터이지만 지금과 같은 일촉즉발의 전쟁 상황에서는 그럴 짬이 없다.

리코는 이것이 아무르 왕자의 수작이라는 걸 짐작할 수 있었다. 그리고 아무르 왕자를 구출해 간 의문의 존재, 또는 단체가 뒤에 버티고 있다는 걸 알고는 골치가 아파졌다. 설사 이 전쟁에서 이기더라도 이제 내란도 피해갈 수 없을 듯싶었다. 내우외환이 한꺼번에 겹친 것이다.

"리코야, 호른 제국 측에서 지금 마법사들이 부지런히 움직이고 있는데 무슨 수작을 벌이는지 모르겠다. 다만 마법석을 사용한 듯 곳곳에서 마력이 움직이고 대기가 이상 흐름을 보이고 있구나."

호른 제국 측을 탐지 마법으로 검색하던 페렛이 걱정스러운 얼굴로 말을 건넨다. 리코는 다시 스승에게 기대지 않을 수 없었다.

"스승님, 아무래도 키메라를 이번 전쟁에 투입해야 할 모양입니다. 아무래도 불안합니다. 되도록이면 우리는 병력의 손실을 최소화해야 합니다. 그것만큼은 피하고 싶었지만 이젠 어쩔 수가 없게 되었군요."

페렛은 우울한 얼굴의 리코를 바라보며 화가 치밀었다. 자식과 같이 사랑하는 제자가 핍박당하는 것 같아 안쓰럽기 그지없다. 페렛은 자신조차 경멸해 한 번도 사용해 보지 않은 언데드 마법을 써서라도 이번 전쟁은 반드시 승리할 수 있도록 도우리라 혼자 속으로 다짐했다. 죽은 병사를 다시 일으켜 싸우게 한다면 리코가 질색을 할 테지만 차라리 그 편이 낫다고 생각하는 페렛이었다. 저렇게 죽상을 하고 있는 리코를 보는 페렛의 마음은 더욱더 찢어질 듯 아파왔던 것이다.

이렇게 윈더스 평야에는 전운이 충만해지기 시작했다.

전투는 다음날 오전 자코 왕국의 선공으로 시작됐다.

"우리의 최대 장점은 병력 모두가 기병이라는 점이다. 이러한 장점을 최대한 발휘해 주길 바란다."

리코는 지휘 기사들에게 이렇게 당부한 후 병력을 4개의 집단으로 나누어 진격하게 했다. 즉, 총 13만의 병력 중 각각 3만씩 6만을 떼어 좌우로 협공하게 하고 정면으로 먼저 3만이 돌격하게 하였으며, 나머지 4만을 중군으로 하여 리코가 이끌고 뒤를 후원하게 하였다. 리코 또한 기병의 장점을 최대한 살려 단 한 번의 접전으로 승부를 결한다는 심산이었다. 이런 평야에서는 호른 제국병은 오합지졸에 불과했다. 더군다나 절반이 보병이니 이런 호기가 다시 찾아오기도 힘들었다. 라모와 그가 이끄는 천인장들의 귀계가 꺼림칙했지만 이런 평야에서야 수작을 부리기 어려울 것이라 믿었다.

"기병 출진!"

먼저 자코 왕국 기병 6만이 각 3만씩 좌우로 갈라져 호른 제국 진형을 향해 나아갔다. 호른 제국병들을 쏘아보는 자코 왕국 기병들의 눈이 먹이를 본 맹수처럼 흉흉해지며 살기를 뿜어냈다. 병사 각 개인이 출중한 무예로 단련되었는지라 호승심이 넘쳐흘렀다. 좌우군이 어느 정도 전진한 이후에야 정면을 공략할 3만 병력이 천천히 전진해 나갔다.

처음엔 사람이 걷는 정도의 완보로 1킬로미터를 나아가다가 500미터가량은 속보로 조금씩 빨라져 갔다. 병사들의 뒤쪽에서 흥분을 고조시키는 북 소리가 들려왔다. 기병이 내닫는 속도에 맞추어, 또 때로는 기병을 먼저 인도하는 소리였다. 전장을 향해 울려 퍼지는 북소리는 묘하게도 심장의 박동과도 일맥상통해 나머지 500미터를 남겨놓고는 미친 듯이 두드려 대기 시작한다. 그러자 진격해 가는 자코 왕국의 기병들은 끓어오르는 심장의 피를 이기지 못하고 있는 힘껏 목청을 높이기 시작했다.

"와아아아아!"

뇌성벽력과 같은 함성이 윈더스 평원을 가로질러 호른 제국 병사들의 심장에까지 날아가 과부하를 걸었다. 그러자 호른 제국병들은 오히려 피가 차갑게 식으며 몸이 움츠러들었다. 한 번의 승리조차 잊어버리고 자코 왕국 기병의 기세에 눌려 순식간에 사기가 저하됐다.

이는 당연한 반응이었다. 지금 좌우와 정면으로 해일처럼 밀려오는 자코 왕국병들을 보노라니 도저히 감당할 수 없을 것 같은 공포를 느꼈던 것이다. 더군다나 자코 왕국 기병은 그룬디아 대륙 어느 나라에서나 최강의 군대로 소문이 나 있었다. 그리고 그것은 크고 작은 전투를 통해 명백히 입증해 왔던 것이다. 같은 숫자의 병력이라면 절대 지지 않는 군대가 자코 왕국의 기병 부대였다. 나아가 2배, 3배의 병력조차 여지없이 격파해 버리는 상승의 무적 군대였다. 그러니 호른 제국병들은 지레 움츠러들며 지휘관의 눈치를 살피게 된다.

"그럴듯하군."

창을 앞세워 전속력으로 달려오는 자코 왕국 기병부대를 바라보는 라모의 소감은 간단했다.

"그럴듯한 게 아니라 대단하군요. 과연 자코 왕국의 기병이군요. 저 거침없는 돌격, 그리고 꺾이지 않는 불굴의 용맹, 누구든 뭉개 버릴 듯한 기세 넘치는 함성까지. 과연 대륙 최강의 군대답군요."

야스퍼가 라모의 옆에서 홀린 듯 자코 왕국의 진격을 바라보며 촌평을 한다. 라모는 못마땅한 시선으로 야스퍼를 노려보았다.

"이봐, 야스퍼! 지금 누굴 칭찬하는 거야. 흰소리하지 말고 자네는 선봉을 맡고 있는 렌토나 도와주도록 해."

"누가 뭐랍니까? 그냥 그렇다는 거지요. 형님의 마법진이 제대로 효과를 발휘하지 못하면 오늘 이곳이 우리 호른 제국 병사들의 집단 무덤이 되겠지요?"

라모가 인상을 우그러뜨리자 야스퍼는 얼른 말을 몰아 선봉부대를 향해 달려갔다. 그러나 라모의 말을 막지는 못했다. 옆에서 말을 건네듯 작지만 또렷한 목소리가 한참을 달려가는 야스퍼의 귀에서 맴돌았다.

"너, 전투 끝나고 나서 보자. 전쟁을 코앞에다 두고 재수없게 그런 말을 해?"

이건 또 무슨 수법인가 깜짝 놀란 야스퍼가 달려가는 와중에 뒤를 돌아다보았다. 50미터 이상이나 떨어진 거리에서 라모가 주먹을 흔들고 있었다.

'정말 형님은 별 신기한 재주를 다 가지고 있군.'

야스퍼는 고개를 저을 수밖에 없었다.

마침내 자코 왕국 기병이 3면에서 일제히 호른 제국 진형으로 짓쳐 들어왔다. 롱 보우와 크로스 보우의 공격을 염려한 자코 왕국병들은 모두 왼손에는 방패를 들고 오른손에는 창을 든 상태였다. 그러나 이상하게도 호른 제국병들은 일체 화살이나 퀘렐을 날리지 않았다. 이상하긴 했지만 오히려 다행스럽게 여긴 자코 왕국 기병의 선두가 막 호른 제국 진형으로 돌입하려던 순간이었다.

갑자기 눈앞의 호른 제국병이 싹 사라지며 자신들이 푸른 파도가 넘실대는 바다의 한가운데에 서 있는 것이 아닌가? 자코 왕국병들은 자신들이 타고 있는 전마가 바다 위를 걷자 이것이 환영이라는 것을 충분히 알 수 있었다. 더군다나 뒤에서는 탄력을 받은 후위대가 계속해서 밀려오자 '에라, 모르겠다' 하는 심정으로 바다 한가운데를 계속해서 달려갔다.

하지만 갑자기 바닷물이 쩍 갈라지며 거대한 물체가 솟아 나오자 말고삐를 당기지 않을 수 없었다. 괴물은 바다 위로 솟은 크기만 무려 10미터는 되어 보이고, 수많은 팔이 달려 있었으며 머리에는 해초 같은 촉수들이 끊임없이 꿈틀거렸다. 또 말도 한입에 삼킬 만큼 큰 입은 대거 같은 날카로운 이빨들이 촘촘하게 박혀 있어 흉측하기 이를 데 없었다. 아무리 환영이라는 것을 알고 있더라도 본능적으로 말고삐를 당기지 않을 수 없었다.

덕분에 뒤따라오던 인마와 부딪쳐 선두가 땅에 패대기쳐졌다. 더불어 전진이 멈추어지며 전열이 크게 흔들리기 시작했다.

"현혹되지 마라! 환영 마법이다! 당황하지 말고 계속 진격해라!"

지휘 기사가 현실을 알아채고 크게 소리쳤다. 그리고는 무시무시한 괴물을 향해 달려갔다. 괴물은 수많은 팔을 휘둘러 기사를 내려쳤으나 그냥 몸을 통과해 버렸다. 이를 본 자코 왕국 병사들은 그제야 허무맹랑한 환상임을 깨닫고 자신감을 되찾아 이제 무엇이 나오든 아랑곳하지 않고 함성을 지르며 돌진했다. 전진을 시작하자 이젠 크고 작은 마물들이 튀어나오기 시작했다. 그 흉측한 모습에 흠칫했지만 결코 말을 멈추지는 않았다. 병사들은 앞서의 예도 있어서 눈을 질끈 감고 그대로 달렸다.

하지만 마물들 사이에서 불쑥 창이 튀어나오며 기사의 심장을 찌르고, 검이 나타나 달려가던 기병의 목을 잘라 버리자 다시 전진이 멈추어지고 말았다. 자신의 동료들이 피를 내뿜으며 나동그라지는 모습은 결코 환상이 아니었던 것이다.

"적이다!"

드디어 곳곳에서 불쑥불쑥 나타나 창과 검을 휘두르는 호른 제국병들을 발견할 수 있었다. 하지만 어떤 것이 환상이고 어떤 것이 실물인지 자코 왕국병들은 구분할 수가 없었다. 이젠 오로지 눈에 보이는 것은 무엇이든 검을 휘둘러 잘라 버리기 시작했다. 심지어는 같은 동료의 배에 창을 틀어박기도 하는 병사가 속출했다. 자코 왕국의 기병이 마법진에 갇혀 대혼란에 빠져들었다.

중군을 이끌고 뒤따르던 리코는 아무것도 없는 평야에서 갈팡질팡하는 자코 왕국 기병의 혼란 상황을 바라보며 가슴이 철렁 내려앉았다.

"아차, 또 함정이구나."

리코의 말이 끝나기도 전에 페렛이 플라이 마법으로 전투 지역을 향해 날아갔다. 그리고는 호른 제국병이 몰려 있는 장소의 공간을 열고 키메라를 소환했다. 곧 열 구의 키메라가 공간을 열고 나왔다. 키메라들은 공간을 열고 나오자마자 낫같이 생긴 두 개의 손을 사방으로 휘두르기 시작했다. 대거를 일렬로 여러 개 거꾸로 박아놓은 듯한 거대한 낫이 병사들의 목을 베고 허리를 갈랐다.

"으악!"

"살려줘."

대번 호른 제국 진형이 어지러워지며 역시 혼란스러워지기 시작했다. 키메라들은 인간으로선 상상할 수 없을 만큼 넓은 보폭으로 옮겨다니며 병사들을 주살했다. 용케 피해 달아나는 병사의 등에는 어느새 키메라의 손끝이 쭉 뻗어와 여지없이 꽂혔다. 창보다 더 날카롭고 더 힘찼다. 격중된 병사는 대번 가슴까지 손끝이 튀어나왔다. 이미 절명한 병사가 쓰러지기도 전에 회수된 손끝은 다른 병사를 격중시키고 있었다.

호른 제국병들이 키메라에 의해 자코 왕국 기병을 공격하는 데 차질이 생긴 동안 페렛은 부지런히 마법석을 찾아다니고 있었다. 이토록 절묘한 환영 마법이 있다는 건 생전 듣도 보도 못했다. 하지만 그 근간이 되는 마법석을 찾아 10여 개를 연속으로 파괴해 버리자 대번 환영 마법이 불안해지더니 기어코 육안으로도 확인할 수 있을 정도로 환영을 구별해 낼 수 있었다.

그제야 다시 전열을 가다듬은 자코 왕국병들은 본래의 용맹성에 분노를 얹어 맹렬히 공격해 들어갔다. 이젠 오히려 호른 제국병들이 일방적으로 주살되기 시작했다. 페렛은 전면의 마법진을 해체하자 다시 좌우로 돌며 역시 마법진을 파괴해 혼란에 빠진 자코 왕국병들 구원했다.

하지만 그 상황도 오래가지 않았다. 출현한 키메라에 하레스의 천인장들이 달라붙으며 대번 요절나기 시작했다. 상황을 주시하고 있던 라모도 키메라를 향해 몸을 날렸다. 라모가 신법을 발해 달려간 곳에는 세 구의 키메라들이 날뛰며 호른 제국병들을 주살하고 있었다.

라모는 달려가면서 바이올레이드를 빼 들어 검강을 발한 후 제일 앞에 선 키메라의 허리를 단숨에 잘라 버린 후 쓰러질 틈을 주지 않고 등을 밟고 뛰어오르며 머리까지 한꺼번에 날려 버렸다. 그리고 얼른 뛰어내린 라모는 호른 제국병 한 명이 들고 있는 방패를 낚아채 좌측에서 뛰어다니고 있는 키메라를 향해 집어 던졌다.

진기가 담긴 방패는 일직선으로 날아가 막 기동하려던 키메라의 가슴에 틀어박혔다. 라모는 방패를 집어 던진 후 이번엔 우측에서 날뛰고 있는 키메라를 향해 병사로부터 역시 낚아챈 창을 집어 던졌다. 창이 손살같이 키메라를 향해 날았다. 그 뒤를 라모가 눈부신 속도로 쫓아갔다. 창이 키메라의 후두부를 완전히 관통해 저 멀리 날아가는 사이 뒤미처 당도한 라모가 역시 뛰어오르며 허리를 갈라 버렸다. 라모의 검에서 발해진 치솟는 검강에 키메라의 상체와 하체가 분리돼 버렸다.

라모는 그 이후 방패에 맞은 키메라를 돌아보았다. 가슴에 방패가 꽂힌 키메라가 여전히 느릿느릿 움직이며 팔을 휘두르고 있었다. 그러나 동작이 영 굼떠 병사들에게 더 이상 피해를 입히진 못했다. 하지만 방치할 수 없어 라모는 다시 신법을 발휘해 다가간 후 재차 머리를 잘라 완전히 숨통을 끊어버렸다. 그 후 라모가 전장을 돌아보니 이제 날뛰고 있는 키메라는 한 구도 보이지 않았다. 야스퍼를 비롯한 하레스의 천인장들이 모두 요절을 내버린 것이다.

키메라들은 모두 정리됐지만 마법진의 파괴로 전투는 다시 새로운 양상을 띠어가기 시작했다. 기병으로만 이루어진 자코 왕국병에 의해 호른 제국병들이 완연히 밀리기 시작했다. 특히 좌우의 호른 제국 병사들은 거의 일방적이다시피 뒤로 밀리기 시작했다.

하지만 중앙을 책임진 병사들은 달랐다. 렌토가 뒤로 밀려오는 호른 제국병들을 제치고 앞으로 나서며 검을 들었다.

"자, 하레스의 병사들이여! 이제 너희들이 그동안 갈고닦은 실력을 발휘할 때가 왔다. 그대들이야말로 그룬디아 대륙 최강의 군대이다. 자코 왕국병 놈들에게 맛을 보여주자. 그대들이 누비는 곳이야말로 모두 우리 하레스의 천하다!"

렌토의 우렁찬 외침에 대기하고 있던 하레스의 1만 기병이 일제히 함성을 질렀다. 돌격해 들어오던 자코 왕국 기병이 깜짝 놀랄 만큼 윈더스 평야가 쩌렁쩌렁 울렸다. 동쪽 야만족 정벌을 마치고 돌아온 직후 라모는 나머지 오천의 보병까지 전부 기병으로 탈바꿈시켰다. 바로 자코 왕국과의 접전을 대비한 나름의 복안이었다. 아무리 무예가 출중해도 기병보다 빠를 수는 없었다. 기동력이 약하면 본래의 실력을 발휘할 수가 없다. 그래서 아예 보병 부대는 해체해 버리고 기병으로 재정비한 것이다.

그런 하레스의 1만 기병이 돌격해 오는 자코 왕국병을 향해 짓쳐 나갔다. 곧 양군은 맹렬하게 맞부딪쳤다. 창과 검이 나르고 근접 거리에서 쿼렐이 쏘아졌다. 그동안 라모와 야스퍼가 심혈을 기울여 훈련한 성과가 여실히 드러나기 시작했다.

하레스의 병사들은 또다시 한 단계 성장해 있었다. 돌진하면서도 개인 행동을 하는 자는 찾아볼 수 없었다. 열 명씩 조를 짜 서로를 돌보며 방패로 공격을 막는 병사가 있는가 하면 그 틈새로 창과 검을 날려 목을 베는 병사로 나뉘었다. 그렇다고 공격과 방어가 정해진 것도 아니었다. 적병이 바뀌면 어느 순간 하레스 병사의 역할도 바뀐다. 공격하던 병사가 방어하고, 방어하던 병사는 적의 옆구리를 찌르는 식이다. 개인의 무예조차도 자코 왕국 기병을 압도했다. 오랜 시간 십팔반 무예를 연마해 창과 검을 다루는 능력이 완숙했고, 수없는 가상 대결을 통해 공격과 방어가 절로 체득돼 막고 찌르는 행위가 동시에 이루어졌다.

곧 자코 왕국의 전열이 무너져 내렸다.

"와아아아아!"

하레스의 정병들은 더욱더 기세를 올리며 자코 왕국 기병 사이를 관통해 나가기 시작했다. 특히 제일 선두에 선 렌토는 광한마공을 운기해 검기를 뿜어내는 검으로 거침없이 내닫고 있었다. 아무도 렌토의 앞을 막을 수 없었다. 사람이고 말이고 걸리는 건 모조리 잘려지고 피를 내뿜었다. 그 뒤를 따르는 1만 하레스 정병들의 함성이 연속해서 자코 왕국병을 위협했다.

하레스 병사들의 뛰어난 무력으로 정면은 호른 제국의 우세승이 점쳐지고 있었다. 하지만 좌우는 반대로 호른 제국 진형에 구멍이 뚫리기 시작했다. 이를 만회하기 위해 블레이드는 동분서주하고 있었다. 통신 마법을 통해 각 부대로 배치된 마법사들을 호출해 마법진을 다시 펼칠 것을 요구했다.

"자코 왕국 흑마법사가 마법진을 파괴했다! 너희들은 그것에 상관하지 말고 이중 삼중으로 계속 마법진을 펼쳐라! 흑마법사가 파괴하면 너희는 계속해서 설치해라! 절대 더 이상 밀리게 하면 안 돼!"

블레이드의 닦달을 당한 호른 제국의 마법사들이 사방으로 뛰어다니며 재차 마법진을 설치하기 시작했다. 광범위 사상오행진인지라 대번 호른 제국 병사들까지 환상에 사로잡혔지만 지휘 기사들로부터 누누이 현혹당하지 말라고 지침을 받은 후였다. 병사들은 오로지 자신의 지휘 기사들만을 바라보았다. 지휘 기사가 가리키는 방향으로만 나아갔다. 하지만 진격해 들어오던 자코 왕국 기병들은 생문을 알 수 없어 다시 혼란에 빠졌다. 그러면 그 간극을 타고 스머 들어온 호른 제국 병사들이 오이 따듯 자코 왕국 기병의 목을 취했다.

그 모양을 바라보던 페렛은 이맛살을 찌푸렸다. 계속해서 마법진이 펼쳐지는 한 자신이 파괴해도 소용이 없었다. 페렛은 호른 제국의 마법사들을 먼저 요격해야 함을 깨달았다. 페렛은 곧 플라이 마법으로 허공을 날며 호른 제국 마법사들을 찾아내 죽이기 시작했다. 마법사가 발견되면 곧바로 근처로 뛰어내려 주변의 마나를 압축시켰다. 광대한 마나의 압력을 견디지 못한 마법사들의 내장이 모조리 터져 나가며 칠공으로 피를 흘리고 죽어갔다. 흑마법사다운 잔인한 손속이었다. 그러나 이는 본래 페렛의 의도가 아니었다. 제자를 위한 일이 아니었다면 세상없어도 사람을 죽이지는 않았을 것이다. 아니, 이런 전쟁 근처에도 오지 않을 페렛이었다.

또 잔인한 손속도 페렛이 흑마법사이다 보니 본래의 마법사들이 지닌 화려한 공격 마법에 대해서는 별반 알지 못하는 이유가 컸다. 파이어 볼이나 아이스 애로우 등의 기초 공격 마법은 알고 있었으나, 이곳에 온 호른 제국의 마법사들은 모두 5서클 이상은 되어 보였다. 그런 기초 마법에 당할 자들이 아니었다. 때문에 페렛은 9서클의 마스터가 사용할 수 있는 공간 마법으로 상대할 수밖에 없었다. 그야말로 닭 잡는 데 소 잡는 칼을 사용하는 격이었지만 페렛은 다른 방법을 알지 못했다.

마법사들이 죽어 나가자 블레이드는 라모에게 구원을 요청하지 않을 수 없었다.

"소영주, 페렛 에인슈가 나섰습니다. 그가 마법진을 파괴하고 우리 마법사들을 죽이고 있습니다."

블레이드가 보고해 올 때쯤에는 라모도 페렛을 보고 있었다.

"블레이드 경, 페렛은 내가 맡을 테니 그대는 계속해서 마법사들을 인솔해 마법진을 만드시오."

라모는 페렛이 플라이 마법으로 날아다니는 지역을 향해 신법을 발해 달려갔다. 거의 5백 미터에 이르는 거리였지만 라모는 병사들의 머리를 밟으며 훌훌 날아갔다. 그리고 사람이 닥치기도 전에 블랙암이 먼저 날았다. 페렛은 마법사들을 격살하던 와중 무언가가 무서운 속도로 공간을 가르며 날아오는 것을 느꼈다.

"순간 이동!"

페렛이 사라졌다가 우측으로 5미터 지점에 다시 나타났다. 그리고 블랙암이 날아온 지점을 바라보았다. 라모 하레스가 훨훨 날아오고 있었다.

"포박!"

페렛이 오른 손바닥을 활짝 펴며 라모를 향했다. 그러자 병사의 머리를 밟으며 날아오던 라모가 허공에 사지를 펼치며 구속됐다. 라모는 자신의 몸을 매우 질긴 무형의 힘이 억압해 오자 일시 움직일 수 없었다.

"이게 도대체 뭐지?"

라모가 의문에 쌓여 있는 순간 페렛은 주변의 마나를 압축시켜 라모 또한 마법사들과 마찬가지로 내장을 터뜨리려고 애썼다. 그러나 마법사들과는 달리 라모의 몸에는 마나가 침투해 들어가지 못했다. 이마에 땀까지 흘러가며 애를 쓰는 페렛을 보며 라모는 크게 웃었다.

"하하하, 페렛 에인슈! 나는 거의 금강불괴의 경지에 이르렀다. 이곳 말로 하자면 비할 바 없이 강한 방패가 몇 겹으로 몸을 두르고 있는 형상이라고나 할까? 너의 노력은 가상하다만 내게 대항한 대가는 죽음뿐이다."

라모의 몸에서 마나가 폭발적으로 터져 나오며 억압하던 마나가 순간적으로 반탄돼 나왔다.

아무리 외부의 마나라지만 그것을 구동하는 한 시전자의 정신과 육체에 연결돼 있을 수밖에 없었다. 페렛은 반탄되는 마나를 미처 피하지 못하고 그대로 몸으로 받을 수밖에 없었다.

페렛이 입으로 피화살을 내뿜으며 뒤로 벌렁 넘어졌다. 그리고는 순간적으로 정신을 잃고 플라이 마법이 끊겨 땅으로 추락했다. 하지만 9서클의 마스터는 호락호락한 경지가 아니었다. 땅으로 추락하던 와중 다시 정신을 회복한 페렛은 즉시 순간 이동을 펼쳐 병사들 사이로 숨었다. 라모는 블랙암을 던지며 추격에 나섰다. 하지만 병사들 틈으로 숨어 라모의 사선으로만 순간 이동을 펼쳐 빠져나가는 페렛을 잡을 수는 없었다. 라모는 곧 페렛의 종적을 놓치고 말았다.

"페렛 에인슈, 쥐새끼처럼 잘도 도망가는구나."

라모는 허공에 대고 비아냥거릴 수밖에 없었다.

라모가 페렛을 상대하는 동안 야스퍼는 드디어 리코와 마주치고 말았다.

정면에서 용맹하게 싸우던 렌토 천인장은 적의 피를 온통 뒤집어써 인마가 선혈로 목욕을 한 상태였다. 그에 아랑곳하지 않고 렌토는 여전히 힘차게 검을 휘두르며 최선봉을 고수하고 있었다. 하레스 1만 정병의 눈부신 활약 덕분으로 중앙의 3만 자코 왕국 기병이 완전히 무너져 내리기 시작했다.

그러나 렌토는 곧 격렬한 저항에 직면했다. 새로운 기병들이 투입되면서 거침없이 밀고 나가던 하레스의 정병들이 주춤했다.

"네가 하레스의 천인장 렌토인가? 그대가 기어코 자코 왕국에 들어왔으니 죽이지 않을 수 없구나."

렌토는 우수에 찬 얼굴을 한 젊은 청년을 전장의 한가운데서 만났다. 바로 리코 후작이었다. 렌토 또한 글로스타 영지에서 협상을 위해 방문했던 리코를 이미 보았다. 대륙의 유일한 마검사인 리코 후작이었다. 이미 호른 제국 기사와 병사들 사이에서는 '라이트닝 소드'로 소문나 있었다. 마치 번개가 치듯 너무나 현란한 쾌검인지라 공포의 의미가 그 속에 담겨 있었다. 렌토가 감당하기에는 너무 버거운 상대였다. 하지만 광한마공을 운기하고 있던 렌토의 의식에는 호승심만 가득해 자신이 죽을 수도 있다는 사실을 인식하지 못했다.

'네 앞에 있는 적을 죽여라.'

광한마공을 일으킨 렌토의 정신은 마성에 사로잡혀 이렇게 속삭이고 있었다. 오로지 피와 살육을 그리워하고 있었다.

"크하하! 네가 리코 후작이로구나. 잘 만났다. 하레스의 선봉장인 이 렌토님의 검 맛을 보러 왔느냐?"

렌토는 광한마공을 최대한으로 끌어올렸다. 그리고 진기를 검에 주입했다. 검에서 곧 핏빛과 같은 붉은 검강이 솟아올랐다. 리코의 눈이 이채를 띠었다.

"하레스의 천인장들이 모두 소드 마스터라고 하여 헛소문이라고 생각했는데 이제는 믿지 않을 도리가 없구나. 좋다, 렌토 천인장, 네 솜씨를 보여봐라."

렌토가 박차를 가해 말을 달리며 검강을 발한 검을 들어 리코를 내려쳤다.

"건방진 수작!"

리코가 부르짖으며 역시 검강을 발해 눈부시게 찔러댔다. 렌토가 검을 회수하며 일일이 리코의 공격을 방어했다. 그러나 하마터면 찔러오는 검 하나를 놓칠 뻔했다. 말을 타고서는 도저히 리코의 상대가 아니라는 걸 깨달은 렌토는 얼른 말에서 뛰어내렸다. 그러자 리코도 역시 말에서 뛰어내려 렌토에게 다가왔다.

"이제야 정신을 차렸군. 마검사인 날 상대로 마상전을 벌이려고 하다니……."

한 수 손해를 본 렌토의 눈이 핏빛으로 붉어졌다. 렌토의 눈에는 오직 자신이 내려쳐야 할 리코의 목과 찔러야 할 심장만 보였다. 렌토가 힘찬 기합과 함께 리코를 향해 달려들었다. 천인장들은 그간 라모와 야스퍼의 철저한 지도를 받았고, 스스로도 수련을 게을리 하지 않았다. 덕분에 렌토의 검술은 크게 향상돼 있었다. 리코가 10개의 검을 들어 내려치는 듯한 쾌검을 일일이 막아내거나 가벼운 스텝으로 피하였다. 그러나 그것뿐이었다. 이미 우열은 정해져 있었다. 렌토는 방어만 하기에도 힘겨웠다. 렌토가 검을 한 번 휘두르면 리코는 10번을 휘두르니 도리가 없었다. 렌토는 광한마공을 한계점 이상으로 끌어올렸다. 그러자 몸이 더욱 날렵해지고 리코와 부딪치는 검강이 조금 더 솟아난다.

렌토와 싸우던 리코는 속으로 감탄했다. 한낱 하레스의 천인장이 갈수록 힘이 강해지는 걸 느낀다. 실상 렌토는 감당키 어려운 적수를 만나자 자기 능력 이상의 힘을 짜내고 있었다. 바로 본래의 진원진기까지 사용하는 셈이었다. 과다 사용하면 작게는 주화입마요, 심하면 당장 목숨을 잃을 수도 있는 위험한 도박이었다. 렌토의 입장에선 대적을 앞에 두고 이런 진기 운용의 도박은 작은 일이 불과했다. 패배하면 곧 죽음인 것이다.

렌토가 점점 힘을 내며 대결이 길어질 듯하자 리코는 순간 이동을 발휘했다. 그리고는 전후좌우로 눈부시게 돌아가며 쾌검을 내질렀다. 렌토가 최선을 다해 방어를 했으나 검 하나가 등을 관통했다가 빠져나가고 곧 이어 배까지 시원해지는 느낌을 받았다. 순식간에 이 검을 허

용하고 말았던 것이다. 렌토의 몸이 검이 관통되는 충격을 받고 경직
되었다.

"리코 후작!"

막 렌토의 목을 내려치려던 리코는 갑자기 앞에서 불쑥 나타나 미간
을 찔러오는 검강에 깜짝 놀라 순간 이동을 펼쳐 후퇴했다. 이후 앞을
바라보니 한 장신의 기사가 렌토를 부축하고 있었다.

"야스퍼 단장!"

리코는 상대의 정체를 알자 반가운 마음이 들었다. 하레스의 기사단
장 야스퍼 핸슨은 도란 제국의 빅투를 능가하는 대륙제일의 기사로 명
성을 드높여 가고 있었다. 호른 제국과의 전쟁에서 적수를 한 명이라
도 더 줄여야 하는 리코의 입장에서는 지금이 좋은 기회였다. 라모 하
레스만 아니라면 누구도 자신의 상대가 아닌 것이다. 이제 곧 적수 한
명이 사라질 테니 어찌 기껍지 않겠는가?

야스퍼는 병사들을 시켜 이미 혼절해 버린 렌토를 후방으로 옮기게
한 후 리코를 향해 다가왔다. 야스퍼의 얼굴은 분노에 차 있거나 흥분
한 기색이 전연 없었다. 다만 형형한 안광이 쏘아지듯 리코의 얼굴을
노려보며 차분한 발걸음을 옮길 뿐이었다.

처음으로 야스퍼와 검을 맞대게 된 리코는 야스퍼의 전신에서 흐르
는 담담한 기운에 고개를 끄덕였다.

"역시 그대도 강적이군. 자신의 기운을 필요할 때가 아니면 숨기며
갈무리할 줄 아는 능력을 가졌다는 것 하나로 이미 나와 겨룰 자격은
충분하오."

야스퍼는 느닷없는 리코의 칭찬에 속으로 라모의 말이 떠올랐다.

"진정한 강자는 어떤 경우도 자신의 기운을 다 드러내지는 않는다. 비정한 승부의 세계에서 자신이 가진 패를 모두 내보이는 것만큼 어리석은 자는 없다."

야스퍼는 라모의 말에 시큰둥했지만 적수인 리코에게서 비슷한 말을 듣자 비로소 라모의 말이 의미심장해진다. 야스퍼가 검을 치켜들었다. 그리고 2미터 남짓한 검강을 발했다.

"그대와 같은 뛰어난 마검사와 겨루게 되어 영광이오, 리코 후작! 글로스타 영지에서 그대의 공정한 판단을 보고는 친구로 삼고 싶었소이다. 하지만 이곳은 전장이고 검을 맞대지 않을 수 없으니 유감이오."

살짝 고개를 숙이는 야스퍼를 보며 리코는 마음이 착잡해졌다. 야스퍼는 이미 마음과 육체가 평형을 이루며 좀체로 흔들리지 않는 부동심의 경지에 이르러 있는 듯했다. 결코 쉽지 않은 상대라는 걸 알았다. 그러나 어쨌든 죽여야 할 적수였다. 리코 또한 검을 들어 검강을 발했다.

"그대의 말대로 우리는 서로 죽여야 할 적이오. 그러니 말이 필요없소."

말이 끝남과 동시에 리코가 사라졌다가 순간적으로 야스퍼의 전면 2미터 앞에 나타나 무서운 쾌검을 휘둘렀다.

"리코의 검은 쾌검이다. 쾌검을 일일이 하나하나 쳐내는 건 바보 같은 짓이다. 왜 적의 장점을 따라가느냐? 빠른 속도로 검을 나누면 각자의 검은 힘이 약해지기 마련이다. 10개의 힘을 하나로 모아 1개의 힘을 치면 어느 것이 강하겠느냐? 리코가 휘두르는 쾌검도 첫 일검을 봉쇄하면 뒤가 이어지지 않는다. 한 번은 피하고 한 번은 10개의 힘을 한꺼번에 내쏟아 부딪쳐라. 그것이 리코의 검에 대항하는 방법이다."

　라모로부터 교육받은 내용이 떠오른 야스퍼는 훌쩍 뛰어 물러난 후
리코가 재차 달려들자 마보를 취한 채 일검을 향해 크게 휘둘렀다. 리
코의 쾌검이 이어지지 못하고 야스퍼의 검에 반탄되어 퉁겨 나갔다.
몇 번 더 부딪쳤지만 결과는 역시 같았다. 리코는 야스퍼가 정중동으
로 반격해 오자 정면에선 더 이상 승부를 가를 수 없다는 걸 깨달았다.
리코는 즉시 순간 이동을 펼쳐 야스퍼의 주위를 돌며 눈부신 쾌검을
발해 찔러대기 시작했다.

　"왜 주변을 두리번거리는 거냐? 왜 눈으로만 보려고 하느냐? 너는 이미 눈
이 없어도 볼 수 있고 귀가 없어도 들을 수 있다. 너의 내공과 검술은 그만큼
충분히 수련돼 있다. 너의 눈과 귀는 등에도 달려 있고 엉덩이에도 붙어 있
으며 심지어는 발바닥에도 어김없이 마련돼 있다. 넌 다만 느끼기만 하면 된
다. 그렇지, 그렇게 하는 거야."

　야스퍼는 다시 라모의 말이 떠올랐다. 리코의 순간 이동과 비슷한 환
영신법을 발해 동서남북을 번쩍번쩍 뛰어다니며 라모가 검을 내지를
때는 야스퍼도 당황해 손발이 어지러워졌었다. 하지만 두어 번의 대련
으로 익숙해졌고 다시는 현혹되지 않을 수 있었다. 그런 수련의 성과가
지금 명명백백히 발현되고 있었다. 야스퍼는 마보를 취한 채 공간을 가
르고 나타나 등을 찔러오는 리코의 검이 고스란히 느껴졌던 것이다.
　쾅!
　검강과 검강이 부딪치며 오히려 습격했던 리코가 뒤로 퉁겨졌다. 몇

번을 더 순간 이동과 쾌검을 발했지만 야스퍼는 절대 경동하지 않았다.

"흥, 움직이지 않는다면 이런 방법도 있지. 솟아라, 바위여!"

리코가 주문을 외자 마보를 취하고 있던 야스퍼의 가랑이 사이로 무언가 불쑥 솟구쳐 올라왔다. 깜짝 놀란 야스퍼는 급히 옆으로 물러났다. 때를 노려 리코가 다시 순간 이동을 펼쳐 돌아가며 쾌검을 찔러댔다. 하지만 그것만으로는 결코 야스퍼를 해할 수 없었다. 순간적으로 당한 일이라 처음에만 조금 당황했을 뿐, 곧 땅으로부터의 습격도 여유 있게 피하며 리코의 검을 막아냈다. 아니, 이제 리코와의 싸움에 완전히 적응했는지 간간이 반격까지 가하기 시작했다.

"아이스 필드!"

리코가 다시 주문을 외며 왼손으로는 파이어 볼을 발해 집어 던졌다. 그리고는 바로 순간 이동을 발해 쾌검을 찔러왔다. 야스퍼는 파이어 볼을 피해 옆으로 발을 옮기는 순간 발이 미끄러지며 기우뚱거렸다.

그런 야스퍼의 전신을 노리고 리코의 검이 쇄도해 왔다. 야스퍼는 역시 정중동으로 리코의 일검을 봉쇄했으나 이번에는 하체가 불안하기 그지없어 힘을 다 쓸 수 없었다.

쾅!

검이 부딪치자 그 반동에 밀려나던 야스퍼가 질끈 미끄러져 넘어져 버렸다. 땅바닥이 얼음이 언 것처럼 미끄러웠던 것이다. 야스퍼는 검을 들어 땅에 꽂아 넣으며 간신히 넘어지는 걸 모면했다. 하지만 일단 하체의 균형이 무너지자 리코의 검이 틈을 주지 않고 날아왔다. 아주 간단한 마법과 검술의 조합이었지만 하나로 합쳐지고 보니 무섭기 그지없었다.

“그래도 버거워, 야스퍼! 전장에서 리코와 만나면 결코 싸우지 마라. 널 잃고 싶지 않다.”

야스퍼는 라모의 마지막 당부가 또다시 떠올라 괴로웠다.

야스퍼는 파탄이 드러난 채 정신없이 리코의 검을 피하기에 바빴다. 이제는 거의 땅바닥에 누워 데굴데굴 굴러다니며 검강을 발해 사방으로 휘둘렀다. 호른 제국의 백인장 두 명이 그 모양을 보았다.

자신들의 기사단장이 불리한 것을 보자 리코를 향해 크로스 보우를 발사한 후 함성을 지르며 말을 달려갔다. 리코는 이제 야스퍼의 허점이 드러나기 시작하자 끝장을 보려던 차에 갑자기 쿼렐이 날아오자 주춤했다. 검강으로 간단히 쿼렐을 막아낸 후 날아온 곳을 바라보았다.

호른 제국 기사 두 명이 맹렬히 말을 달려오고 있었다. 한 명은 창으로 리코의 가슴을 겨눈 채였고 또 한 명은 검을 허공으로 빙글빙글 돌리며 단숨에 목을 쳐벌 기세였다. 마상의 기사가 겨눈 창이 거의 가슴에 닿을 무렵 리코가 순간적으로 사라졌다가 두 기사의 뒤에 나타나 오히려 뒤쫓았다.

막 땅에서 일어나 그 광경을 목격한 야스퍼는 그들이 하레스의 백인장들인 것을 보고 급하게 소리쳤다.

“뒤를 조심해!”

갑자기 사라진 목표물 때문에 어리둥절해 있던 백인장들은 야스퍼의 외침에 고개를 돌리려고 했다. 그 순간 두 기사의 목이 거의 동시에 허공으로 둥실 떠올랐다. 리코가 검강으로 목을 날려 버린 것이다. 리코는 이어 야스퍼도 마저 목을 날리려고 다가가려 했다. 하지만 갑자기 온몸이 결박되며 움직일 수가 없었다.

"리코, 나다. 어서 피해야 한다. 라모 하레스가 오고 있다."

리코는 자신을 억압한 사람이 스승이라는 것을 알고 긴장을 풀었다. 페렛은 병사들 틈으로 숨으며 이리저리 돌아 순간 이동을 연속으로 펼쳤다. 리코는 페렛의 손에 의해 끌려가며 병사들 사이로 라모 하레스가 허공을 날아와 야스퍼의 옆에 내려서는 것을 보았다. 끝내 또 한 명의 적수마저 죽이지 못한 것이다.

연속 7~8번이나 순간 이동을 펼친 후에야 페렛은 멈춰 섰다.

"리코, 안됐지만 오늘 전투는 졌다. 호른 제국에서 펼친 환영 마법을 나로서는 무력화시킬 수가 없었다. 라모 하레스만 없었더라도……. 더 이상 피해가 생기기 전에 병사들을 후퇴시켜라."

리코는 플라이 마법으로 신형을 솟구쳐 허공으로 날아올랐다. 그리고 전장의 상황을 주시했다. 이젠 정면은 물론이고 좌우의 자코 왕국 기병들도 일방적으로 뒤로 밀리고 있는 정황이 똑똑히 보였다. 리코가 허공으로 떠오르자 라모가 신법을 발해 무서운 속도로 달려왔다. 그러자 페렛이 리코를 끌어내려 다시 순간 이동을 펼치며 연속적으로 후퇴해 갔다. 결국 라모는 다시 헛걸음만 하고 말았다.

"전원 후퇴!"

머지않아 후퇴의 뿔나팔이 울려 퍼지며 자코 왕국 기병들이 말머리를 돌리고 급거 반전해 도망가기 시작했다.

"놓치지 마라! 끝까지 쫓아가라!"

"모두 죽여라!"

호른 제국의 기사들이 병사들을 독려하며 끈질기게 자코 왕국 기병의 발을 잡았다. 후퇴하느라 창과 검을 거둔 자코 왕국 기병의 피해가 점점 커져 가자 페렛은 다시 나서지 않을 수 없었다. 페렛은 대거로 자신의 팔을 그었다. 페렛이 주문을 외자 뚝뚝 땅으로 떨어지던 피에서 검은 연기가 솟기 시작했다. 검은 연기가 점점 짙어지더니 페렛 주변 반경 10미터를 완전히 감싸 버렸다. 그 안에서 페렛이 외치는 소리가 들려왔다.

"지금 떠돌고 있는 영혼들이여, 일어나 너를 죽인 자를 죽여라. 산 자의 생명을 취하여 영생을 얻어라!"

페렛의 외침이 끝나자 검은 연기들이 호른 제국을 향해 몰려갔다. 그리고 호른 제국 진형으로 가까이 다가갈수록 땅 아래로 가라앉으며 넓게 퍼지기 시작했다. 그리고 이윽고는 죽어 넘어진 병사들의 몸속으로 스며들었다. 그러자 죽은 병사들이 벌떡벌떡 일어나 자코 왕국병을 추적하던 호른 제국병들을 막아섰다.

"으악! 이게 뭐야?"

"언데드 마법이다!"

창을 가슴에 꽂은 병사가 검을 치켜들고 목이 반쯤 잘린 기사가 양손을 휘저었다. 호른 제국병들은 공포에 질려 더 이상 접근하지 못했다. 블레이드가 마법사들을 이끌고 나타나 언데드 마법에 걸린 병사들을 일일이 화염 마법으로 완전히 불태워 버렸다.

페렛의 흑마법 덕분으로 자코 왕국병들은 더 이상 추적을 받지 않고 무사히 후퇴해 갈 수 있었다. 호른 제국의 지휘 기사들이 발을 구르며 추적하라고 고래고래 소리를 질렀지만 적의 시체뿐만 아니라 예전 동료의 시체마저 일어나자 감히 엄두를 내지 못했다.

결국 그날의 전투는 그렇게 막을 내리고 말았다.

8장

세월은 흘러흘러

세월은 흘러흘러

호른 제국은 윈더스 평원에서 3만 5천에 이르는 병사를 잃었다. 건재한 병사는 8만 5천 명이었다. 반면 자코 왕국은 어림짐작으로 6만 명 이상의 피해를 입어 전투 인력이 고작 7만으로 줄어들고 말았다.

라모는 더 적은 손실로 결정적인 타격을 자코 왕국 기병에게 가할 수 있었을 텐데, 페렛으로 인해 또다시 승부를 미루게 되어 매우 아쉽게 생각했다. 다만 리코와 만난 야스퍼가 무사하고 렌토가 큰 부상에도 불구하고 목숨을 구한 점은 매우 다행이었다. 거의 한나절 동안의 전투로 파김치가 된 병사들을 쉬게 하고 라모는 주요 지휘관들을 소집해 내일의 전투를 대비한 전략을 숙의하고 있었다.

"라모 백작님, 이미 우리는 적에게 우리의 강대함을 충분히 보여주었다고 생각합니다. 그러니 이제 그만 철수하시는 것이 어떨지요? 이곳은 자코 왕국의 영토입니다. 우리는 너무 적진으로 깊숙이 들어와 있습니다. 적들이 후방을 막아서면 고립무원에 처할 우려가 있습니다."

　새로 편입된 영주들과 기사단장들이 뒷일을 염려하고 있었다. 대륙 제일의 강군이라는 자코 왕국병과 싸워 한 번의 승리를 거둔 것만 해도 그들로서는 후손에게 두고두고 자랑할 만한 일이었다. 황제의 명과 대의명분에 따라 한 번은 죽음을 무릅쓰고 싸웠으나 죽음을 담보로 끝없는 전투를 벌이고 싶은 생각은 조금도 없었다.

　"지금 무슨 소리를 하고 있는 것이오?! 승리한 측은 바로 우리 호른 제국이요. 라모 백작님과 하레스 병사들의 분투로 우리는 최종의 승리까지 눈앞에 두고 있소이다. 이제 내일이면 우리는 나머지 자코 왕국병을 물리치고 그들의 항복을 받아낼 수 있소. 그런데 철수하자니……. 그런 나약한 말을 하려거든 혼자 돌아가시오!"

　성이 함락당하는 치욕을 당했던 글로스타 영지의 기사들이 크게 반발하고 나섰다. 마하라자 기사들은 자신들이 죽더라도 완전한 명예 회복을 원하고 있었다. 그것은 바로 자코 왕국의 항복을 받아내고서야 가능했다. 그들의 투쟁심은 겨우 한 번의 승리로는 만족하지 못했던 것이다. 발언을 하고 있는 마하라자의 부기사단장 피야트의 심정은 모든 글로스타 영지 기사들의 의견을 대변한 것이었다.

　"맞습니다. 끝까지 싸워야 합니다!"

　"승리는 우리 것입니다!"

　마하라자 기사들이 이구동성으로 소리쳤다. 하지만 타 영지의 기사들도 만만치 않았다.

　"우리는 이미 소기의 목적을 달성했습니다."

　"적들의 구원병이 도착해 포위되면 우린 오갈 데가 없게 됩니다."

이렇게 옥신각신 의견이 난무했다. 그 모습을 보는 하레스 천인장들은 그저 미소를 띤 채 침묵을 지키고 있었다. 하레스의 천인장들은 라모 하레스가 가는 곳이라면 지옥이라도 따라갈 준비가 돼 있었다. 상대가 누구든 일단 명령이 내려지면 싸울 뿐이며, 싸우면 반드시 이길 자신이 있었다. 싸울 것인가 말 것인가는 소영주인 라모의 결정에 달린 것을 누구보다도 잘 알고 있었다. 그러니 입 아프게 나서서 떠들 필요를 느끼지 못한다.

라모는 야스퍼를 바라보았다. 지금 야스퍼는 라모의 옆에 앉아 허공을 바라보고 있었다. 야스퍼는 지금 눈앞에서 오가는 말들이 하나도 들리지 않는 듯했다. 그의 눈동자는 이미 끝난 전투를 회상하고 있었다.

"야스퍼, 리코와 검을 맞대본 것이 그렇게 충격이었나? 너의 검술만큼은 리코에게 전혀 뒤지지 않아. 아니, 오히려 우세하다고 해야 할 거야. 다만 리코는 마법까지 다루는 마검사야. 그 두 가지를 구현하는 자에게 밀렸다고 해서 네 자신을 깎아내릴 필요는 없어."

라모가 위로하자 야스퍼의 회상하던 눈빛이 되돌아왔다. 야스퍼는 쓴웃음을 지었다.

"형님의 가르침이 아니었다면 만나자마자 격패당했을 겁니다. 형님한테 여러 가지로 조언을 받았는데도 불구하고 결국은 두 백인장의 목이 잘리는 걸 무력하게 바라보아야 했습니다. 레드스톰 기사단장으로서 무력함을 느끼긴 처음이었습니다."

라모가 웃으며 야스퍼의 어깨를 두드렸다.

"야스퍼, 넌 좋겠다. 아직 발전할 여지가 충분하니……. 아직 리코를 넘어야 하고, 그리고 나를 극복해야 한다. 잊었느냐? 검사에게 있어 최대의 적은 외부에 있는 것이 아니라 바로 자기 자신이야. 최고를 향해 달리는 과정이 검사의 행복이야. 하지만 난 이미 적수가 없구나. 더 발전할 필요를 느끼지 못하지. 그러니 난 검사로서는 불행해."

야스퍼는 라모의 말에 처음엔 어이없다는 듯 쳐다보더니 결국 웃음을 터뜨리고 말았다.

"파하하하, 형님이 불행하다고요? 별 이상한 소리를 듣는군요. 형님이 불행하면 나머지 검사와 기사들은 전부 우울증 내지는 정신 파탄을 겪어야겠군요. 나참."

야스퍼의 기분이 다시 돌아오자 라모는 그제야 만족해졌다. 라모는 기사들의 의견을 구분해 마저 듣고 나서 최종의 결론을 내리려는 중이었다.

"소영주님, 황궁에서 마법사와 블랙호크의 기사 두 명이 황제의 명을 가지고 왔답니다."

블레이드가 먼저 들어와 고한 후 임시 가설된 천막 안으로 세 명의 인물이 들어섰다. 처음 보는 인물들이었으나 두 기사의 어깨에 그려진 블랙호크를 발견할 수 있었다. 바로 호른 제국의 황궁 호위를 책임진 근위 기사였다. 두 기사는 마법사를 수행해 온 듯 뒤를 따르고 있다.

"처음 뵙겠습니다, 라모 백작님. 황궁 마법사 얀 하인스라고 합니다."

라모로서는 처음 보는 마법사였으나 블레이드는 안면이 있는 듯했다.

"나겔과 매우 친분이 깊은 황궁 마법사입니다. 이제 7서클의 마스터입니다. 그런데 이상하군요. 지난번 연락을 주고받던 라우센 마법사는 어디로 가고 저자가 왔는지……."

블레이드의 말에 라모도 이상을 느꼈다. 라모가 얀 마법사를 향해 손을 내밀었다.

"황제 폐하의 전교를 내놓으시오."

얀이 품속에서 두루마리를 꺼냈다. 하레스의 천인장 귀네스가 얼른 받아다 라모에게 넘겼다.

두루마리는 금색 줄로 묶여 있었다. 두루마리를 펴자 황제의 인장이 찍혀 있음을 확인할 수 있었다. 카이저 황제의 친필도 확실했다. 전교에는 전투를 중지하고 즉시 호른 제국으로 병력을 철수시키라는 명령이 적혀 있다. 라모는 전교를 아스퍼에게 건네준 후 마법사 얀을 바라보았다.

"그런데 전에 나와 통신 마법을 주고받던 라우센 마법사는 어디 가고 그대가 왔소?"

라모의 질문에 얀의 얼굴이 굳어졌다. 하지만 순순히 대답했다.

"그는 전투를 중지하라는 황제 폐하의 확고한 명을 라모 백작께 제대로 전달하지 못했고, 또 판단 여부를 임의로 결정한 벌을 받고 처형당했습니다. 물론 라모 백작께서는 일선의 지휘관으로서 자신의 의견을 충분히 개진하실 수 있으므로 죄를 묻기는 어렵습니다. 그래서 재차 제가 대신 황제 폐하의 명을 받들어 이렇게 파견되어 나온 것입니다."

라모는 라우센이 처형당했다는 말을 듣고 분노를 금치 못했다. 아무리 황제라 하여도 창, 칼을 서로 맞대고 있던 당시의 형국에서는 철수가 불가능하다는 것을 모르지 않을 터였다. 라우센도 그런 상황이 명백해 별 토를 달지 않고 순순히 수긍했던 것이다. 그런데 이제 와서 라우센을 처형했다니…… 이는 얼토당토않은 짓이었다. 라모는 이것이 나겔의 흉계라는 걸 짐작할 수 있었다.

"저놈을 잡아라!"

라모가 소리쳤다. 기사들이 달려들었다. 그러나 마법사는 순간 이동을 펼쳐 피하며 악을 썼다.

"지금 반역을 하자는 것이오? 황제 폐하의 명을 거역하면 어찌 된다는 걸 모르시오?"

블랙호크의 기사들이 검을 빼 들었으나 기사 대여섯이 한꺼번에 달려들어 제압해 버렸다. 그러자 마법사가 오른손을 들었다. 손 위로 붉은 마나가 형성되며 점점 구체를 띠어갔다. 강력한 헬파이어를 시동하고 있었다. 그러나 블레이드가 나서며 손을 휘젓자 마법사 주위의 공간에 진공이 형성되며 붉은 마나가 씻은 듯이 사라져 버렸다.

얀이 놀랄 사이도 없이 재차 달려든 기사들이 마법사의 팔을 꺾고 다리를 걸어차 주저앉혔다.

"이럴 수는 없소! 황제 폐하의 명을 받고 온 나요. 라모 백작, 그대는 정녕 반역을 꿈꾸는 거요?"

얀이 외치자 기사 한 명이 주먹을 들어 입을 후려쳤다. 얀이 피를 토하며 이빨 서너 개를 뱉어냈다.

"똑똑히 말해라. 황제 폐하께서는 내게 자코 왕국병들을 완전히 무찌르라고 명하셨다. 그런데 이제 와서 철수하라니……. 분명 나겔이 사주했겠지?"

라모가 다그치자 마법사는 아직도 피가 뚝뚝 떨어지는 입을 열어 소리쳤다.

"하지만 황제 폐하께서는 호른 제국 밖으로 자코 왕국병들을 몰아내라고 했지, 이렇게 자코 왕국령에까지 쳐들어가라는 명을 내린 적은 없는 걸로 알고 있소!"

그러자 옆에 있던 기사가 다시 주먹을 들어 마법사의 뺨에 강력한 일격을 가했다. 마법사의 고개가 팍 돌아가더니 고개를 떨구었다. 일시 혼절한 모양이었다. 기사가 한 손으로 마법사의 턱을 잡고 손바닥으로 뺨을 두어 차례 갈겼다. 겨우 마법사가 정신을 차리더니 상황을 인식하자 눈에 공포가 어렸다.

"오늘 이곳에서 살아 돌아가고 싶다면 똑바로 말해라. 나겔이 무슨 수작을 부렸느냐?"

라모의 살기 어린 눈동자와 음성을 듣자 마법사는 몸이 사시나무 떨리듯 떨렸다. 말을 하지 않았다가는 정말로 목이 떨어질 것 같은 위기감을 느꼈다.

"무, 물론 나겔 후작께서 황제 폐하께 건의를 하셨습니다. 하, 하지만 철수 명령은 분명히 황제 폐하께서 내리셨습니다. 저는 황제 폐하께 이곳으로 가라는 명만 받았을 뿐 더 자세한 내용은 알지 못합니다. 정말입니다."

라모는 황제에 대해 짜증이 났다. 싸우랄 땐 언제고 또 이제 와서 철수 명령을 내린다는 말인가. 더군다나 언젠가 손봐줄 생각을 하던 나겔의 꼬임에 넘어갔다는 생각이 들자 더욱 불쾌해졌다. 라모는 아예 황제를 갈아치워 버릴까 하는 생각까지 들었다.

"놔줘라."

라모의 명에 기사들이 마법사와 근위 기사를 풀어주었다.

"내일 내가 직접 황제 폐하를 알현하겠다고 보고해라. 그리고 나겔 후작의 말은 결코 믿을 바가 못 된다고 아울러 고해라."

마법사가 처음엔 엉거주춤 눈치를 보고 서 있다가 풀려날 조짐이 보이자 고개를 숙이고 악독한 눈빛을 번뜩였다.

"잘 알겠습니다. 그럼 전 이만……."

마법사가 고개를 숙인 채 숙영 천막을 나섰다. 라모는 일단 내일 자코 왕국과의 일전을 통해 완전히 사태를 마무리 짓고 황제를 알현할 생각이었다. 그동안 나겔이 무슨 흉계를 꾸민들 자신에겐 별다른 위협이 될 수 없다고 생각했다. 라모는 일단 전투에 전념해야겠다고 결심하고 계속 기사들과 전략을 숙의했다. 회의는 전투 강행으로 결정났고 대강의 전략이 짜여지고 나서야 파했다. 벌써 윈더스 평야에 어둠이 짙어지고 있었다.

밤에 되자 30킬로미터를 후퇴해 진영을 세운 리코의 고민은 더욱 깊어지고 있었다. 다시 패해 병력이 또 절반으로 줄었다. 구원 병력은 더 이상 없었다. 이젠 살아남은 7만의 병력으로 승부를 결하여야 한다. 그러나 호른 제국에 라모 하레스가 버티고 있는 한 자신에게 승리가 돌아올 수 없다는 걸 잘 알고 있었다. 내일의 전투도 보나마나 뻔한 결과를 낳을 것이다. 아마도 리코 자신의 결정적인 패배이자 죽음의 장이 마련될 것으로 예상됐다.

"포우 국왕이시여, 이 리코는 너무나 무능하여 유지를 받들지 못할 것 같습니다. 국왕 폐하, 저를… 저를 용서하십시오."

마침내 리코가 고개를 숙이고 눈물을 흘렸다. 천막 안에는 다행히 다른 기사들은 보이지 않았다. 다만 임시 탁자에 앉아 심란한 표정을 하고 있던 페렛만이 그런 리코의 모습을 보았을 뿐이었다.

다정한 사람은 세상을 어렵게 살아간다. 정이 많으니 남의 어려움을 돕는 데 적극적이고 한 번 맺은 신의를 위해 죽음도 불사한다. 쉽게 갈

길도 정이란 감정에 얽매여 스스로 가시밭 길로 향하는 형국이다. 세상은 이런 사람들을 향해 조소한다. 사람들은 혀를 찬다.

"그런 나약한 정신으로 어떻게 이 험난한 세상을 살아가려는가? 쯧쯧!"

세상이 잘못되었는지 리코가 나약한 것인지 아리송하다. 페렛은 리코의 다정다감한 정신을 사랑한다. 세상 사람들이 무어라고 하든 무조건 리코의 편이었다. 그리고 리코를 위해서 대신 죽을 수도 있다는 결심을 한다. 그런 의미에서 본다면 페렛도 다정다감한 사람이었다. 페렛은 자리에서 일어났다.

"리코, 눈물을 거두어라. 내가 어떻게 해서든 라모 하레스를 저지하겠다. 그러니 넌 내일의 전투를 수행할 전략이나 마련하거라."

리코가 고개를 들어 스승을 바라보았다. 페렛은 그런 리코를 안쓰러운 눈으로 한 번 쳐다보더니 천막 밖으로 향하였다.

"스승님, 어디로 가십니까?"

페렛은 대답없이 단호한 몸짓으로 천막을 나섰다. 리코는 쫓아나가거나 또다시 질문을 던지지 않았다. 답하지 않았어도 리코는 이미 스승의 대답을 들었던 것이다. 그러자 리코는 또다시 하염없는 슬픔에 젖어들었다.

라모는 전략 회의가 끝난 이후에 모든 기사들을 내보내고 야스퍼와 나겔의 의도에 대해서 의견을 나누는 중이었다. 그런 조용하고 한가로운 장소에 페렛이 불쑥 들어왔을 때는 어지간한 라모도 놀라고 말았다. 야스퍼는 페렛을 보자마자 벌떡 일어나 검을 빼 들었다. 페렛은 야스퍼를 일별했을 뿐 아랑곳하지 않고 라모에게 말을 건넸다.

"라모 백작, 내일의 전투 또한 오늘과 비슷한 양상으로 흘러가겠지요? 어떻소? 나와 승부를 내보겠소? 내가 마법으로 돕지 못한다면 그대가 자코 왕국의 기병을 멸하는 건 여반장일 거요. 반대로 호른 제국병도 그대가 없다면 오합지졸이나 마찬가지요. 리코를 막을 자는 아무도 없지. 내일의 승패를 오늘로 앞당겨 결정지어 보는 것도 재미있지 않겠소? 그대와의 대결을 위해 내가 미리 장소까지 마련해 놓았소."

미소를 짓는 페렛을 보며 라모는 무슨 속셈인지 가늠해 보았다. 라모는 미미하게 떨고 있는 페렛의 뺨을 볼 수 있었다. 아무리 태연한 척하더라도 신체는 두려워하든지, 아니면 최소한 긴장하고 있다는 걸 보여준다. 라모는 환생한 이후 마땅한 적수를 만난 적이 없었다. 기껏 리코가 있었으나 궁극적으로는 그도 결코 라모의 적수는 아니었다. 페렛이 지금 자신을 도발하는 이유가 자신이 있어서인지, 아니면 죽음을 각오한 도전인지 모르지만 라모는 흥미를 느꼈다. 예측할 수 없는 상대에 대해 미심쩍은 마음보다는 새로운 경험에 대한 유혹이 더 강했다.

"형님, 가지 마십시오. 저자가 함정을 파놓고 유인하는 겁니다. 혹시 상급 마족을 소환할런지도 모릅니다. 제 발로 걸어 들어왔으니 여기서 저자를 죽입시다."

야스퍼가 만류했지만 라모는 이미 결심을 굳혔다.

"야스퍼, 걱정할 필요 없다. 도전에 응하지 않는다면 이 라모 하레스의 체면이 서지 않는다. 상급 마족의 소환은 자신의 생명을 담보로 한다고 들었다. 그러니 페렛 경도 섣불리 마족을 소환하지는 못할 것이다. 그리고 페렛 경은 벌써 도주로를 준비해 놓았을 거야. 그렇지 않소, 페렛 경?"

라모가 질문을 던지자 페렛은 그냥 미소를 지으며 밖으로 걸어나갔다. 그 뒤를 라모와 야스퍼가 따라 나갔다. 페렛은 오른손을 들어 좌측의 산을 가리켰다.

"저 산의 중턱에서 기다리고 있겠소. 산 아래에서부터 중턱까지 길이 똑바로 나 있으니 길을 잃지는 않을 것이오."

말을 마친 페렛이 앞으로 걸어나가더니 어느 순간 흰 빛에 감싸이며 사라졌다. 가까이 다가가 관찰해 본 야스퍼는 이미 효용이 끝난 마법진의 일부가 땅에 그려져 있는 걸 발견했다.

"과연 여우로군요. 미리 이곳에 마법진을 그려놓았어요. 우리가 공격하면 순간 이동을 발휘해 이곳으로 이동한 다음 장거리 워프를 할 생각이었군요. 형님, 이자가 이토록 용의주도하니 왠지 걱정됩니다. 그러니 가지 마세요."

야스퍼가 재차 만류했으나 라모는 페렛과의 대결이 오히려 기대되었다. 또한 인간으로선 상대가 없으니 실제 마족을 소환하더라도 한번 상대해 보고 싶은 호기심이 들었다. 라모는 페렛이 기다린다는 산을 바라보았다. 벌써 어둠이 짙어져 어슴푸레한 형체만이 보인다. 하지만 다른 사람들보다 훨씬 시력이 뛰어난 라모는 어둠을 뚫고 산의 대강을 훑어볼 수 있었다. 둥그스름한 산이었다. 나무도 별로 보이지 않고 해발 500미터도 안 되어 보이는 낮은 산이었다. 라모는 병사들에게 말을 가져오게 해 올라탔다.

"야스퍼, 금방 다녀오마. 따라올 필요 없다."

라모는 말에 박차를 가하며 좌측의 이름 모를 산을 향해 달려갔다. 그 모양을 보던 야스퍼는 어쩐지 심상치 않은 느낌에 가슴 가득 불안감이 차 올랐다. 따라가야 할지 말아야 할지 판단이 서지 않았다. 하지만 그냥 가만히 있을 수는 없다고 생각했다. 야스퍼는 하레스의 천인장들을 급히 소집했다. 10여 분이 지나 소집된 천인장들을 이끌고 야스퍼는 라모의 뒤를 따라 달렸다. 그러자 더욱 불안감이 치솟았다.

"그대로 보내는 것이 아니었어. 그러고 보니 페렛은 죽음을 결심한 것이 아닐까?"

야스퍼는 더럭 겁이 났다. 자신의 추측이 더욱 신빙성있게 다가왔던 것이다. 야스퍼는 더욱 말에 채찍을 가했다. 하지만 말들은 생각만큼 달리지 못했다. 어두운 벌판을 달리는 인마가 모두 시야를 확보하지 못하니 마음만 서둘렀을 뿐 오히려 점점 늦어졌다.

페렛의 지적대로 길은 산 중턱을 향해 완만하게 뻗어 있었다. 말을 타고도 충분히 오를 정도였다. 라모는 산 중턱으로 오르며 오관의 감각을 최대한 열고 전신의 진기를 끌어올렸다. 야스퍼의 지적대로 어떤 함정이 마련돼 있는지 알 수 없다.

"라모 하레스 경, 에베 산에 오신 걸 환영하오."

페렛은 자신의 말대로 산 중턱에서 기다리고 있었다. 아마도 이곳의 이름이 에베 산인 모양이었다. 페렛이 정한 에베 산의 중턱은 제법 넓은 공터가 형성되어 있어 접전을 벌이기엔 안성맞춤이었다. 물론 페렛은 혼자가 아니었다. 5미터의 신장을 한 키메라 20구가 그의 좌우로 둘러싼 채 대기하고 있었다. 바로 블랙워트였다.

라모는 블랙워트를 보고 웃었다.

"저게 다요? 그렇다면 실망이군. 사실 난 그대가 소환할 마족을 기대하고 있었소."

말을 하면서 라모는 급작스레 블랙워트를 향하여 2번의 주먹을 연속으로 내질렀다. '퍽' 소리가 나며 블랙워트 두 구가 뒤로 벌렁 쓰러졌다. 백보신권에 이미 머리가 날아간 채였다.

"자, 이제 저것들은 치우고 그대가 가진 최후의 패를 내놓는 것이 어떻겠소."

페렛은 동요하지 않았다. 그저 담담하게 입을 열었다.

"리코는 내 유일한 제자이지요. 처음 리코를 만났을 때가 기억나는군요. 그땐 너무나 기뻤지요. 흑마법사로서 오랫동안 홀로 떠돌다 후계자를 찾았다는 기쁨에 난 춤을 췄지요. 하지만 근래에 들어선 그 제자로 인해 너무도 슬픈 나날을 보내고 있는 중이오. 이상하지 않소? 리코는 예나 지금이나 내겐 똑같은 제자인데 어느 땐 기쁨을 주다가 또 어느 날에는 슬픔을 던져 주니 말이오. 제자는 그 자리에 그냥 있건만 그걸 바라보는 스승 된 자는 매양 변화하는 감정의 기복에 휩싸여 있으니 우습지 않소? 하지만 지금은 그 모든 걸 다 던져 버렸소. 이제 더 이상 기쁨도 슬픔도 느끼지 않게 될 거요. 왜냐하면 난 더 이상 리코를 보지 않을 테니까."

페렛의 말이 끝남과 동시에 블랙워트들이 괴성을 지르며 일제히 달려들었다. 또한 페렛은 오른손을 활짝 펴 라모를 억압했다. 라모는 뛰어오르며 백보신권을 발하려 하였으나 그만 휘청 균형을 잃고 말았다. 페렛이 주변의 마나를 이용하여 라모의 한쪽 발을 잡은 것이다.

라모는 반탄지기로 마나를 되돌려 보냈다. 그러나 이는 페렛이 라모를 상대하기 위해 색다른 방식을 찾았다는 걸 보여줬다. 즉, 라모의 몸 전체를 구속하기보다는 신체 일부를 제압하는 방식을 택했다. 때문에 훨씬 많은 힘의 여력을 가지고 라모가 퉁겨내는 마나의 반탄을 적절하게 피하거나 되돌려 보낼 수 있었다.

라모가 균형을 잃자 근접한 블랙워트는 거대한 팔을 들어 내려쳤고, 먼 거리의 키메라는 긴 팔을 뻗어 단숨에 라모의 심장과 목을 뚫으려

했다. 라모는 신법을 발휘해 팔을 피하고 장법으로는 뻗어온 손끝을
되받아 쳤다.

뚜둑.

대번 키메라의 손끝이 부러져 나갔다. 이어 다시 주먹을 들려던 찰나 페렛이 공간 마법으로 라모의 팔을 잡았다. 아마도 키메라와 공간 마법의 콤비네이션으로 라모를 상대할 심산인 모양이었다. 하지만 그것만으로는 라모에게 역부족이었다.

라모는 다시 반탄진기로 공간 마법을 퉁겨낸 후 일단 페렛을 향해 블랙암을 던졌다. 기척을 알아챈 페렛이 순간 이동을 펼치는 사이 라모는 바이올레이드를 빼 들어 원을 그리기 시작했다. 더불어 페렛의 모습이 나타나기만 하면 슬쩍 왼손을 흔들어 요격했다.

페렛은 미처 라모를 견제하지 못하고 피하기에 급급하게 되었다. 그 사이 라모는 태극혜검을 발해 블랙워트를 쓸어갔다. 하나의 원이 완성되며 검을 떠난 황금빛 검강이 어둠을 가르고 날아가 블랙워트의 심장에 작렬했다.

블랙워트의 가슴에 커다란 구멍이 생기며 무너져 내린다. 또 하나의 원이 그려지면 블랙워트의 머리가 통째로 날아갔다. 도끼로 10여 번을 내려쳐도 끄떡없던 키메라의 단단한 각질도 라모의 검강 앞에서는 무기력하게 잘려 나가고 뚫려 버렸다.

페렛은 전면에 실드를 형성시켜 블랙암을 막고 날뛰는 라모를 잡기 위해 공간 마법으로 사지를 붙들었지만 열에 아홉은 실패하고 말았다. 쉼없이 날아오는 블랙암이 그럴 짬을 주지 않았다. 어쩌다 공간 마법에 걸려든 라모의 사지도 금방 마나가 반탄되어 나와 오히려 피해야 했다.

그러는 사이 순식간에 키메라들이 전멸하고 말았다. 즐비하게 폐품이 되어 누워 있는 키메라를 보며 페렛은 어처구니가 없어서 잠시 제자리에 멍하니 서 있었다.

9서클의 마도사와 비할 바 없이 강한 키메라의 협동 공격도 라모에게는 거의 쓸모가 없다. 라모의 사지는 각각의 의지를 지니고 따로 반응을 하고 있었다. 왼손은 연속으로 블랙암을 던지고 오른손으로는 검을 들어 원을 그렸으며, 공간 마법에 걸린 팔과 다리는 절로 반응해 마나를 퉁겨 버린다.

불가항력이란 바로 이런 때를 두고 하는 말임을 페렛은 실감하지 않을 수 없었다. 페렛이 제자리에서 움직이지 않자 라모도 더 이상 블랙암을 던지지 않았다.

"그대의 말을 듣고 생각해 봤소. 당신은 너무 이기적이요. 당신은 내게 죽으러 온 거였군. 그대가 죽고 난 후 리코가 겪을 슬픔은 생각지 않는 거요? 뭐, 내가 상관할 일은 아니지만… 그대의 말을 듣다 보니 옛 생각이 나서 마음이 약해지는군. 오늘은 그대를 곱게 보내주겠소. 리코에게 가서 전하시오. 항복하면 더 이상 자코 왕국을 핍박하지 않겠소. 어차피 해묵은 원한이 두 나라 사이에 중첩돼 있으니 잘잘못을 가리기가 어렵구려. 당분간 무장 해제와 같은 조치가 취해지겠지만 그리 오래가지는 않을 거요."

페렛은 라모의 말에 더욱 가슴이 무거워졌다. 라모는 싸우는 와중에도 자신의 말을 곱씹을 만큼 여유가 넘쳐흘렀던 것이다. 하지만 이미 주사위는 던져졌다.

"그런 말은 나중에 리코를 만나거든 하시오. 난 자코 왕국과 아무런 상관이 없는 사람이오. 그대가 자코 왕국을 구워 먹든 삶아 먹든 난 조금도 개의치 않소. 다만 제자를 위해서 스승이 가진 의무를 다하고자 하는 것이오. 그리고 당신 말처럼 난 아직 내 패를 다 펼쳐 보이지도 않았소."

라모는 페렛의 말에 그가 죽음을 결심했다는 사실을 알았다. 그리고 싸움은 이제부터라는 것 또한 깨달을 수 있었다. 페렛이 중얼중얼 주문을 외면서 팔을 펼쳐 소리쳤다.

"데스 나이트 소환!"

그러자 어두운 공간이 열리며 온통 검은색 일색의 말과 사람 한 쌍이 튀어나왔다. 마계 기사였다. 신성력이 아니면 소멸되지 않는다고 알려진 존재였다. 데스 나이트가 곧 라모를 향해 달려왔다. 인마의 주변에 흔들리듯 따라다니며 일렁거리는 검은 기운이 데스 나이트가 이계의 존재임을 증명한다.

라모는 조금 긴장이 된다. 라모가 능공허도의 신법을 발휘해 허공으로 날아올랐다. 진기를 이용해 교묘하게 바람을 타며 데스 나이트의 공격을 피했다. 그리고는 탄지신통을 발해 달려오는 데스 나이트의 이마와 가슴을 노리고 내쏘았다. 탄지신통의 진기가 어김없이 데스 나이트를 관통했다. 그런데 전연 반응이 없다. 격타음이나 신음을 내지르는 등의 후속 반응이 있어야 당연한 것이 아닌가.

라모가 땅으로 내려서는 것과 동시에 바이올레이드를 빼 들었다. 그리고 달려오는 데스 나이트에 정면으로 맞섰다. 데스 나이트가 검은색 말을 몰아 달려와 라모를 향해 검을 휘둘렀다.

챙!

검명이 울리며 스쳐 지나가는 데스 나이트의 허리를 놓치지 않았다. 소드 마스터의 재빠른 동작에 의해 검이 데스 나이트의 허리를 가르고 지나간 것이다. 그런데 어이없게도 데스 나이트는 멀쩡한 몸으로 스쳐 지나갔다가 다시 말머리를 돌리고 있다. 육신을 베는 어떤 느낌도 들지 않는다. 백보신권으로 머리를 날려도 그냥 빈 허공에 주먹질을 한 느낌이다.

라모는 그제야 데스 나이트의 육신은 기운이 뭉친 정신체라는 걸 알았다. 데스 나이트가 들고 있는 검만이 실존할 뿐 나머지는 안개와 다름없다. 라모는 골치 아픈 존재를 만났다고 생각했다.

페렛은 이어 다시 두 쌍의 데스 나이트를 더 소환했다. 세 쌍의 인마가 합공해 오자 라모로서도 난처해졌다. 데스 나이트는 자신을 해할 수 없다. 일단 워낙 라모의 신법이 빠르고 순간 이동까지 가능하니 아무리 마계 기사라도 라모를 상해할 수 없는 것이다. 대신 라모가 그들을 소멸시키거나 강제 소환시킬 수도 없었다. 어떤 물리적 힘도 통하지 않는다. 그러자 몸은 바빠졌으나 소강 상태가 찾아왔다.

페렛 입장에서는 일방적으로 허물어지던 승부의 무게를 다시 원점으로 돌린 셈이다. 그러나 페렛은 소환술로 인간을 상대하는 사태가 벌어질 줄은 몰랐다. 이계의 존재로 이 땅의 인간을 상해하는 짓은 신이 금하는 방문좌도가 아닐 수 없다. 이러한 역천의 마법은 본래 쓰면 쓸수록 그 당사자에게도 영향을 미친다. 평생을 그냥 소일거리의 취미로 알아온 소환술의 폐해를 누구보다도 잘 알고 있는 페렛이었다. 여유롭게 피하고 있던 라모는 손발이 조금 바빴지만 머리 속으로는 궁리에 궁리를 거듭하고 있었다.

'이놈들을 어떻게 처리한다? 어떤 무력도 통하지 않으니 방법이 없지 않은가. 가만, 이들은 마계의 기사이니 내가 전생에 썼던 광한마공이라면 상대가 가능하지 않을까?

마는 마로써 제압한다. 한순간 이런 생각이 든 라모는 즉시 광한마공의 운기법에 따라 진기를 끌어올렸다. 라모는 머리 속으로 글로스타성을 잃고 눈물을 흘리던 글렌 공작과 심한 부상을 당한 렌토를 떠올렸다. 그러자 다시 잊혀졌던 분노가 맹렬하게 치솟아올랐다. 광한마공은 분노할수록 그 위력이 커지니 곧 라모의 눈이 혈안으로 바뀌며 얼굴이 붉게 타올랐다. 그리고는 달려오는 인마를 향해 광한마공의 장법을 발해 후려쳤다.

꽝!

예상이 맞았다. 달려들던 데스 나이트가 말등에서 허공을 날아 땅에 널브러졌다. 그리고는 잠시 몸을 꿈틀거리더니 순식간에 사라져 버렸다. 검은 말 또한 머리가 뭉그러지더니 퍽 하고 사라져 버린다. 데스 나이트 또한 정신체이니 분노의 염이 담긴 장법에는 충격을 받지 않을 수 없었던 것이다.

"하하하하하하!"

모처럼 완벽한 사마조가 이 땅에 재현됐다. 사마조가 환영보를 발휘해 귀신같은 몸놀림으로 엉거주춤 서 있는 두 쌍의 데스 나이트에게 접근해 역시 광한마공으로 장법을 발휘해 후려쳤다. 등짝과 가슴에 일장씩을 먹은 데스 나이트가 몸을 비틀며 괴로워하더니 순식간에 마계로 강제 송환되고 말았다. 그 광경을 지켜보던 페렛은 이제 정말로 자신이 가진 최후의 패를 빼 들 때가 된 것을 알았다.

"나의 친구여! 나의 후원자여! 루인스트로, 내 부름에 응해주시오! 이제 오랜 세월을 깨고 다시 그대를 부르니 이 땅에 강림하소서! 내 영혼을 그대에게 바치겠소!"

페렛이 이렇게 외친 후 중얼중얼 주문을 외우기 시작했다. 또다시 무언가 마계의 존재를 소환하고 있다. 라모는 별로 개의치 않는다는 표정으로 막을 생각도 않는다. 페렛의 엄숙한 모양으로 보아 보다 강한 존재를 부르는 모양이다. 하지만 라모는 오히려 어떤 존재이든 완전히 깔아뭉개 페렛의 전의을 무너뜨리겠다는 의욕이 앞섰다.

실상 평상시의 라모라면 조금 더 주의했을 테지만 광한마공을 일으킨 이상 분노의 염이 다른 모든 상념을 가라앉혀 버렸다. 그래서 오직 불타는 전의를 일으키고 있었던 것이다. 페렛의 주문이 끝나자 온 세상이 흑암에 사로잡힌 듯 희미한 별빛조차 사라지며 더욱 어두워졌다. 이윽고 어둠 속에서 사악한 장소성이 터져 나왔다.

"으하하하하! 페렛 에인슈, 나의 종이여! 드디어 나를 불렀구나. 벌써 백 년이 흘렀구나. 나를 영영 보지 않을 듯 정색을 하더니 너도 어쩔 수 없는 인간인가?"

완전한 어둠이 물러나며 다시 사위가 조금 밝아졌다. 라모는 그제야 나타난 존재를 볼 수 있었다. 페렛의 앞에는 지금 색다른 존재가 서 있다. 키는 3미터가량 되고 머리색은 보라색이다. 이마에는 두 개의 뿔이 솟아 있고 눈에서는 번개가 번뜩인다. 그 외는 인간과 비슷했으나 흘리는 기운은 끔찍한 기운을 느끼게 한다. 마족이라고는 부르크 지방의 어린아이를 만난 게 전부다. 라모 입장에서는 거의 전투력이 없는 존재였다. 하지만 눈앞의 존재는 생김새만으로도 인간의 심장에 과부하를 걸 만하다. 페렛이 마족을 향해 고개를 숙였다.

"어서 오십시오, 파괴자 루인스트로님! 흑마법사들의 영원한 주인이시여!"

라모는 페렛의 말에 마족의 이름을 되뇌었다.

"파괴자 루인스트로?"

나타난 마족은 마계 4군주의 하나인 파멸의 마신 헤가수스의 제일신하였다. 그 역량을 인간이 감히 측량할 수 없는 존재가 이 땅에 강림한 것이다. 루인스트로는 라모가 혼자 중얼거리는 소리를 들었는지 번개가 치는 눈을 들어 라모를 쳐다보았다.

"페렛 에인슈, 네가 나를 소환한 이유가 저자를 상대하기 위해서냐? 인간치고는 대단한 능력을 가지고 있구나. 마나가 온몸을 저토록 조밀하게 휘감고 있다니……."

루인스트로가 라모의 능력을 한눈에 알아보았듯 라모도 루인스트로의 능력을 가늠할 수 있었다.

루인스트로가 뿌려대는 칙칙한 어둠의 기운이 바로 마기라는 것을 깨달았다. 사방 5미터가 바로 루인스트로의 절대 권역이었다. 인간이 그 정도로 방대한 마기를 뿜어낼 수는 없었다. 라모는 냉수를 들이킨 듯 정신이 번쩍 나는 걸 느꼈다.

페렛이 고개를 끄덕이자 루인스트로는 본격적으로 라모를 향해 돌아섰다.

"하지만 내겐 별 대수로운 존재가 될 수 없지."

루인스트로는 엄지를 세운 팔을 라모 쪽으로 쭉 뻗었다. 그리고는 대거 같은 손톱이 솟은 엄지를 땅으로 뒤집었다. 그러자 라모는 천 근의 무게가 자신을 짓누르는 압박감을 느꼈다. 인간이 감당할 수 없는 무지막한 힘이었다. 라모는 일순 당황했다. 루인스트로가 내리누르는 힘은 라모가 가진 힘을 훨씬 상회하고 있었다. 힘만으로는 당할 수 없는 존재였다.

그러나 라모는 그랜드 소드 마스터이며 생사현관이 타통된 고수였다. 동작은 비할 데 없이 빠르고 무거운 것을 피하는 방법을 안다. 자신보다 더 큰 검을 휘두르는 자에게 정면으로 맞서는 어리석음을 범하진 않는다. 라모는 내리누르는 힘을 살짝 비틀어 버렸다. 그리고 거기에 일원신공의 진기를 보태 루인스트로에게 되돌려 보냈다.

우르릉.

마나의 흐름도 기세가 커지니 우레 같은 소리가 난다. 수많은 자갈이 대리석 위를 굴러가는 듯한 소음과 함께 강대한 기운이 루인스트로에게 밀려간다. 루인스트로가 자신에게 날아오는 기운의 칼날을 향해 팔을 저었다. 팔 하나가 라모의 허벅지보다 굵어 보인다.

쾅!

폭발음이 들리며 루인스트로가 몇 발짝 뒤로 물러났다. 루인스트로의 눈에서 다시 한 번 번개가 튄다.

"이럴 수가! 어찌 인간이 이런 힘을……."

루인스트로의 경악한 얼굴이 라모를 굽어보았다. 파멸의 마신 헤가수스의 제일신하인 루인스트로의 무력은 결코 인간이 감당할 수준이 아니다. 그런데 라모는 거뜬히 받아냈을 뿐만 아니라 거기에 대한 반격으로 오히려 충격을 가하기까지 한다.

라모 또한 인간의 수준을 벗어나 금강불괴의 경지로 접어들고 있어 거의 반인반신에 이르러 있다. 마족이라도 방심했다가는 당하는 수가 있었다. 루인스트로는 라모의 투지에 불타오르는 눈과 내재된 마나의 거침없는 흐름을 읽고 자신이 상대를 경시했다는 걸 깨달았다.

이번에는 먼저 라모가 선공했다. 라모는 재차 일원신공을 일주천시킨 후 왼손을 슬쩍 흔들었다. 블랙암이 소리없이 날아가 루인스트로의 옆머리를 관통했다. 피할 사이도 없이 미간을 격중당한 루인스트로가 움찔하였으나 그것으로 그만이었다. 미간에서 가늘고 검은 기운이 새어 나오긴 했으나 루인스트로가 손을 들어 한차례 쓰다듬자 금방 멈추어 버렸다. 하지만 그 일격으로 루인스트로는 마족의 자존심에 상처를 입었다.

"감히 인간 따위가 이 루인스트로님께 상해를 입히다니……. 온몸을 바수고 영혼까지 소멸시켜 주마."

입술을 씰룩이던 루인스트로가 다시 손을 들어 라모를 가리켰다. 그러자 그림자처럼 깔려 있던 마기가 급격하게 치솟아오르며 라모에게 뻗어왔다. 라모는 급히 신법으로 피하며 바이올레이드를 빼 들어 원을 그렸다. 황금빛 검강과 마기가 충돌했다.

쾅!

굉음이 터지며 충돌하자 라모는 강한 반탄력을 느꼈다. 라모의 몸이 뒤로 훌훌 날려갔다. 하지만 루인스트로는 태연자약하다. 라모의 검강이 최초로 통하지 않는 상대를 만난 것이다. 다행히 별 부상 없이 땅에 착지한 라모는 오히려 호승심이 솟았다.

"파괴자 루인스트로, 과연 페렛이 최후의 패로 삼을 만하군. 아주 적당한 대련자가 생겼어. 싸울 맛이 나는군. 하하하!"

라모가 발한 웃음의 여운이 사라지자 동시에 라모의 몸이 두 개로 갈라졌다. 두 명의 라모가 동시에 왼손을 흔들었다. 그러자 루인스트로가 서너 발자국 뒤로 물러섰다. 그리고 이마와 목에 각각 3개의 구멍에 생겨났다. 어느새 블랙암에 격중된 것이다. 루인스트로가 얼굴을 일그러뜨렸다. 이번엔 어느 정도 충격을 받은 눈치였다. 하지만 루인스트로는 금방 정상을 되찾았다. 그리고는 손을 들어 사방으로 휘저었다. 곧 마기가 10미터 반경으로 늘어나며 라모가 환영을 만들어내든 말든 상관없이 모조리 공격하기 시작했다.

마기는 무서운 분쇄기였다. 스치는 모든 것을 부수고 소멸시켰다. 풀과 나무와 돌멩이조차 견디지 못하고 바스러져 버렸다. 라모 또한 루인스트로가 그렇게 광역 공격을 퍼부어오자 피하기에 급급해졌다. 바이올레이드에서 만들어내는 검강도 루인스트로의 마기에는 역부족이었다. 힘에서는 루인스트로가 훨씬 우위에 있었다.

라모는 계속해서 블랙암을 날렸지만 루인스트로는 더 이상 순순히 맞아주지 않았다. 마기의 일부로 자신 앞에 튼튼한 실드를 펼쳐 놓았다. 마기의 실드에 부딪친 블랙암이 허무하게 퉁겨 나왔다. 라모는 계속해서 뒤로 밀려야 했다.

라모는 싸우는 도중에도 쉴 새 없이 머리를 굴렸다. 과연 상급 마족은 라모조차 버거운 상대였다. 이대로 계속 싸워 나간다면 결코 좋은 꼴을 볼 수 없었다.

라모는 고민 중 마족은 소환자가 소멸되면 절로 마계로 돌아갈 수밖에 없다는 생각을 떠올렸다. 라모는 즉시 한쪽에 서 있던 페렛을 향해 블랙암을 쏘았다.

"크하하, 어리석은 것! 가소롭기 그지없구나."

라모의 의도를 눈치 챈 루인스트로가 손을 휘젓자 다시 검은 안개가 일어나 페렛과 자신을 감싸 버린다. 루인스트로는 이어 손을 치켜들었다. 그러자 그 손 위에 불길이 솟아오른다. 루인스트로가 사방으로 불꽃을 내던졌다.

"이제는 더 이상 도망갈 곳도 없게 만들어주마."

바로 진짜 지옥의 불길을 소환해 던진 것이다. 인간이 만들어낸 일회성 헬파이어와는 질적으로 다른 불이다. 스스로 타오는 불길이며 소환자가 돌려보내지 않는 이상 꺼지지 않는 불길이었다. 루인스트로는

계속해서 지옥의 불길을 소환해 사방으로 집어 던졌다. 곧 주변 20미
터가량만을 남겨두고 지옥의 불길이 타올랐다. 이제 라모가 신법으로
물러나고자 한다면 스스로 지옥의 불길 속으로 걸어 들어가야 한다.
그러니 천상 루인스트로와 정면 대결을 펼쳐야 했다.

라모는 일원신공을 끊고 다시 광한마공으로 진기 운용 체계를 바꾸
었다. 광한마공에 의거한 내공이 온몸을 일주천하자 라모는 대번 혈광
이 넘치는 눈으로 바뀌었다. 마족에게 수모를 당한다고 생각하자 따로
다른 생각을 할 필요도 없이 맹렬한 분노를 느꼈던 것이었다.

라모는 루인스트로의 힘에 대적할 것이 아니라 순응해야 한다는 걸
깨달았다. 마기는 마족의 에너지이니 자신도 일시지간 마족으로 변신
하면 되는 것이었다. 데스 나이트를 상대하며 힌트를 얻었던 것이다.
라모는 사방에서 일렁거리며 밀려오는 루인스트로의 마기 안으로 스스
로 걸어 들어갔다. 감당할 수 없는 힘이 라모의 전신으로 밀려 들어왔
다.

라모는 마기를 거부하지 않고 최대한으로 광한마공을 운기하며 몸
으로 받아들였다. 혈맥이 터질 듯 부풀어 올랐다. 라모는 몸으로 밀려
들어온 마기를 빠르게 순환시킨 후 계속해 압박하는 기운과 충돌시켰
다.

쾅!

지금까지와는 비교할 수 없는 거대한 굉음과 충격파가 반경 20미터
를 온통 뒤흔들었다. 그 여파에 휩쓸린 페렛이 충격을 견디지 못하고
피를 내뿜었다. 루인스트로조차 뒤로 주춤주춤 밀려났고, 라모는 몸이
붕 떠올라 뒤로 나가떨어졌다. 지옥의 불길 바로 직전에 떨어져 가까
스로 위험을 모면할 수 있었다.

라모는 혈맥이 온통 터져 나가고 사지가 떨어져 나간 듯한 고통이 밀려왔으나 얼른 일어나 앉으며 빙글빙글 돌아가는 세상을 안정시키려고 무진 애를 썼다. 다행히 광한마공을 한차례 운기하자 체정신이 돌아왔다. 그리고 루인스트로가 다시 마기를 뿌려대기 시작할 때쯤에는 완전히 정신을 차렸다.

위험한 도박이었지만 라모는 가능성을 발견했다. 라모는 다시 마기를 거부하지 않고 받아들였다가 외부의 기운과 맞부딪치게 하는 도박을 반복했다. 그렇게 몇 차례 더 충돌을 하고 나자 라모도 기어코 입으로 선혈 한 모금을 토해냈다. 검게 죽은 피였다.

피를 한차례 토해내고 나자 라모는 완전히 마기와 동화되기 시작했다.

"으하하하! 루인스트로, 이제 내 차례가 된 것 같구나!"

너무나 통쾌함을 느낀 라모가 미친 듯이 웃어 젖혔다. 그리고는 마기를 수용했다가 루인스트로를 두들겨 대기 시작했다. 이제는 오히려 루인스트로가 자신의 마기를 피해 도망 다니는 신세가 되고 말았다.

루인스트로는 뜻밖의 반전에 혼비백산했고, 지켜보던 페렛은 두 눈이 휘둥그레지고 말았다. 인간이 상급 마족을 몰아붙이고 있는 것이다. 이것은 있을 수가 없는 불가사의한 상황이었다. 죽음을 담보로 마족을 소환하였는데 그 마족조차 상대가 되지 않는다면 라모는 이미 신의 경지에 올랐다고 해도 과언이 아니었다.

페렛은 그런 상황을 인식하자 라모에게 대적하려던 리코와 자신이 얼마나 어처구니없는 짓을 벌였는지 안타까워지기 시작했다. 하지만 루인스트로의 기세는 결코 수그러들지 않았다. 마족의 보랏빛 눈동자 속에서 재차 번개가 번쩍이더니 라모에게 쏘아진다.

"용사 중의 용사여! 그리고 인간 중의 진정한 왕이여! 너의 능력에 참으로 경탄을 금치 못하겠구나. 하지만 너의 실력 발휘도 여기까지이다. 너의 능력은 가상하지만 나의 소환자는 너의 목숨을 요구하였다. 나는 계약을 신성시하는 마족이니 그의 부탁을 거절할 수 없다. 내 본신의 실력으로는 너를 어찌할 수 없을 듯싶어 나의 주인이신 헤가수스 님의 능력을 빌려야겠다. 아쉽게 됐구나. 잘 가라, 인간을 초월한 자여!"

라모는 기세가 달라진 루인스트로의 모습에 경각심을 가지고 재차 블랙암을 던졌다. 하지만 소용이 없었다. 루인스트로의 이마 위로 별 문양의 금빛 광휘가 떠오르더니 눈부신 빛이 번쩍 빛난 후 라모의 눈앞이 캄캄해졌다. 그와 동시에 라모는 몸이 굳어 움직일 수 없었다. 더군다나 정신까지 혼미해져 온다.

라모는 기겁해 광한마공을 접고 다시 일원신공을 극도로 발휘해 기망을 몸 주위에 형성시켰다. 그럼에도 불구하고 무언가 알 수 없는 미증유의 힘이 차근차근 라모의 몸과 정신을 짓밟아온다. 라모는 정신을 차리려고 무던히 애를 썼으나 어느 순간 더 버티지 못하고 의식의 끈을 놓치고 말았다.

라모의 정신이 되돌아왔을 때는 주변에 아무도 없었다. 그런데 몸이 여전히 움직이지를 않는다. 심지어는 시선조차도 옆으로 옮겨지지 않는다. 그냥 앞에 펼쳐져 있는 경치만 보일 뿐이다. 라모는 너무나 답답하여 마음껏 고함을 지르고 싶었지만 입도 움직여지지 않았고 신음 소리 하나 낼 수 없었다.

라모는 하루가 다 가도록 자신의 상태를 이해할 수 없었다. 눈 높이로 보아 자신이 서 있다는 걸 알았다. 어둠이 닥치고 암흑 속에서 지금의 상황을 이해하려고 애를 쓰다 새벽이 왔다. 그때 마침 새찬 바람이 불며 라모의 머리 위에서 우수수 돌 가루가 흘러내렸다.

그 광경에 라모는 하늘이 무너지는 충격을 경험했다. 그제야 라모는 루인스트로가 자신을 봉인해 버렸다는 사실을 깨달았다. 라모 자신이 바위로 변해 풍우에 닳아가는 처량하고도 기막힌 신세가 된 것이다. 발은 땅에 뿌리내렸고 바람에 날려온 흙먼지가 머리 위에 쌓인다. 이런 사실을 인식하자 라모의 심정은 절망으로 아득해졌다. 그리고 혼자만 듣는 마음의 소리로 부르짖었다.

'이대로 영원까지 나는 봉인되는 것인가? 안 돼! 안 돼! 절대 안 돼!!'

라모의 절규는 처절했지만 아무도 들어주는 사람이 없다. 한때 경허 대사와 함께 무한의 공간에서 느꼈던 공포와 절망이 라모의 심중을 온통 사로잡았다. 차라리 그때는 경허 대사와 함께했었다. 그나마 대화할 상대가 있었고 절망을 어루만져 줄 위로자가 있었다. 하지만 지금은 아무도 없다. 오직 홀로 서 있다. 말할 입이 없었고 들어줄 사람이 없었다.

'카릴! 야스퍼! 아르나! 도와줘!'

라모가 마음속으로 자신을 도와줄 사람을 끊임없이 불러대는 동안 열흘의 시간이 흘러갔다. 라모는 에베 산의 중턱에 바위가 된 채로 밤이 가고 아침이 되며 햇살 쨍쨍한 한낮의 광경을 바라본다. 몸은 봉인돼 움직일 수 없었지만 의식은 말짱했다.

더군다나 어찌 된 일인지 시야마저 트여 푸르른 녹음과 산 중턱으로 흘러가는 구름까지도 뚜렷이 보인다. 하지만 그것이 더욱 라모를 비참하게 만들었다. 차라리 아무것도 보이지 않았다면… 또 차라리 아무것도 느끼지 못했다면 마음이라도 편했을 것이다. 그런데 자신은 영원까지 고정된 채 세상의 지극히 일부분만이 눈앞에 펼쳐져 있다. 정녕 죽음보다 더한 완벽한 감옥에 갇혔다. 그러니 열흘 후 막상 아는 사람이 라모를 찾아왔을 때 조금도 기쁘지가 않았다.

"라모야, 이게 무슨 꼴이란 말이냐? 내 아들이 돌이 되다니… 오, 신이시여. 어찌 저의 아들에게 이런 저주를 내리십니까!"

아버지 파울 영주와 어머니 헬렌, 그리고 두 동생이었다.

"천인장들에게 처음 형의 얘기를 들었을 땐 믿을 수 없었어. 그토록 강한 형이 바위가 되어 산이나 지키고 있을 수는 없어. 형, 제발 우리에게 돌아와 줘!"

부모님은 하염없이 눈물을 흘리고 동생들은 오열했다. 그 모습을 바라보는 라모의 심정 또한 찢어지는 듯 아파 차라리 눈을 감고 싶었다. 그러나 그냥 보일 뿐 감을 눈도 없었다. 참으로 기막힌 저주였다.

"오빠는 돌이 되어서도 멋있네. 오빠의 이 눈과 코, 그리고 입술이 너무나 생생해. 우리는 이제 살아서 다시 만날 수 있을까? 정말 신이 원망스러워. 안녕, 오빠!"

하루 종일 눈물바다를 이루며 목이 쉴 정도로 울던 가족이 어두워져 갈 무렵에서야 산에서 내려갔다. 헬라가 마지막으로 라모의 차디찬 뺨에 키스를 하고 돌아설 때에야 라모는 그들을 부를 용기가 났다. 물론 마음속으로만 들리는 목소리로.

'아버지! 어머니! 라도! 헬라! 같이 있어주지 못해 미안해요. 행복하세요.'

힘없이 내려가는 가족들의 뒷모습을 바라보며 라모는 너무나 큰 슬픔에 혼절한 지경이었다. 그러나 라모의 정신은 너무나 강해 쉽사리 무너지지 않는다. 이럴 땐 차라리 그런 정신이 원망스러울 지경이다. 어둠이 에베 산을 덮고 슬픔이 어느 정도 가시자 이번엔 다른 의문이 떠올랐다.

'왜 카릴은 오지 않은 것이지?'

아르나를 데리고 떠났던 카릴은 곧 돌아올 것처럼 말을 하였으나 아직 소식이 없다. 환생한 라모의 첫사랑이자 명백한 아내였다. 봉인된 지금 라모는 누구보다도 카릴이 보고 싶었다. 그리고 카릴이라면 혹시 이 저주받은 자신의 봉인을 풀 수 있는 방법이 있지 않을까 하는 한 가닥 기대를 가진다. 그런데 카릴은 오지 않았다.

가족이 다녀간 뒤로 하루가 지나고 이틀이 지나고 삼 일이 지나는 사이 라모는 애타게 카릴을 기다렸지만 오지 않는다. 다시 열흘이 지났을 때 산 아래로부터 일단의 무리들이 올라왔다. 라모는 그들을 보자 기쁨이 솟구쳐 올랐다. 하레스 레드스톰 기사단의 천인장들이 라모를 찾아온 것이다. 그러나 그들이 다가왔을 때 라모의 마음은 차갑게 식어버렸다. 대부분 성한 사람이 없어 보인다. 팔과 몸에 온통 붕대를 감고 있다. 더욱이 열 명의 천인장 가운데 세 명이 보이지 않는다. 그리고 그들 사이에는 야스퍼도 끼어 있지 않아 섭섭함과 안타까움이 더했다. 천인장들이 일제히 라모의 앞에 한쪽 무릎을 꿇었다.

"소영주님, 죄송합니다. 야스퍼 단장님께서 전사하셨습니다. 그리고 마린과 펠트로, 그리고 렌토 천인장도 전사하였습니다. 죄송합니다, 소영주님!"

천인장들이 일제히 눈물을 흘리며 일부는 소리 내어 흐느낀다. 라모는 야스퍼가 전사했다는 소리에 하늘이 무너지는 듯한 충격을 맛보았다. 라모의 날개가 꺾여 버린 것이다. 웅비해 나가던 하레스의 영광이 점차 무너져 내리는 소리가 들리는 듯하다.

"윈더스 평야에서 자코 왕국의 7만 기병과 재차 맞닥뜨렸습니다. 우리 호른 제국은 8만 5천의 병력을 모아 그들을 맞이했습니다. 우리 하레스의 1만 병력도 합류해 용감히 싸웠습니다. 블레이드 경이 마법사들을 독려해 마법진을 펼쳐 우리가 우세한 가운데 접전이 벌어졌습니다. 더군다나 소영주님도 아시다시피 우리 천인장들의 무력은 대부분 소드 마스터이거나 소드 마스터에 근접한 실력을 갖추었습니다. 그래서 초전에는 우리가 일방적으로 적을 몰아세웠습니다. 특히 야스퍼 단장님의 검에서 솟아난 검강은 아무도 막을 자가 없을 듯 보였습니다. 그런데 자코 왕국의 리코 후작이 개입하면서 조금씩 전황이 일그러졌습니다. 리코 후작은 우리의 뛰어난 기사만을 골라 요격하더군요. 그 바람에 부상에서 갓 회복해 다시 선봉에 섰던 렌토 천인장이 제일 먼저 목을 잘리고 말았습니다. 공간 마법을 통해 예측할 수 없는 방향에서 나타나 쾌검을 휘둘러 대니 호른 제국의 뛰어난 기사들이 추풍낙엽처럼 말에서 떨어져 죽어갔습니다. 상황을 알아챈 야스퍼 단장님께서 천인장들을 급히 호출해 세 명씩 짝을 지어 다니게 했습니다. 그러자 리코가 이번엔 단장님을 목표로 삼았습니다. 역시 순간 이동과 쾌검이 눈부시게 단장님을 습격했습니다. 하지만 단장님은 침착하게 응대했습니다. 절대로 약점을 내비치지 않았고 당황한 기색도 전연 없었습니다. 그러나 리코를 떨구지도 못했습니다. 단장님이 검을 휘두르면 이미 리코는 사라진 후였고, 리코는 말의 다리를 잘라 단장님을 말등에서 끌어내리더군요. 그리고 마법과 검술을 혼용해 단장님을 핍박했습니다. 그 광경을 목격한 마린과 펠트로가 급급히 단장님을 구원하기 위해 달려가다가 공간 이동을 통해 나타난 리코에게 역습을 받았습니다.

그래서 결국 두 천인장도 전사하였습니다. 우리의 용맹한 하레스 레드스톰 기사단의 분전과 마법진을 연속으로 펼친 마법사들의 활약 덕분에 결국 자코 왕국병들을 패퇴시켰습니다. 하지만 우리도 4만이나 병력이 전사하는 큰 피해를 입었습니다. 적들은 5만가량의 사망자를 낸 것으로 보였죠. 그런데 문제는 전투가 끝나자 야스퍼 단장님께서 쓰러지신 겁니다. 알고 보니 가슴과 옆구리, 등에도 깊숙한 검상이 나 있더군요. 단장님도 리코의 쾌검에 결국 당하신 겁니다. 전황이 워낙 다급해 단장님은 자신의 상처를 돌보지 않으셨고… 출혈 과다로 그만……."

라모는 울먹이는 스턴의 보고를 받으며 용솟음치는 원한을 주체할 수 없었다.

'리코! 리코! 네가 기어코 나의 날개를 꺾었구나. 절대 용서할 수 없다. 봉인이 풀리는 날, 널 반드시 천참만륙해 버릴 테다!'

라모는 야스퍼의 늠름한 모습과 신광이 어린 눈동자를 떠올렸다. 금방이라도 천인장들 사이에서 형님 하고 라모를 부르며 뛰어나올 것 같다.

"자코 왕국은 약삭빠르게 그 전투 후 휴전을 제의해 왔습니다. 우리들이 놈들을 끝까지 추적해 모두 멸해 버리려 했지만 어쩔 수 없었습니다. 이번엔 수호룬에서 나겔 후작이 직접 달려와 휴전을 맺었습니다. 억울하고 분통했지만 황제의 명을 앞세운 이상 저희들로서도 어쩔 수 없었습니다. 30만 대군이 격파당한 도란 제국은 레팀논 평원을 내주는 조건으로 휴전을 하였다고 합니다. 하지만 우리 호른 제국은 한 치의 땅도 내주지 않았습니다. 이는 전적으로 우리 하레스 병력의 공입니다. 하지만 우리 하레스의 피해가 너무 컸습니다. 다른 영지의 병사들이 자코 왕국병들의 위용에 벌벌 떠는 동안 대등하게 맞선 군대는 우리 하레스의 병력뿐이었습니다. 아니, 나아가 놈들 병력 피해의 대부분은 우리 하레스와의 접전에서 이루어진 것입니다. 다른 영지의 병사들이 조금만 더 용감하게 달려들었던들 그토록 막대한 피해를 입지는 않았을 텐데……. 하레스 병력의 7할이 그 전투에서 전사했습니다. 죄송합니다, 소영주님! 그토록 심혈을 기울여 키우신 병력을 너무나 허망하게 잃었습니다. 정말 죄송합니다, 소영주님! 흑흑!"

보고하던 스턴이 슬픔과 격정을 이기지 못하고 흐느껴 울기 시작했다. 라모의 가슴속으로도 피눈물이 흐르기 시작했다. 가슴이 아파 견딜 수가 없었다. 소리 내어 울고도 싶었지만 봉인돼 있으니 너무나 답답하다.

'으아아아아아아아아! 야스퍼!'

그리운 사람의 이름을 불러보지만 이미 그 사람은 이 세상에 없다. 봉인된 자신보다 먼저 이 땅을 떠났다. 라모는 자신을 봉인한 루인스 트로보다 야스퍼를 죽인 리코에게 더 큰 원한을 느꼈다. 천인장들이 돌아간 뒤로도 라모는 날뛰는 분노를 가라앉히지 못했다. 시퍼런 살기가 가슴속에서 한 치 두 치 점점 커져 나가는 듯했다.

하지만 세월이 보약이라고 했던가? 또다시 의미없는 하루가 지나고 이틀이 지났다. 한 달이 넘어가고 두 달이 흐르자 가슴속의 분노가 저절로 스러져 가는 걸 느낀다. 고요한 환경은 사람의 마음을 정화시킨다. 슬픔도 분노도 절망도 마음속의 저 어두운 곳으로 가라앉아 버렸다. 그냥 멍하니 앞만 쳐다보는 형국이랄까? 그렇게 몇 개월인지 흐른 후 어느 날 아르나가 찾아왔다.

"라모 경, 당신은 레아 신과의 약속을 한 가지도 지키지 못했군요.

육사외도는 여전히 창궐하는데… 신의 유능한 일꾼이 바위가 되어버렸군요. 정말 아쉬워요. 이제 제가 라모 경을 대신해 육사외도를 멸하겠어요. 레아 신께서 라모 경을 돌보실 거예요. 아마도 오래도록 그대를 보지 못하겠군요. 하지만 언젠간 돌아와 그대를 벗해주겠어요. 그러니 너무 외로워하지 마세요."

아르나는 여전히 눈부시게 아름다웠다. 약간 창백하고 초췌해 보였지만 순수함으로 가득한 눈은 오히려 더욱 크고 빛나 보였다. 라모는 아르나가 자기 대신 육사외도에 대항하려는 것임을 알았다. 그러자 너무나 안타까운 마음을 금할 길 없다. 아무리 레아 신의 신성력을 받은 아르나라 하더라도 어떤 위험과 역경이 그녀의 앞을 가로막을지 알 수 없다. 더군다나 여인의 몸으로 어찌 사악한 집단에 맞서 싸울 수 있을 것인가. 라모는 아르나를 향한 걱정으로 모처럼 잠잠했던 마음속의 앙금이 소용돌이치며 일어나는 것을 느낀다.

'아르나! 가지 마시오. 내가 언젠가는 이 봉인을 풀고 레아 신의 신탁을 이행하겠소. 그러니 구태여 그대의 손을 더럽히지 마시오!'

라모가 소리쳤지만 아르나가 들을 수는 없었다. 아르나가 떠난 뒤 다시 홀로 된 라모는 또다시 마음속의 격정에 사로잡혀 어찌할 바를 몰랐다. 그리고 역시 이런 혼란도 세월이 흘러가며 먼지처럼 스러지기는 마찬가지였다.

다시 세월이 하염없이 흘러갔다. 그동안 가족과 천인장들이 간혹 라모를 찾았을 뿐 라모는 외롭고 쓸쓸한 나날을 보내야 했다. 셀 수도 없는 세월이 흐른 후 어느 날 이제 완전히 장성한 라도가 라모를 찾아왔다.

이제 라도는 완전한 성인으로 봉인되기 전의 라모만큼이나 훤칠한 키에 잘생긴 헌헌장부로 성장해 있었다. 라모가 살펴보니 한 자루 검을 옆에 찬 침착한 걸음이 이미 라도가 소드 마스터가 되었음을 증명하고 있었다. 라모는 모처럼 동생을 만나 매우 즐거워졌다. 이제는 슬픔과 분노도 가라앉을 대로 가라앉아 라모를 흔드는 일이 사라졌다.

대신 사소한 현상에 일희일비하게 되는 자신을 발견하는 라모였다. 눈앞으로 한 쌍의 새 한 마리가 날아가도 기뻤고 떨어지는 낙엽을 보며 쓸쓸함을 느낀다. 그래서 이제 사람이 라모를 찾아오는 일은 대단한 사건이 되고 말았다. 그들이 하는 한마디 한마디가 천둥의 소리로 라모의 가슴에 각인된다.

"형, 벌써 15년이 흘렀어. 정말 세월이 빠른 것 같아. 며칠 전 아버지가 돌아가셨어. 아무 말도 없으시다가 마지막으로 '내 아들 라모야' 하는 한마디만을 남기셨지. 덕분에 어머니까지 시름시름 앓고 계셔. 형이 우리 하레스에 끼친 영향이 너무 대단해 잊을래야 잊을 수가 없는 모양이야. 이토록 오랜 세월이 흘렀는데도 말야. 형, 내가 황제로부터 작위를 받아 영주의 위에 오르게 됐어. 원래 형의 자린데… 형이야말로 하레스의 영주로 신에게 서임받은 사람인데… 그 자리를 뜻하지 않게 내가 가로채게 생겼어. 미안해, 형! 그리고 사랑해! 형을 언제까지든 잊지 못할 거야."

라도가 돌아간 뒤 라모는 가라앉았다고 생각했던 마음속의 분노가 걷잡을 수 없이 용솟음치는 걸 느꼈다. 루인스트로를 짓이겨 버리고 싶었고, 리코의 목을 잘라 버리고 싶은 충동을 느꼈으며, 신을 원망하는 마음이 들었다.

나아가 자신이 존재하는 것 자체에도 분노가 느껴졌다. 라모는 스스로가 너무나 싫었다. 차라리 이대로 소멸되어 버리고 싶었다. 하지만 육신이 없는 마음만으로 소멸이 가능하지 않으니 분노의 위에 자신의 무능력에 대한 절망이 덧씌워질 뿐이다.

이번 분노는 참으로 오랫동안 지속되었다. 유래가 없을 정도로 그 강도가 굳었고 쉽사리 식지 않았다. 하지만 흐르는 세월은 역시 어느 순간부턴가 조금씩 틈을 비집고 들어와 라모의 분노와 절망으로 가득한 철통의 경계를 허물어 버리기 시작했다. 그렇게 50년이 흘렀다.

이젠 정말 찾아오는 사람조차 뜸해지기 시작했다. 어머니도 20년 전에 돌아가시고 라도와 헬라만이 2년에 한 번, 또 3년에 한 번 찾아올 따름이었다. 천인장들도 나이가 들어 전부 교체되면서 스턴이 마지막으로 다녀간 뒤 두 번 다시 오지 않았다.

그러던 어느 날 거의 잊고 있었던 아르나가 찾아왔다. 늙고 병든 모습이다. 예전의 빛나는 미모는 어느새 덧없는 세월이 모두 앗아가 버리고 지치고 힘든 기색이 역력하다.

"후후, 라모 경, 그대 곁으로 돌아오니 비로소 고향으로 온 것마냥 마음이 푸근해지는군요. 이젠 죽을 때까지 그대와 벗해줄게요."

아르나는 라모의 눈앞 공터에 움막을 짓고 기거하기 시작했다. 그리고는 매일같이 라모와 대화를 나누었다. 라모는 아르나가 돌아온 뒤 참으로 오랜만에 생명력을 느꼈다. 비록 봉인돼 있더라도 정겨운 사람과 이대로 영원토록 함께하기를 원했다.

하지만 아르나는 5년 만에 늙고 병들어 죽고 말았다. 바로 라모의 앞에 놓인 움막 안에서 잠든 듯 세상을 떠났다. 아르나의 시체가 바람이 펄럭일 때마다 라모의 눈앞에 나타났다 가려졌다 하는 바람에 라모는 미칠 듯한 심경이 되고 말았다. 슬픔이 극에 달해 움직일 수 없는 바위조차 부르르 떠는 듯하다.

"라모 경, 일원신공에는 그대가 알지 못하는 여러 가지 효능이 잠자고 있어요. 그대가 의식이 있다면 일원신공을 더욱 연마해 봐요. 그러면 심심하지는 않겠지요."

생전에 해준 아르나의 말이 떠오른 라모는 전력으로 일원신공의 오의를 깨닫기 위해 애썼다. 아르나의 말속에는 자신 스스로 경허 대사임을 암시하는 단서가 내포돼 있었지만 라모는 미처 거기까지는 생각해 낼 틈이 없었다.

"시주의 설명에 따라 얻은 결론에 따르면 일원신공은 여섯 가지의 단계가 있군요. 들숨과 날숨의 수를 헤아리는 수(數), 호흡에 의식이 따라 하나가 되는 상수(相隨), 마음이 호흡을 의식하지 않고 고요히 안정되는 지(止), 사물을 관찰하게 되는 정신 집중의 상태인 관(觀), 다시 고요한 자기의 주체로 돌아오는 환(還), 어떤 것에도 집착하지 않는 청정한 세계인 정(淨)이 그것이지요."

라모는 오래전 경허 대사가 자신에게 들려준 일원신공의 단계를 떠올렸다. 라모는 현재 상수에서 별반 진전을 보지 못하는 상태였다. 당시의 무력만으로도 감히 대적할 상대가 없었으니 더 수련할 필요성을 느끼지 못했던 것이다. 하지만 지금은 달랐다. 마족이라는 초유의 대적이 자신을 봉인해 버렸다. 언젠가 다시 자유의 몸을 얻는다면 재차 당할 수는 없다. 일원신공의 극의를 깨달아야 한다는 절박함이 생겨난다.

하지만 실상 라모가 바라는 진정한 목표는 바로 눈앞에서 풍우에 시달려 뼈가 드러났다가 먼지로 스러져 가는 아르나의 시체를 잊기 위함이었다. 눈앞에서 시체의 변천 과정을 지켜보는 일은 정말 끔찍한 경험이었다. 더군다나 그 시체가 자신과 살아생전 친분을 나누었던 사람이라면 그 강도가 더하지 않겠는가. 라모는 무언가 집중할 것이 필요했다. 아르나를 잃은 슬픔을 잊기 위해 마음의 눈을 딴 곳으로 돌릴 매개가 절실했던 것이다.

"수를 헤아리는 수식 단계에서는 네 가지 마음의 힘을 얻게 되고, 상수의 단계에서는 또 다른 네 가지 마음의 힘으로써 악을 없애게 되며, 지의 단계에서는 네 가지 신통력을 얻게 되며, 관의 단계에서는 다섯 가지 정신력을 얻으며, 환의 단계에서는 일곱 가지 깨달음을, 정의 단계에서는 여덟 가지 올바른 길을 얻게 됩니다. 시주, 이와 같이 일원신공은 우선 마음의 공부가 우선된다는 걸 잊지 마십시오. 마음을 청정하게 닦다 보면 힘은 저절로 따라오는 열매 같은 것입니다. 그러니 조급해하지 말고 호흡을 통한 마음의 안정을 찾는 데 주력하십시오."

라모는 일원신공의 오의에 매달렸다. 그러나 몸이 봉인되어 호흡을 이어갈 육체가 없다. 다만 의식만이 남아 마음의 안정을 가다듬는 데 전력을 기울일 뿐이다.

세월이 흐르면서 아르나의 육신은 먼지로 스러졌고, 아르나가 세웠던 움막도 어느 날 밤 세찬 바람에 날려가 버려 흔적이 사라져 버렸다. 라모는 또다시 완벽하게 혼자가 된 것이다.

"모든 것에는 원인이 있습니다. 괴로움이라는 것도 하늘이 준 것이 아니고 우연히 이루어지는 것도 아닙니다. 그렇다고 내가 만든 것도 아닙니다. 나와 다른 사람, 그리고 이타가 인연 관계를 맺으며 생겨나는 것이지요. 그렇다면 괴로움의 원인은 무엇일까요? 그것은 집착입니다. 유한한 물질에 대한 인간의 무한한 욕망이 부른 재앙이지요. 그럼 욕망의 원인은 무엇일까요? 사물의 진실에 대한 무지입니다. 이것을 무명이라고 부르지요. 그러므로 무명으로부터 인간의 행위가 생기고 다시 이것으로부터 대상을 의식하는 작용인 현상 세계의 고뇌가 시작되는 것입니다. 인간의 혀끝과 눈, 코, 귀, 몸으로 느끼는 말초적인 감각에서 바로 괴로움이 태동되는 거지요."

라모는 여지껏 환생 전 들은 경허 대사의 가르침을 모두 잊고 있었다. 이제 봉인되고 보니 비로소 경허 대사의 목소리가 새삼 라모의 심중에서 울려온다. 나는 지금 왜 이다지도 괴로운 것일까? 나는 과연 세상에서 무엇을 갈구하며 집착하였던가? 라모는 이런 화두를 스스로 내걸고 참오하기 시작했다.

실상 라모는 비할 바 없는 무력을 지녔지만 깨달음을 요구하는 마음의 공부는 너무나 박약함을 알았다. 그리하여 일원신공이 요구하는 각 단계를 거죽만 핥았을 뿐 실지의 알맹이는 조금도 건드리지 못했다는 사실을 인식했다. 라모는 속으로 헛웃음을 지을 수밖에 없었다. 일면 허탈해지기까지 한다. 입으로만 사마외도를 벗어나겠다고 읊었을 뿐 실제에 있어서는 변죽만 울린 꼴이 아닌가.

라모의 숙고와 참회는 너무도 길게 이어졌다. 어느새 세월은 또다시 흐르고 흘러 이제는 아무도 라모를 찾는 자가 없었다. 아르나가 죽은 지 100년은 훨씬 더 지났을 것이라 라모는 추측할 뿐이었다. 그러던 어느 날 기적적으로 한 사람이 라모를 찾아왔다.

"베넷, 이분이 바로 200년 전 우리 하레스의 가장 위대한 선조였던 라모 하레스 경이시란다. 인사드리렴."

30대의 청발을 한 잘생긴 미안의 사내가 6살가량 된 여아의 손을 잡고 에베 산을 오른 것이다. 라도와 비슷하게 생긴 것을 보니 그의 직계 후손임이 분명했다. 아이는 큰 눈을 동그랗게 뜨고 신기한 눈으로 라모를 쳐다보았다. 그 모습이 너무도 귀여워 라모는 마음속으로 미소를 지었다.

"안녕하십니까, 할아버지. 저는 현 하레스 성의 영주 밀란 하레스입니다. 이 아이는 제 딸 베넷 하레스입니다. 요즘 이 아이에게 우리 하레스 가의 역사를 가르치고 있던 중입니다. 할아버지에 관한 전설 같은 일화는 저도 어릴 때부터 수도 없이 들었지만 찾아오기는 이번이 처음이군요. 부디 우리 하레스의 영화가 끝없이 이어지도록 지켜주세요."

밀란이라는 라도의 자손은 간단한 인사말만 하고 주변을 한 바퀴 둘러본 후 곧 딸을 데리고 에베 산을 내려갔다. 자기 아버지의 손을 잡고 산을 내려가는 베넷이 고개를 돌려 라모를 쳐다보았다. 그러자 라모는 오랫동안 잊고 있었던 서글픈 감정이 은근히 솟는 것을 느낀다. 너무나 오랜만에 만나는 사람이었고 라도의 자손이었다. 그들에게는 이미 자신이 전설이 되었다는 소리에 새삼 허망한 삶을 반추해 본다.

라모는 얼마 후 아직도 자신의 마음 공부가 멀고도 멀었다는 사실을 깨달았다. 거의 백 년이 넘게 참오하였는데도 불구하고 이토록 쉽사리 마음이 흔들리다니……. 라모는 자신의 성정이 영원히 일원신공을 완성할 수 없는 한계를 지닌 것은 아닌가 의심되었다.

라모의 마음 공부는 상수와 지를 벗어나 정신 집중의 단계인 관에 이르러 있었다. 그러면 오력(五力)을 얻는다고 했다. 오력은 천안통, 천이통, 숙명통, 타심통, 누진통을 말한다. 천안통은 마음의 눈이 열린 사람이 가지는 힘이다. 마음의 눈이란 어떤 사물의 실상을 꿰뚫어 보는 힘이다. 천이통은 말만 듣고도 그 진위를 판별하는 힘이다. 숙명통은 보이지 않는 과거나 미래의 상황을 알 수 있는 힘이고, 타심통은 남의 마음을 정확히 읽어내는 힘이다. 마지막 누진통은 마음의 수행이 쌓이고 쌓여서 마음이 깨끗해진 사람만이 얻을 수 있는 힘이라고 했다.

경허 대사는 실상 초능력처럼 보이는 이 같은 능력은 본래 인간이 누구나 가지고 있는 힘이라고 역설했다. 다만 세파의 구름에 가려 보지 못할 뿐이라는 것이다. 따라서 마음을 갈고닦아 명정해지면 구름을 걷어내고 실상을 볼 수 있다는 설명이었다. 그 사실을 깨달은 라모는 이후 더욱 자신의 마음을 다스리는 데 힘을 쏟았다.

10년가량이 흐르자 정신 집중을 자신의 의도대로 쉽사리 수발할 수 있게 되었다. 마음먹기에 따라 정신이 침잠하기도 하고 다시 외부로 향하는 것이 자유자재로워졌다. 그제야 라모는 마음속에 한 가닥 안온한 감정이 들며 200년 만의 평화를 느꼈다. 그런데 그 즈음 또 한 사람이 라모를 찾아왔다.

열대여섯 살가량 먹은 금발의 처녀였다. 라모의 어머니 헬렌과 많이 닮아 보인다.

"안녕하세요, 할아버지. 제가 아주 어렸을 때 아빠와 함께 들렀던 것 기억하세요? 제가 바로 그때의 베넷 하레스예요."

라모는 그녀의 말에 10년 전 자신을 찾아왔던 어린 소녀의 맑고 투명한 눈망울을 기억해 냈다. 이젠 완연한 처녀티가 나는 아름다운 소녀로 성장했다. 라모도 모처럼 흐뭇해져 마음속으로 미소를 지었다.

'베넷, 반갑구나. 정말 예쁘게 컸구나. 다시 찾아와 줘서 고마워.'

그러나 베넷은 매우 우울한 얼굴을 하고 있었다.

베넷이 깊은 한숨을 내쉰다. 무언가 고민이 있는 모양이다.

"전 곧 황제의 부인이 돼요. 그런데 두 번째, 세 번째도 아니고 다섯 번째 부인이래요. 황제는 나이가 50세를 넘었어요. 그런데도 아버지는 황제의 명을 거역하지 못하더군요. 우리 하레스는 힘이 없어요. 그래서 제가 아무리 싫다고 울며불며 아버지께 간청했지만 받아들여지지 않았어요. 할아버지가 계실 때는 감히 우리 하레스를 넘보는 자가 없었다고 들었어요. 황제라 하여도 함부로 이런 무리한 요구를 할 수 없었다고 들었지요. 하지만 그것도 모두 옛이야기예요. 할아버지의 동생이신 라도 할아버지께서 우리 하레스의 가훈을 정하셨는데 그게 뭔지 아세요? '옳다고 믿는 바에는 너의 목숨을 걸어라' 하는 거예요. 그런데 우리 하레스 사람들은 그 숭고한 정신을 모두 잃어버렸어요. 황궁의 눈치만 살피며 할아버지를 비롯해 우리 선조들이 이룩해 온 위대한 영광을 실추시켰어요. 저는 그게 너무 싫어요. 저는 아버지와 하레스 사람들에게 우리 선조의 정신을 되살릴 계기를 마련해 주고 싶어요. 제가 죽는다면 아버지도 깨닫는 점이 있으시겠지요. 라모 할아버지, 부디 저의 영혼을 지켜주세요."

베넷이 품속에서 작은 대거 하나를 꺼내더니 자신의 목을 찔렀다. 곧 그녀의 목에서 피가 꽐꽐 쏟아져 나오며 라모의 눈앞으로 엎어졌다.

라모는 경악했다. 설마 베넷이 스스로 치욕을 이기지 못하여 자살할 줄은 꿈에도 몰랐던 것이다. 라모는 관의 경지에 이르러 오력의 일부를 얻을 정도로 마음 공부가 진행된 상태였다. 그런데 베넷이 바로 자신의 눈앞에서 자살하자 그간의 수련이 모두 물거품이 되는 것을 느꼈다.

'베넷, 안 돼! 안 돼!'

저 마음의 무저갱으로부터 무언가 크나큰 힘이 솟구쳐 올라와 라모의 정신을 온통 사로잡아 버렸다. 그것은 잊고 있었던 분노였다. 더불어 라모는 너무나 큰 분노의 힘에 그동안 그토록 완강했던 정신이 허물어지는 것을 느꼈다. 생에 대한 한 가닥 희망과 의욕까지 모두 스러져 버렸다.

눈앞에서 후손이 죽어가는 것을 보며 이젠 정말 죽고 싶었다. 베넷의 목에 꽂힌 대거를 집어 들 수만 있다면 라모도 스스로 목을 찔러 버리고 싶었다. 라모는 너무나 큰 절망감에 어쩔 줄을 몰랐다. 멍한 눈으로 외부를 바라보고 있었으나 정신은 침잠될 대로 침잠되어 버렸다. 이제는 흐르는 세월조차 라모의 절망을 막을 수 없었다. 정신마저도 돌이 된 듯 움직일 줄을 몰랐다.

그렇게 또다시 세월은 하염없이 흘렀다. 그리고 어느 날 하늘에 먹구름이 가득해지더니 천둥번개가 우르릉 천지를 울렸다. 비가 장대같이 쏟아지더니 라모의 바로 눈앞으로 벼락이 창공을 가로지르며 나타나 라모를 강타했다. 이미 돌이 된 라모의 이마가 벼락에 맞아 반쯤 떨어져 나갔다. 그러나 별다른 충격을 느끼지 못했고 고통도 없었다. 그러나 라모의 침잠돼 있던 정신이 번쩍 깨어났다. 신체의 일부인 이마가 떨어져 나가는 것을 보고 한 가닥 영감이 떠올랐던 것이다.

인간의 현실 세계가 주는 온갖 감정들도 또한 하나로 귀일한다는 걸 깨달았다. 사람은 나고 자라서 늙고 결국 죽는다. 살아 있는 모든 생명체 또한 마찬가지다. 따라서 거기에 매달린 희로애락애오욕이라는 인간의 칠정 또한 생명이 사라지면 따라서 소멸된다.

'물질을 소유하고자 하는 관념과 기뻐하는 감정은 물질이 사라지면 따라서 사라진다. 사람을 사랑하고 미워하는 감정도 그 사람이 없으면 절로 스러진다. 내 몸이 아프고 고통스러운 것도 육신이 사라지면 함께 소멸된다. 이와 같이 인간의 번뇌가 내 마음과 객관적인 대상으로 인해서 생기는 연기법의 표상이라면, 그 인연을 자르는 순간 번뇌 또한 사라진다.'

일원신공이 가리키는 최후의 심득이 감춰두었던 가닥을 드러내며 서서히 풀려 나갔다. 그 순간 라모는 깨달음의 지혜를 도와주는 정(淨)의 단계를 단숨에 통과해 집착이 없는 청정한 경지이며, 중도요, 공의 세계인 제행무상(諸行無常)의 단계로 올라서 버렸다. 일순 냉정하고도 고요한 세계가 찾아들었다. 그리고 곧바로 라모의 돌로 변한 신체에서 황금빛 서기가 솟아올라 에베 산을 덮었다. 라모는 그 순간 정신을 잃고 말았다.

포효하는 하레스 천하(1)

정신이 돌아왔을 때 라모는 한동안 주변을 의식하지 못하고 멍해 있었다. 거의 300년에 가까운 봉인에서 풀렸다는 걸 자각하고 있었으나, 너무나 오랜 세월 고정된 시선은 침잠된 정신을 쉽사리 깨우지 못했던 것이다.

마침내 라모는 눈을 떴다. 라모는 자신이 침상에 누워 있다는 걸 알았다. 그리고 주변이 온통 석조로 이루어진 하나의 동굴이라는 걸 발견했다. 라모는 팔을 짚고 침대에서 일어나 앉았다.

그리고 주변을 둘러보았다. 대략 30평방미터가량의 공간이었다. 주변의 가구는 온통 돌로 이루어져 있었다. 돌 탁자와 돌 의자, 그리고 돌을 깎아 만든 서랍장까지 보인다.

'이게 어찌 된 일이지? 봉인에서 풀려났다면 에베 산에 있어야 하는 것 아닌가? 누가 날 이곳으로 옮겨왔지?'

라모는 의문이 들었으나 주변에는 아무도 보이지 않았다. 귀를 기울여 보니 꽤 먼 거리에서 무언가 움직이는 기척이 들리기는 했다. 말소리도 간간이 희미하게 들렸다. 아마도 사람이 사는 곳이기는 한 듯싶었다.

라모는 몸을 일으켰다. 그러다 출렁거리며 자신의 어깨 아래로 늘어지는 청색 머리카락이 느껴졌다. 원래 라모는 장발을 그다지 좋아하지 않아 머리카락을 짧게 자르고 다니는 편이었다.

'300년 만에 겨우 이 정도 자란 건가? 아니면 이곳 사람들이 잘라준 것인가?

라모는 그제야 자신의 얼굴이 허전하다는 걸 느끼고 손을 들어 뺨을 쓰다듬었다. 구레나룻과 기르던 수염은 몽땅 잘려 나가고 반들반들한 턱이 만져졌다. 과연 누군가 라모를 돌보고 있었던 것이다. 라모는 의문을 풀기 위해 침대에서 일어나 동굴 밖으로 나섰다.

동굴 밖으로 나간 라모는 이곳이 산속이라는 걸 알았다. 산 사이로 난 널찍한 협곡이었다. 양쪽 산에는 숲이 무성하였고 하단부는 거대한 암석군으로 이루어져 있었다. 라모가 나온 방향으로 수없이 많은 동굴이 뚫려 있는 것을 발견했다. 반대 편도 마찬가지였다. 원시적인 집단 거주지였다. 그러자 라모는 또 한 차례 의문이 들었다. 혹시 자신이 또 한 번의 차원 이동을 하여 다른 세계로 건너온 것은 아닌가 의심되었다.

앞으로 나아가던 라모는 곧 무언가 이상한 것을 깨닫고 걸음을 멈추었다. 동굴 안에 있을 때는 별다른 차이를 느끼지 못했으나 밖으로 나와 걸음을 옮기자 주변의 공기가 유동하고 있는 걸 확연히 감지할 수 있었다. 그 정도가 마치 바닷물 속으로 뛰어든 사람 모양 살갗을 어루

만지는 마나의 감촉을 똑똑히 체험했던 것이다. 바닷물 속이 해류의
영향에 따라 시시각각 온도를 달리하듯이 마나의 온도 또한 손에 잡힐
듯 느껴지며 라모를 감싸고 있었다.

라모는 한 손을 들어 앞쪽으로 휘저어 보았다. 그러자 라모를 감쌌
던 마나가 우르르 몰려갔다. 라모가 팔을 휘젓는 대로 마나는 말 잘 듣
는 강아지마냥 요동 치고 휘돌았다. 라모는 그제야 이것이 300년의 적
공으로 이루어진 일원신공의 효능이라는 걸 깨달았다. 라모가 깨달음
을 얻는 순간 세상은 라모에게 조금 더 큰 권능을 부여한 것이다. 라모
는 자신의 의식이 미치는 공간까지 제어해 가자 반경 20미터 안의 마
나들이 일제히 꼬리를 흔들고 있는 걸 발견했다.

'그렇다면 혹시 포기했던 마법도 가능하지 않을까?'

라모는 불현듯 이런 생각이 들자 오른손을 펼쳐 주문을 외웠다. 열
살 무렵 마법을 배우고자 지겹게 외우고 분석했던 파이어 볼이었다.
그러자 곧 주변 공간의 마나들이 다투어 라모의 손바닥 위로 몰려왔다.
그리고 곧 마나들이 붉은색을 띠며 파이어 볼이 생겨났다. 그런데 그
크기가 엄청났다. 사람 하나가 그 안에 들어갈 수 있을 만큼 엄청나게
큰 파이어 볼이었다. 라모는 자신이 불러놓고도 어이가 없었다. 이건
헬파이어 마법보다도 더 엄청난 파장이었다. 파이어 볼 안에 내재된
마나의 응축은 라모로 하여금 대강의 위력을 짐작하게 했다. 라모는
얼른 파이어 볼을 지워 버렸다. 괜스레 이걸 던졌다가는 주변이 초토
화돼 버릴 듯했다.

라모는 이어 자신이 가장 배우고 싶었던 순간 이동을 발해보았다. 목
표를 정하자 라모의 몸이 순간적으로 사라졌다가 동굴 입구에 나타났
다. 거의 30미터의 거리였다. 9써클의 마스터라도 불가능한 거리였다.

봉인되기 전이었다면 환호작약해야 할 기쁨의 순간이었다. 드디어 라모도 마검사가 된 것이다. 하지만 라모는 담담했다. 강해져서 기뻐할 것은 무엇이고, 약해진다고 반드시 슬퍼할 일은 아니라는 걸 알았기 때문이다.

이 우주라는 광대무변한 공간에서 필연적으로 소멸될 라모의 성취는 지극히 작은 일에 불과했다. 라모의 성취는 세계의 흐름에 아무런 영향을 미치지 못할 뿐더러 그럴 가치가 있는지조차 의심되었다. 마음이 희로애락을 따라가지 않는 라모의 반응은 그래서 지극히 당연했다. 그래도 라모는 아직 인간이었다. 자신의 힘에 대해 호기심이 이는 건 어쩔 수 없었다.

라모는 주변의 마나를 이용해 페렛이 사용했던 공간 마법을 사용해 보았다. 협곡 한 켠에 놓여 있던 500킬로그램은 될 듯한 둥근 바위가 둥실 떠올랐다. 라모는 마나를 회전시켜 상부로부터 차근차근 분쇄해 보았다. 바위가 점점 닳아가더니 종내에는 흔적도 없이 사라져 버렸다. 강대한 마나의 힘에 의해 모조리 부스러져 버린 것이다.

이번엔 텔레포트를 위한 마법진을 그려 장거리 워프를 시험해 보고 싶었다. 그러나 라모는 마법진을 그리다 말고 멈추었다. 여기가 어디인지 모르니 마법진을 그릴 수 없었던 것이다. 또한 누군가 자신을 바라보고 있다는 사실을 알았다.

"누구냐? 나와라."

라모가 외치자 협곡 사이로 난 수풀과 나무가 흔들리더니 한 사람이 걸어나왔다. 이제 열대여섯 살 먹어 보이는 소녀였다. 소녀로서의 귀여움과 처녀로서의 청초한 자태가 어우러지기 시작한 모습이었다. 라모는 소녀가 매우 낮익었다. 하지만 결코 알지 못하는 소녀였다. 그러나 소녀가 라모를 보며 눈에 눈물이 그렁그렁해지며 격동에 떨자 자신도 모르게 마음이 가볍게 움직이는 것을 느꼈다.

"오빠, 일어났네?"

소녀는 대수롭지 않은 듯 말하였으나 기어코 눈물을 떨구더니 후닥닥 달려와 라모의 품에 덥석 안겼다. 그리고는 대번 울음을 터뜨렸다.

"우와앙! 얼마나 걱정했는지 알아? 우린 오빠가 깨어나지 않으면 어쩌나 매일 울었단 말야. 정말 오빠는 너무해."

라모는 그제야 소녀의 정체를 알 수 있었다. 라모의 동생 헬라였다. 탐스러운 금발 머리와 고집 센 얼굴은 분명 헬라가 성장한 모습이었다. 더군다나 헬라의 표식이라 할 수 있는 손톱만한 점이 귀 뒤에 뚜렷이 찍혀 있었다. 라모는 몸을 떨어가며 울어대는 헬라를 안고 다독이며 현재의 상황이 이해되지 않아 잠시 혼란스러웠다.

"헬라, 이게 도대체 어떻게 된 일이냐? 여긴 어디지? 그리고 난 왜 여기 와 있는 거지? 부모님은 어디 계시니?"

라모가 질문을 퍼붓자 그제야 울음을 그친 헬라가 '헤' 하고 웃었다. 역시 어린 헬라의 모습이 남아 있었다.

"그렇게 한꺼번에 물어보면 어떡해. 하나하나 물어봐야지."

장난스레 말하는 헬라의 눈에는 아직도 눈물이 맺혀 있었다. 라모는 소매를 들어 헬라의 눈물을 닦아주었다.

"그래, 한 가지씩 물어보마. 여기는 도대체 어디지?"

헬라가 즉각 대답했다.

"여긴 우리 하레스 영지의 북쪽 산맥의 일부야."

라모는 그제야 이곳이 가끔 마물이 출몰하기도 해서 레인저 부대를 배치시켜 놓던 곳인 걸 알았다.

"그렇구나. 그럼 내가 어떻게 여기 와 있는 거지? 원래 난 에베 산에 있었을 텐데……."

헬라가 바로 라모의 말을 받았다.

"3년 전 오빠가 에베 산에서 위기에 처했을 때 카릴 언니가 오빠를 구해 하레스로 데려왔어. 그 이후 오빠는 오늘까지 계속 잠만 잤어."

라모는 헬라의 설명에 의해 카릴이 자신을 구했으며, 그간 시간은 고작 3년밖에 지나지 않았다는 걸 알았다. 그러자 라모는 머리가 복잡해졌다. 카릴은 왜 자신을 기다려 주지 않은 걸까? 아르나를 곧 데려온다더니 왜 지금까지 소식이 없는 걸까? 라모는 무엇보다도 카릴과 관련된 제반 사항이 궁금해졌다. 하지만 그건 카릴을 만나기 전까지는 풀리지 않을 수수께끼가 될지도 몰랐다.

더불어 라모는 봉인된 상태에서의 300년을 떠올렸다. 지금도 손에 잡힐 듯 분노하고 슬퍼하며 안타까움에 몸을 떨던 장면이 눈앞에 삼삼하다. 결코 환상으로 치부할 수 없는 지독한 사실감이 그 안에 넘쳐흐른다. 그때 얼마나 절망하고 신을 원망했던가.

그런데 그것이 한바탕 꿈이었단 말인가? 라모는 지난 300년간 봉인되어 겪었던 간난신고가 떠올랐다. 그렇다면 고작 삼 년을 300년으로 늘려 온갖 경험을 했단 말인가? 라모는 차라리 안도감보다는 마음속에 인고의 아픔이 더 진하게 떠오른다.

라모의 마음속은 300년의 아픔이 고스란히 남아 있었던 것이다. 자신의 육신은 변함이 없으나 정신적으로 너무나 극심한 변화를 겪었다. 그것은 결코 꿈이 아니었다. 마신일지언정 신의 영역 속에서 라모는 세월을 넘는 초월경에 서 있었던 것이다. 라모는 잠시 표현할 수 없는 감상이 스쳐 지나가자 마음속으로 더욱 진중해졌다.

“헬라, 그럼 나는 하레스 성이 아니라 왜 이런 영지 외곽의 동굴 속
에 누워 있던 거지?”

헬라의 안색이 어두워졌다.

“그건 나겔 후작 때문이야.”

헬라는 그간의 상황을 일목요연하게 설명해 주었다. 카릴이 라모를
구한 직후 야스퍼와 하레스의 천인장들이 도착했다. 카릴은 간단한 설
명 후 라모를 하레스 성으로 공간 이동시켰고, 야스퍼는 라모가 없는
전쟁의 승패를 알 수 없는 데다 황제의 독촉으로 결국 병력을 급히 되
돌려 호른 제국으로 돌아왔다는 것이다. 그리고 글로스타 성의 부서진
성벽을 보수하고 병력을 징집해 방비를 단단히 한 다음 레드스톰 기사
단과 병력을 이끌고 하레스로 복귀했단다.

그 즈음 자코 왕국에서는 잔인하기로 소문난 아무르 왕자가 국왕의
자리에 오르며 병력 지휘권을 가진 리코가 실각했다. 숙청당했다는 소
문이 파다했다.

호른 제국 또한 변괴가 일어났다. 전투 중 리코에게 당한 부상이 막
아물어가던 글렌 공작이 수호른 저택에서 암살되었다. 심장이 뚫리고
목이 잘렸다. 더군다나 황제까지 마침내 독살당하고 보저 황태자는 유
폐되었다.

나겔은 후궁의 소생인 8황자 바이론을 황제로 옹립하고 섭정을 시작
했다. 바이론 황제는 이제 12살이었다. 사방에서 나겔을 성토하는 귀
족과 국민들의 원성이 높아졌다. 그러자 나겔은 병력을 동원하여 공공
연히 자신을 비방하는 귀족들을 잡아다 재판도 없이 참수해 버렸다.
또 일반 국민들은 그 자리에서 즉결처분으로 목을 잘라 아무 곳에나
던져 버리게 했다. 창, 칼을 앞세운 공포 정치가 시작된 것이다.

나겔은 나아가 자신에게 동조하는 영주에게는 작위를 높여주고 영지를 넓혀주었으나, 조금이라도 반기를 들면 가차없이 쳐들어가 영주와 식솔들을 몰살해 버리고 자신의 심복으로 대체해 버렸다. 그러자 호른 제국 전체에 나겔의 권위가 미치지 않는 곳이 없었다. 세금은 대폭 인상되었고 백성은 도탄에 빠졌다.

그러나 딱 한 군데 나겔의 방침에 동조하지도 않고 공공연하게 비방이 흘러나오는 영지가 있었다. 바로 하레스 영지였다. 나겔은 몇 차례 자신의 심복을 시켜 병사를 이끌고 하레스를 치게 하였으나 오히려 패퇴하고 말았다. 하레스는 여타의 영지와는 판이하게 달랐다. 기사단장부터 시작해 하레스의 천인장들은 모두 소드 마스터였고, 병사들은 하나같이 정예화되어 있어 가히 일당백의 전사들이었다. 그러니 섣부르게 기사와 병사들을 보내봤자 기세만 올려주는 꼴이었다.

이에 나겔은 이를 갈며 그동안 공포 정치를 통해 규합한 전국의 영주들을 모아 대규모 진압군을 조직했다. 나겔의 명령에 따라 영주들이 하레스 영지 부근으로 집결시킨 군세가 무려 30만 대군이었다. 더군다나 선두에는 나겔의 공포 정치를 지탱하는 신의 검이라는 가드 템플러 두 명이 세워졌다.

파울 영주를 비롯한 야스퍼와 천인장들, 그리고 마법사 블레이드는 형세 판단을 통해 일시 후퇴를 결정했다. 사상오행진을 펼치기 좋은 장소로 이곳 북쪽 산맥이 선택되었고, 하레스 영지의 주요 인사들과 병력이 이동했다. 뒤이어 진압군이 들이닥쳤다.

파울 영주를 비롯한 하레스의 기사들은 영주민들에 대해서는 별반 신경을 쓰지 않았다. 이것은 나겔과 하레스 영주의 싸움이므로 설마 같은 호른 제국민인 영주민들을 건드리기야 하겠는가 하는 일말의 기대가 있었다. 그러나 진압군은 진주하자마자 바로 폭도로 돌변했다. 무자비한 학살이 곳곳에서 벌어졌고 개인의 재산을 닥치는 대로 빼앗았으며 북쪽 산맥으로 파울 영주를 따라간 병사들의 가족들은 매질을 당한 후 감옥에 갇혔다.

이런 작태를 보다 못한 천인장들이 병사를 몰아 진압군을 공격해 들어갔다. 하지만 진압군에는 가드 템플러가 있었다. 소드 마스터와 별반 차이가 없는 검술과 속력을 보인 가드 템플러는 자신들의 방어는 도외시했다. 검강에도 끄떡없는 그들의 신성력은 천인장들을 놀라게 했다.

더군다나 적들은 이런 사태를 예상하고 미리 병력을 모아 대비하고 있었다. 결국 천인장들은 병력수에서도 워낙 극심한 차이가 나 고전을 면치 못했다. 하지만 뒤이어 구원에 나선 야스퍼의 활약 덕분에 혈로를 뚫고 결국 하레스 병력들은 다시 북쪽 산맥으로 쫓겨 들어오고 말았다. 처음엔 예비병까지 3만 명의 병력이 있었으나 단 한 번의 접전으로 1만 명이 전사하고 말았다.

그 이후로는 거의 매일 전투가 벌어졌다. 처음엔 하레스 병력이 밀리지 않았다. 마법진을 곳곳에 펼쳐 놓아 효과적으로 적을 요격했던 것이다. 그러나 나겔은 그런 사실을 알자 마법사를 대대적으로 모아 마법진 무력화 전략을 펼쳤다.

하지만 하레스의 기사와 병사, 그리고 마법사들은 한 치도 물러나지 않았다.

장장 2년여의 세월을 훌륭히 방어했다. 무려 30만의 병력을 단 2만으로 저지하는 데 성공한 셈이다. 그러나 그것도 한계가 있었다.

2년의 세월이 흐르며 하레스의 병력은 다시 1만으로 줄어들고 말았다. 그러나 진압군은 세가 기울 줄을 몰랐다. 사상자가 생기거나 병사가 피로해지면 각자의 영지에서 새로운 병력을 징집해 대체했다. 그러니 하레스의 병사들은 갈수록 피로해지는 반면 적은 갈수록 기세등등해진 것이다.

여기까지 듣고 나자 라모는 모처럼 얼굴에 분노의 빛을 띠었다.

"그럼 지금도 병력들이 대치하고 있다는 거냐?"

헬라는 싱글벙글했다. 그간 깊고 깊은 잠만 자던 오빠가 마침내 일어나 자신과 대화를 나누자 모든 근심 걱정이 사라지는 듯했다. 이제 곧 하레스의 영광이 되돌아올 것을 믿었다. 불가능을 모르는 사나이이자 지옥영주로 호른 제국 전체에 위엄을 떨쳤던 하레스의 소영주가 회생한 것이다.

"응, 맞아. 계곡 입구에 대치하고 있을 거야. 이맘때쯤이면 전투가 벌어질 시간인데……."

헬라의 말이 떨어지기가 무섭게 멀리서 병사들의 함성이 들려왔다. 그리고 곧 검 부딪치는 소리와 비명 소리가 터져 나온다.

"헬라, 여기서 기다리고 있거라. 오빠가 가서 사태를 처리하고 오마."

라모는 헬라를 다시 한 번 안으며 머리를 쓰다듬어 주고는 곧바로 허공으로 날아올랐다. 생전 처음 플라이 마법을 썼다. 효과는 기대 이상이었다. 일단 솟아오른 라모의 몸은 그의 의지에 따라 계곡의 입구를 향하여 무서운 속도로 날아갔다.

계곡의 입구로 날아간 라모는 전장의 상황을 내려다보았다. 폭이 200미터가량 되는 입구에는 지금 치열한 접전이 벌어지고 있었다. 자세히 보니 하레스의 천인장들이 일정한 간격으로 선두에 서서 적군과 대치하고 있었다. 그리고 하레스의 수석 마법사 블레이드가 마법사 몇 명을 진두지휘하여 마법진을 설치하는 모습도 보였다. 그 뒤로 하레스의 기사와 병력들이 엄폐물을 이용하여 쿼렐을 날렸다. 그러다 기어코 천인장들이 미처 막지 못하거나 크로스 보우의 화망을 통과해 돌격해 들어온 진압군과 피 튀기는 백병전을 벌였다.

그동안 중앙에는 가장 치열한 전투가 벌어지고 있었다. 야스퍼와 두 명의 천인장이 가드 템플러로 추측되는 백색의 갑옷 기사와 검을 나누고 있었다. 즉, 야스퍼가 일 대 일로 대결을 벌이는 데 반해 나머지 가드 템플러 한 명은 천인장 두 명이 달라붙어 견제를 하는 셈이었다.

가드 템플러의 온몸에서는 은은한 신성력이 솟아나고 있으며, 그들의 검에서는 찬란한 오러가 줄기줄기 뻗어 나왔다. 야스퍼를 보니 그간 라모가 가르쳐 준 신법을 거의 극성으로 익힌 듯 보였다. 가드 템플러의 주위를 번쩍번쩍 뛰어다니는데 거의 눈에 보이지도 않을 빠르기였다.

하지만 그런 야스퍼도 가드 템플러에게 결정적인 타격을 주지 못하고 있었다. 야스퍼의 검강에 격중된 가드 템플러가 뒤로 벌렁 넘어졌다가 말짱하게 일어섰다. 그리고는 여전히 힘차게 야스퍼에게 오러가 깃든 검을 휘둘렀다.

반면 두 천인장들은 야스퍼와 달리 고전을 면치 못하고 있었다. 천인장들은 라모가 없는 3년 동안 고련을 거듭하였는지 이젠 소드 마스터라고 불려도 손색없을 만큼 성장해 있었다. 비록 신법을 발휘하지는 못하지만 동작은 일반 기사가 따라잡을 수 없을 만큼 재빨랐고 검강은 1미터 남짓까지 솟아올랐다.

하지만 그런 그들의 실력도 가드 템플러 앞에서는 무기력하기 그지

없었다.

가드 템플러는 신성력을 굳게 믿고 오로지 공격 일변도로 나가고 있었다. 천인장들이 휘두르는 검강은 비록 가드 템플러의 동작을 멈추게 하고 균형을 잃게는 하였으나 추호도 상처를 입히지는 못했다. 그러니 종내에는 공격보다는 피하는 회수가 더 많아지기 시작했다.

라모는 천인장들과 싸우고 있는 가드 템플러를 향해 날아갔다.

라모는 내려서자마자 천인장들을 가로막은 후 손바닥을 펼쳐 가드 템플러를 포박했다. 그리고는 마나를 운용해 뒤편으로 집어 던졌다. 이어 라모는 순간 이동을 발휘해 야스퍼와 싸우고 있는 가드 템플러 또한 포박한 후 역시 집어 던져 버렸다.

포물선을 그리며 10여 미터를 날아간 가드 템플러들이 '콰당' 하는 큰 소리와 함께 나동그라졌다. 가드 템플러들은 갑작스레 당한 일격에 어안이 벙벙해졌으나 역시 추호도 상처를 입지 않고 검을 치켜들며 일어났다.

눈을 휘둥그레 뜨고 갑자기 나타난 인물을 바라보던 야스퍼와 두 천인장은 상대의 정체를 확인하자 반가움이 가득한 목소리로 소리쳤다.

"형님!"

"소영주님!"

라모는 그들을 향해 미소를 지었다.

"야스퍼, 내가 없는 동안 고생 많았다. 그리고 귀네스 천인장, 마린 천인장, 오랜만일세."

라모는 야스퍼를 향해 양팔을 벌렸다.

"야스퍼, 이리 와라. 한번 안아보자."

감동에 떨던 야스퍼가 금방 정색을 하며 허리를 곧추세우고는 손을 내밀었다.

"형님, 남자들끼리 흉측스럽게 껴안으려고 하시우. 그냥 악수나 합시다."

그러나 라모는 손을 잡아당겨 야스퍼를 덥석 안아버렸다. 야스퍼의 체온이 느껴지자 라모는 너무나 감사한 기분이 들었다. 이젠 영영 보지 못할 줄 알았던 야스퍼였다. 300년의 봉인 가운데 가장 슬프고 안타까웠던 부분이 야스퍼의 전사였다. 그런데 야스퍼는 이렇게 팔팔하게 살아 있다. 그러니 어찌 확인해 보고 싶지 않겠는가? 라모는 야스퍼를 안은 팔에 더욱 힘을 주었다.

"야스퍼, 살아 있어줘서 고맙다. 정말 고맙다."

야스퍼는 당황해 라모를 밀어냈다.

"형님, 왜 이러시우. 이런 짓은 카릴한테나 하시우. 내 순결한 마음과 육신은 이미 샤넬 황녀의 것이우. 그러니 함부로 건드리지 마시오."

말은 정나미가 떨어졌으나 역시 야스퍼의 눈에는 감동이 일렁였다. 라모가 자신을 얼마나 깊이 생각하며 염려했는지 실감하는 순간이었던 것이다. 라모는 귀네스와 마린까지 불러 일일이 안아주고 난 다음에야 가드 템플러를 향해 돌아섰다.

라모는 재회의 기쁨을 나누는 사이에도 가드 템플러의 동정을 놓치지 않았다. 아니, 일부러 신경을 그리로 분산시키지 않아도 절로 그들의 움직임이 느껴졌다. 하지만 가드 템플러들은 방해하지 않고 묵묵히 서 있었다. 라모가 가드 템플러들을 정시했을 때 그들은 고요한 자세 그대로 지켜보고만 있었다.

순백의 갑옷을 입고 신성력을 온몸에 두른 가드 템플러는 과연 신의 기사로서 손색이 없어 보였다. 라모는 가드 템플러를 향해 걸어갔다.

그런 라모를 야스퍼와 두 천인장은 기대에 찬 눈으로 지켜보았다.

그간 가드 템플러를 상대로 악전고투를 거듭해 오던 야스퍼와 천인장들이었다. 어떤 공격도 무력화시키는 그들의 신성력은 지긋지긋하기 그지없었다. 하지만 소영주는 그들을 상대할 방도를 알고 있으리라 굳게 믿고 있었다. 왜냐하면 자신들이 아는 라모는 불가능을 모르는 초인이었기 때문이다.

"형님, 조심하십시오. 검강도 통하지 않는 자들입니다."

야스퍼가 일껏 경고를 던졌지만 라모는 태연하게 다가갔다. 라모의 허리에 항상 걸려 있던 바이올레이드는 깨어났을 때부터 보이지 않았다. 누군가 치워놓은 모양이다. 하지만 라모는 구태여 검을 찾지 않았다. 이미 라모는 검이 필요없는 경지에 이르러 있었던 것이다.

라모가 다가서자 가드 템플러들의 몸에서 신성력이 짙어졌고 검에서는 오러가 솟아올랐다. 하지만 함부로 행동하지는 않았다. 그들도 라모의 심상치 않은 기세를 읽은 것이다.

"정말 미남들이군. 그런데 신의 기사들이 여긴 뭘 하러 왔지? 신이 사람을 죽이라고 명하던가?"

라모의 칭찬과 질문에도 가드 템플러들은 담담하게 서서 순종과 절제로 단련된 눈이 라모를 쏘아볼 뿐이었다. 이어 짙어졌던 신성력이 약간 옅어졌다. 라모가 전혀 살기를 품지 않은 데다 무기도 없자 반신반의하는 눈치다.

라모는 가드 템플러의 얼굴에서 종교인 특유의 신념과 용기와 소망을 발견할 수 있었다. 일원신공의 극의를 깨닫고 난 후 라모는 상대방이 무슨 생각을 하는지, 또 무엇을 추구하는지 등이 대강 읽혀졌다. 이른바 오력의 하나인 타심통이었다.

"그대들은 속고 있군. 누군가 그대들을 속이고 있는 게 틀림없어. 그렇지 않다면 이렇게 신의 의지를 거슬러 스스로를 나락에 떨어뜨리지는 않았겠지? 나겔인가? 그렇다면 이상하군. 나겔은 한눈에 보아도 탐욕이 넘치는 자야. 자네들도 눈이 있다면 보지 못할 리 없을 텐데……. 왜 나겔을 돕고 있는 거지?"

그러자 드디어 가드 템플러 한 명이 입을 열었다.

"나겔 후작과 우리를 엮어 거론할 필요는 없소. 우리는 대제사장께서 인도하시는 대로 따를 뿐이오. 우리의 위대한 휘페리온 신께서는 결코 세상의 도탄을 바라지는 않으시오. 다만 대제사장께서는 영구한 신의 나라를 건설하기 위해 일시적인 고통과 변혁을 겪어야 할 뿐이라고 말씀하셨소. 우리는 대제사장님의 말씀을 조금도 의심하지 않을 뿐이오. 나겔 후작이 비록 시행 과정에 오류를 범해 욕을 먹고 있지만 이는 인간의 잘못일 뿐이오. 나겔 후작은 신이 펼치는 거대한 세계의 유용한 도구일 뿐이오. 그러니 사소한 잘못쯤이야 얼마든지 넘어갈 수 있는 문제요."

라모는 가드 템플러들의 말에서 그들의 휘페리온 신을 신봉하며 대제사장이 그들을 통솔하고 있다는 걸 알았다. 또한 그들은 나겔의 행위가 온당치 못하다는 걸 인식하고 있었고, 대제사장이라는 자가 감언이설로 가드 템플러들을 설득했다는 사실도 눈치 챌 수 있었다.

휘페리온 교는 대륙력 1528년 도란 제국에서 태동됐다. 휘페리온 교는 처음엔 세상의 모든 물질적인 가치를 하잘것없는 것으로 표방하며 오로지 정신 수양과 자기 절제에 초점을 맞춘 이상적인 종교였다. 원래 휘페리온은 '높은 곳을 나는 자'라는 뜻을 가진 신의 이름이다.

휘페리온 교는 당시 대륙에 횡행하던 노예 매매의 실상을 고발하고 각 국에 이의 금지를 강력하게 요청하는가 하면 불쌍한 빈민과 고아를 위한 자선사업에 힘을 기울여 대륙민의 사랑을 단시일에 끌어낼 수 있었다. 덕분에 휘페리온 교는 나타난 지 10년도 안 되어 대륙 전역으로 급속히 교세를 넓혀 나갔다. 그런데 교세가 비대해져 가자 점차 변질돼 가기 시작했다. 신도들의 재산을 갈취하는가 하면 이에 저항하는 신도들에게는 가혹한 린치를 가하기도 했다. 처음 각 국에선 이를 종파 내의 문제로 치부해 별반 상관하지 않았다. 그러나 점차 살인까지 일어나며 사람들이 연달아 실종되자 국가에서도 더 이상 방치할 수가 없어, 실상을 조사하고 휘페리온 교를 탄압하기 시작했다.

이는 당시 대륙 곳곳에서 거의 동시에 일어난 사태였는데 이때 휘페리온 교가 보여준 저항은 놀라운 것이었다. 그들은 이미 신의 기사라 부르는 '가드 템플러' 들을 다수 보유하고 있었다. 이들과의 접전이 마치 전쟁을 방불케 할 만큼 치열했다고 역사는 기록하고 있다.

가드 템플러는 그 수가 얼마 되지 않았다. 한 국가당 출현한 수가 열 명 남짓에 불과했다. 그들은 온몸에서 빛이 나며 신성을 발휘해 휘페리온 교를 탄압하는 국가에 맞서 싸웠다. 종교는 썩었는데 그 종교를 지키는 가드 템플러들은 신성을 유지하고 있었다는 사실은 아직도 불가사의한 일로 전해지고 있다.

그때 일부 작은 국가는 왕성이 전복되기도 할 정도였으니 가드 템플러의 위용을 짐작할 만하지 않겠는가? 어쨌든 대륙 전체의 국민들이 휘페리온 교에 등을 돌렸고, 각 국이 계속해서 병사를 투입해 진압하자 견디다 못한 휘페리온 교는 어둠 속으로 스며 들어갔다.

라모가 알고 있는 역사는 여기까지였다. 그런데 휘페리온 교는 결코 사라지지 않았다. 휘페리온 교는 가끔씩 만행을 자행해 대륙에 자신들이 건재함을 과시했다. 일국의 공작을 암살하는가 하면 한 집안을 몰살시키기도 했다. 하지만 그들의 행사가 너무나 은밀하고 뒤처리가 깔끔해 전혀 꼬리를 잡을 수가 없었다. 만약 그들이 죽은 시체에 휘페리온 교를 상징하는 문장인 퍼스 플라워 문양을 남기지 않았더라면 사건은 미궁에 빠질 뻔했다.

그런 휘페리온 교의 주구들이 이제 가드 템플러를 앞세워 역사의 전면으로 나선 것이다.

"무엇이 변혁인가? 황제를 암살하고 백성을 탄압하는 것이 그대들이 신봉하는 휘페리온 교의 이상인가? 신의 나라는 인간의 피를 바탕으로 만들어지는 건가? 그렇다면 그걸 어찌 신이라 부를 수 있단 말인가? 그것은 바로 마족이 아닌가? 휘페리온 신은 마신인가?"

라모의 준엄한 질책에 그간 조금도 흔들리지 않던 가드 템플러의 얼굴이 붉게 상기되었다.

"함부로 입을 놀려 망령되이 떠들지 마라! 휘페리온 신을 모독하는 자에겐 우리가 심판을 내리겠다!"

가드 템플러의 검에서 오러가 솟구치며 라모를 향해 휘둘러졌다. 라모는 신법을 발휘해 뒤로 물러나며 가볍게 피해 버렸다.

"귀가 이미 막힌 자들이로군. 그렇다면 그대들이 갈 곳은 한 군데밖에 없다. 첫째, 그대들은 신의 이름을 사칭하여 백성을 탄압한 죄가 크므로 즉결처분하겠다. 둘째, 나겔의 악행을 목격하고도 외면하였으며, 비록 속아서 저지른 짓이라지만 계속해 준동할 휘페리온 교를 막기 위해 내가 대신 그대들의 목숨을 거두겠다."

두 명의 가드 템플러들이 모처럼 협공으로 라모를 공격하고 있었다. 신성력은 더욱 짙어졌고, 검에 서린 오러는 금방이라도 라모를 절단 내

버릴 듯했다.

지켜보던 야스퍼와 천인장들은 그 광경에 마음이 조마조마해졌다. 하지만 라모의 신법은 표홀해 잡을 수가 없었다. 그 와중에도 라모는 재판하듯 가드 템플러들의 잘못을 조목조목 지적했다. 그리고는 말이 끝나자마자 양손을 활짝 폈다. 그러자 두 명의 가드 템플러들이 달려들다 말고 검을 치켜든 자세 그대로 멈춰 서고 말았다.

가드 템플러들은 무형의 힘이 자신들을 얽어매자 온몸을 흔들어 벗어나려고 애를 썼다. 하지만 조금도 움직일 수가 없었다. 라모가 천천히 가드 템플러에게 다가가 한 명의 가슴에 손을 올렸다.

"내세에서는 진실을 가릴 줄 아는 지혜를 기르기 바라오."

라모는 격공장의 수법을 발휘해 신성력을 뚫고 가드 템플러의 심장에 장력을 격중시켰다. 가드 템플러 한 명이 입으로 피를 토하며 즉사해 버렸다. 산을 격하고 소를 때린다는 격산타우의 수법과도 일맥상통했다. 이어 라모는 또 한 명의 가드 템플러에게 다가가 역시 가슴에 손을 올렸다. 혼자 남은 가드 템플러는 자신의 운명 또한 곧 끝장날 것을 알았다.

"높은 곳을 나는 휘페리온 신이시여, 저의 영혼을 굽어보소서! 이제껏 신실한 믿음으로 신의 나라로 갈 날만을 기다렸습니다. 이제 때가 된 것 같군요."

가슴에 손을 올려놓은 라모는 가드 템플러의 기원에 잠깐 멈칫했다. 순수한 열정을 가진 신의 기사를 잘못 죽이는 것은 아닌가 하는 의문이 들었기 때문이었다. 하지만 라모는 머리를 흔들었다.

"그대의 잘못은 신을 섬기기보다는 인간을 섬겼기 때문이오. 대제사장은 휘페리온 신이 아니오. 신에게로 가거든 똑바로 물어보시오."

라모는 재차 격공장을 발했고 남은 가드 템플러 또한 피를 토하며 즉사해 버렸다. 지켜보던 야스퍼와 천인장들은 기가 막혀 멍하니 바라보고만 있었다. 비할 바 없이 강력한 신성력조차 라모 앞에서는 종잇장에 불과했다. 특히 야스퍼는 수많은 격전으로도 어찌할 수 없었던 가드 템플러들이 허무하게 죽어 넘어지자 일순 허탈해지기까지 했다.

"야스퍼, 뭘 하는 거냐? 빨리 전투를 매듭지어야지. 하레스 병력을 즉각 협곡 안으로 후퇴시키고 적을 깊숙이 끌어들여라. 하지만 명심해라. 그들도 호른 제국의 기사며 병사다. 앞으로는 함부로 인명을 살상하지 않도록 병사들에게 주지시켜라."

라모의 채근에 야스퍼는 또 한 번 멀뚱해졌다.

"형님, 후퇴하라니요? 우리가 이곳을 방어하느라 얼마나 애쓴지 아십니까? 이곳이 뚫리면 협곡은 곧 아비규환이 될 겁니다."

라모가 고개를 흔들었다.

"머리만 자르면 꼬리는 절로 복종하게 돼 있다. 내게 맡기고 시키는 대로 해."

잘 이해가 되지 않았지만 야스퍼는 곧 병사들에게 명령을 내려 협곡 안으로 후퇴해 가게 했다. 그동안 라모는 블레이드를 만나 잠시간의 회포를 풀었다.

"깨어나셨군요, 소영주! 저는 언제고 소영주께서 이렇게 돌아오실 줄 알았습니다."

피곤에 찌든 블레이드의 얼굴은 반쪽이 되어 있었다. 통통하던 얼굴의 살이 다 빠져 버렸고 몸까지 말라 보였다. 그동안의 노고가 얼마나 극심했는지 블레이드는 몸으로 증명하고 있는 셈이다. 50살을 넘긴 블레이드가 곧 눈물을 쏟을 듯 울먹울먹하는 모습을 보자 라모 또한 가슴이 뭉클해지고 말았다.

"블레이드 경, 그동안 정말 고생이 많았소. 내 그대의 노고에 꼭 보답을 하겠소."

라모는 블레이드 또한 잡아당겨 가슴에 안았다. 블레이드가 기어코두 눈에서 기쁨의 눈물을 흘렸다.

"블레이드 경, 마법진을 모두 해체하시오. 오늘 이곳에 온 다른 영지의 병사들을 일망타진하겠소."

잠시 후 라모는 블레이드에게 명령을 내렸다. 블레이드는 야스퍼와달리 토를 달지 않고 즉각 복명했다. 라모의 능력에 대한 신뢰는 야스퍼보다 더 철저한 블레이드였던 것이다.

"알겠습니다, 소영주! 곧 조치하겠습니다."

하레스 병력이 후퇴하고 마법진이 소멸되자 대기하고 있던 진압군이 물밀 듯이 협곡 안으로 쏟아져 들어왔다. 병력 수가 무려 5만에 이르렀다. 그동안 진압군은 모든 병력을 투입한 것이 아니라 매일 5만씩차륜전을 벌여왔던 것이다. 나머지 병력은 여섯 개의 부대로 나뉘어휴식을 취하며 차례를 기다렸다.

중앙에 위치한 채 기사와 병사들에 둘러싸여 협곡 안으로 달려 들어가던 퀸턴 백작은 드디어 자신의 손으로 하레스의 멸망이라는 종지부를 찍을 수 있게 되었다는 생각에 흥분을 금치 못하고 있었다.

퀸턴은 원래 지방의 소규모 영지를 가진 남작에 불과했다. 자신의영주민들을 쥐어짠 재물을 들고 수호른을 드나들며 권력가의 눈에 들기를 열망하던 자였다. 그러니 충복을 찾던 나겔과 퀸턴은 찰떡 궁합이라고 할 수 있었다. 나겔은 퀸턴을 단숨에 백작의 위에 봉하고 더 넓은 영지를 하사했다.

그러자 퀸턴은 하레스 영지를 정벌한다는 나겔의 명령서가 내려오자 제일 먼저 병력을 모아 달려왔다. 하레스 영지를 자신의 손으로 멸하면 다음번 상벌 심사에서 후작의 작위는 따놓은 당상인 것이다.

쾅!

그런데 달려가던 진압군 병력의 전면에서 굉렬한 폭음이 들리며 먼 거리에서도 먼지 구름이 하늘로 치솟아올라 가는 것이 목격되었다. 이어 전열이 우르르 무너졌다. 또한 헬파이어가 터졌을 때보다도 더한 충격 폭풍이 돌진해 나가던 진압군 사이로 세차게 불어왔다. 퀸턴조차도 휘청할 정도였다. 진압군의 전진은 대번 멈추어 서졌다. 이어 큰 목소리가 전면에서 터져 나왔다. 목소리가 어찌나 큰지 중앙에 위치한 퀸턴은 물론이고 진압군의 후미에서도 똑똑히 들을 수 있었다.

"이곳에 온 호른 제국병들은 들어라! 나는 하레스의 소영주 라모 하레스 백작이다! 도대체 너희들은 무엇을 하고 있는 것이냐? 너희는 누구에게 창을 겨누고 검을 휘두르는 것이냐? 너희는 너희의 부모 형제에게 창, 칼을 휘두를 것이냐? 피를 나눈 같은 호른 제국의 국민들을 핍박하여 어떻게 하자는 거냐? 정녕 너희들은 나겔의 폭정을 두고 볼 속셈이냐? 깨어나라, 호른 제국병들이여! 이제는 나 라모 하레스가 앞장을 서겠다! 나를 따르겠다는 자는 옆으로 물러서라! 만약 계속해 맞서는 자는 호른 제국을 도탄에 빠뜨리려는 자로 간주하고 모두 참하겠다!"

라모의 사자후가 터지자 진격해 들어오던 진압군들이 순식간에 조용해졌다. 하지만 침묵은 잠시였다. 병사들은 곧바로 웅성웅성 떠들기 시작했다.

"라모 백작님이시다!"

"호른 제국의 영웅이 돌아오셨다!"

무릇 호른 제국의 병사들이라면 라모의 이름을 모르는 사람이 없었다. 절대 불리한 자코 왕국과의 전쟁을 일거에 뒤집어 호른 제국에 승리를 안겨준 명장 중의 명장이었다. 싸우면 이기는 호른 제국의 수호신이었다. 달려 들어온 진압군의 가슴속에는 라모에 대한 흠모의 정과 두려운 기분이 함께 공존했다. 싸워서는 안 될 인물이며, 싸우면 비참한 패배만이 기다릴 뿐인 적수인 것이다.

"뭣들 하는 것이냐! 저자는 다만 우리 호른 제국의 일개 반역자일 뿐이다! 즉시 공격하라! 머뭇거리는 자는 즉시 참수하겠다! 집에서 너희들을 기다릴 부모 형제를 기억해라! 만약 명령을 거부하는 자는 비참한 꼴을 면치 못할 것이다!"

윈턴이 마법사의 목소리 확장 마법을 빌어 외쳤다. 즉, 명령을 거부하면 가족에게까지 연대 책임을 묻겠다는 협박이었다. 그러자 중간중간에 배치되어 있던 나겔의 심복 기사들이 병사들을 독촉하기 시작했다.

"돌격해라! 적은 채 1만이 되지 않는다! 승리는 우리 것이다!"

기사들의 독려에 병사들이 다시 창검을 치켜들었다. 그리고는 마지못해 앞으로 나가기 시작했다. 그런데 갑자기 큰 독수리 같은 물체가 진압군 쪽으로 날아왔다. 그리고는 무청을 땅에서 뽑아내듯 퀸턴을 비롯해 병사들을 재촉하던 기사들이 쑥 뽑혀서는 허공으로 날아 올라갔다. 약 20여 명의 기사들이 생선 두름에 묶인 듯 일렬로 비행체를 따라 날아갔다. 바로 라모 하레스였다.

라모는 퀸턴을 비롯한 기사 20여 명을 진압군과 하레스 병력 사이의 허공에 일렬로 세웠다. 퀸턴을 비롯한 나겔의 심복 기사들을 눈알이 튀어나올 정도로 놀라 오줌을 지렸다. 온몸이 무형의 힘에 결박돼 도저히 움직일 수 없었던 것이다. 이런 대단위 마법은 듣도 보도 못했다. 20여 명에 이르는 사람을 한꺼번에 포박한다는 것도 어렵거니와 또 그 많은 사람을 일렬로 허공에 정렬시킨다는 건 인간으로선 상상할 수도 없는 힘이었다. 그런 사실은 지켜보는 병사들도 모두 느끼고 있었다.

"이것은 내가 너희들에게 내리는 명령이 아니라 부탁이다. 부디 호른 제국의 병사로서 자신의 의무를 기억하라. 그리고 이자들은 나겔의 폭정에 동조하고 호른 제국의 국민들을 도탄에 빠뜨린 죄를 물어 즉결 처분한다."

라모가 파이어 볼을 불러내 허공에 떠 있는 퀸턴과 20여 명의 기사들에게 집어 던졌다. 퀸턴과 기사들은 허공에 뜬 채로 눈이 커질 대로 커져 자신들에게 날아오는 어마어마하게 큰 파이어 볼을 지켜볼 따름이었다.

쾅!

굉렬한 폭음이 터지며 붉은 화염이 허공을 온통 달구었다. 활활 타오르던 불이 꺼지자 허공에 늘어서 있던 퀸턴과 기사들은 갑옷조차 남지 않고 먼지가 되어 허공에 흩날렸다.

"자, 아직도 머뭇거리느냐? 나를 따르겠다는 자는 무기를 버려라!"

라모가 외치자 주저하던 병사들이 일제히 무기를 내던졌다. 아직 병사들 사이에는 나겔의 심복 기사들이 몇십 명 더 있었지만 감히 나설 생각을 하지 못했다. 나서는 순간 자신도 라모에 의해 허공의 먼지가 될 것이라는 공포가 엄습해 오자 오히려 숨기에 바빴다. 병사들은 무기를 버렸을 뿐만 아니라 한 명의 용기있는 병사가 나서서 선창하자 모두 양손을 치켜들고 환호성을 질렀다.

"라모 백작님 만세!"

"라모 백작님, 부디 나겔을 죽이시어 호른 제국에 평화를 가져다 주십시오!"

병사들 또한 나겔의 폭정을 모를 리 없었다. 다만 자신이 속한 영지의 영주와 기사들의 압력에 못 이겨 울며 겨자 먹기로 나섰던 것뿐이었다. 그러나 이제 라모 백작이 앞에 나선다면 나겔의 세상도 끝장이날 것이다. 앞서 보여준 라모의 무위는 인간으로서는 상상할 수도 없는 신의 무력이었던 것이다. 그러니 오히려 병사들 중엔 감격의 눈물을 흘리는 사람까지 생겨났다.

"하레스의 천인장들은 병사들의 편제를 다시 마련하라. 곧바로 하레스 성을 탈환한 후 수호른으로 간다. 나겔을 잡으러 가자!"

라모의 외침에 이번엔 협곡 안쪽에 몰려 있던 하레스의 병사들이 함성을 질렀다.

"소영주님 만세!"

"지옥영주가 돌아오셨다! 만세!"

하레스 병사들의 외침은 곧 진압군으로 온 병사들에게도 전파돼 또한 번 함성이 협곡에 울려 퍼졌다. 병사들의 함성이 그동안 핍박받아 오던 하레스 병사들의 피난처에 넓게 퍼져 나가며 오랫동안 메아리쳤다.

투항한 5만 병력의 편제를 새로 구성하는 동안 라모는 파울 영주를 찾을 수 있었다. 본래 심약한 파울 영주는 전장의 한복판에서 끝없는 인내로 자기 자신을 채찍질하였다.

"나는 영주다. 하레스 성을 책임진 대영주다."

파울 영주는 억지로 약해지려는 자신의 마음을 추슬렀다. 그로부터 무려 3년의 세월을 파울 영주는 자신의 본성을 감추어야 했다. 그 안간힘이 너무나 힘겨워 파울 영주는 항상 입술이 부르터 있고 안색이 초췌했다.

3년에 걸친 전투는 파울 영주의 심신을 갉아먹을 대로 갉아먹은 상태였다. 피로가 누적된 얼굴은 누렇게 떴고 표정은 멍해 보였다. 그간 파울 영주는 억지로 용기를 짜내 영주로서의 의무를 수행하였다. 상징적으로 병사들의 구심점이 돼주었고 내부적으로는 부족한 식량과 보급품 조달에 심혈을 기울였다.

그러나 그런 용기도 이제 한계에 다다르고 있었다. 요즘은 오랫동안 당겨졌던 신경이 끊어지려 하고 있었다. 불안과 공포가 심해지며 자주 몸이 떨려왔고 어딘가로 도망가고 싶어졌다. 만사가 귀찮았다. 조금만 더 이런 상태로 시일이 지나면 정말 미쳐 버릴지도 몰랐다.

그런 파울 영주의 앞에 라모가 나타났을 때 그만 머리가 어지러워지며 다리가 풀리고 말았다. 파울 영주가 풀썩 쓰러지자 라모가 신법을 발휘해 달려와 안았다.

"아버지, 접니다."

라모는 파울 영주의 손을 잡고 진기를 흘려보냈다. 진기가 파울 영주의 몸을 한 바퀴 휘돌자 비로소 정신을 차렸다.

"라모, 내 아들아! 드디어… 드디어 깨어났구나!"

파울 영주의 눈에 물막이 맺혔다. 아들에게 보여서는 안 될 나약한 모습이 절로 드러나고 말았다. 라모는 덩달아 눈물이 돌아 파울 영주를 덥석 안았다. 아들도 아버지도 말을 잇지 못했다. 라모는 다시 한 번 진기를 주입하는 동안 파울 영주가 매우 쇠약해진 것을 발견했다. 그러자 가족을 돌보지 못한 죄책감에 가슴이 아파왔다.

파울 영주는 굳건한 아들의 어깨를 쓰다듬자 비로소 안도감이 들며 3년간의 노심초사하던 마음이 풀리는 걸 느꼈다. 그렇게 부자는 말없이 한참을 껴안고 있을 뿐이었다.

그러던 중 라모는 파울 영주의 뒤에 매우 젊은 기사 한 명이 격동에 찬 표정으로 자신을 바라보고 있는 모습을 보았다. 청발을 한 젊은 기사는 간편한 경장 차림에 장신이었다. 라모는 한눈에 그가 누군지 알 수 있었다.

"라도 하레스?"

젊은 기사가 앞으로 나서며 흥분한 목소리로 외쳤다.

"형!"

괄목상대라더니 라도야말로 그 성장 변화가 놀라울 정도였다. 허리에 걸린 검은 바로 라모의 바이올레이드였다. 검이 무척 잘 어울려 보였다. 라도는 그동안 라모 대신 하레스의 소영주 역할을 담당해 온 것이다. 대지를 굳건하게 딛고 서 있는 그의 자세는 라도가 상급의 그래듀에이트라는 사실을 알려주고 있었다. 소드 마스터가 목전이었다.

또 라도의 뒤에는 풀 플레이트 메일로 감싼 세 명의 기사가 시립해 있었다. 라모가 그들을 쳐다보자 일제히 투구를 벗더니 한쪽 무릎을 꿇었다.

"라모 백작님을 뵙습니다!"

바로 기사 아카데미의 평민 졸업생들이었다. 라모는 우선 라도와 형제의 우의를 나눈 후 일일이 그들의 손을 잡아주며 격려했다. 평민 기사들은 이제 라도의 가신이 돼 있었다. 그들은 라도에게 충성을 맹세한 상태였다.

이어 라모는 어머니 헬렌을 찾았다. 협곡의 한 켠에 여자들만을 위한 동굴이 마련돼 있었다. 헬렌은 병환 중이었다. 헬렌의 병은 마음의 병이었다. 가장 기대하던 장자인 라모가 한없는 잠에 빠져 있는 데다 나겔에 의해 하레스가 공격당하자 일순 절망감에 빠져 심신의 균형이 무너져 버린 것이다. 헬렌은 라모를 보자 하염없이 눈물을 흘렸고 라모 또한 어머니를 만난 기쁨과 함께 헬렌을 위로하느라 많은 시간을 지체할 수밖에 없었다.

그 시간 진압군 총사령관 슈라이더는 하레스 성안에서 마법사들의 전언을 받고 고민에 빠졌다.

"라모 백작은 무서운 마검사였습니다. 가드 템플러들이 라모 백작의 기이한 수법에 즉사했습니다. 병사들을 독려하던 퀸턴 백작께서는 단숨에 허공으로 붙들려 올라가 파이어 볼에 재로 변해 버렸습니다. 병사들을 독려하던 20여 명의 기사도 함께 희생됐습니다. 그런 직후 5만의 병력이 순식간에 투항해 버렸습니다. 조속히 대책을 마련하셔야 합니다."

황궁 근위 기사단장 슈라이더는 마법사의 보고에 위기가 다가왔음을 직감했다. 슈라이더는 원래 나겔의 영지인 휠츠리의 기사단장이었다. 그러다 나겔이 권력을 쥐자 근위 기사단장으로 영전했다.

슈라이더는 브로이어 가의 오랜 가신이었던 만큼 나겔에 대한 충성심은 절대적이었다. 상전인 나겔이 악한이든 나라를 팔아먹으려는 매국노이든 아무런 상관이 없었다. 슈라이더에겐 오직 나겔에 대한 충성심이 제일의 미덕이며 명령 수행이 최고의 가치였다.

원래 하레스 진압 초기에는 나겔이 병력을 진두지휘했었다. 황성과 하레스 성을 오가며 기사들을 독촉했다. 하지만 북쪽 산맥으로 들어간 하레스 병력의 저항이 너무나 완강해 쉽사리 무너지지 않고 세월만 흐르자 나겔도 그만 지겨워져 이제 모든 작전권을 슈라이더에게 일임한 상태였다.

마법사들의 전언을 들은 후 슈라이더는 정면 대결로는 승산이 없다는 사실을 깨달았다. 병사들이 투항한 과정을 자세히 전해 들은 후 슈라이더는 머리를 쥐어짰다. 호른 제국의 민심은 나겔의 편이 아니었다. 병사들의 존경은 라모에게 향하고 있다. 이대로 진압군을 이끌고 재차 맞섰다가는 어느 순간에 병사들이 반란군으로 돌아설지 예측할 수 없었다.

—하레스의 영주민들을 앞에 세워! 인질을 쓰란 말야! 슈라이더 기사단장, 어떻게 해서든 막아!

황성에서 보고를 받은 나겔이 통신 마법을 통해 인질을 쓰라고 악을 썼다. 하지만 기사의 명예가 있는 슈라이더였다. 충성은 충성이고 무엇보다 인간으로서 자행해서는 안 될 규범이 있는 법이다.

소집한 지휘관 회의는 이런 사태를 반영하듯 침통 그 자체였다. 패배의 무거운 분위기가 회의장을 짓눌렀다.

"인질 작전은 수용하지 않겠소. 우리에겐 아직 25만의 병력이 남아 있소. 이런 병력의 우위를 기반으로 단숨에 승부를 갈라야 하오. 무엇보다 병사들의 투항을 막아야 하오. 어떻게 병사들을 자발적으로 싸우게 하느냐, 여기에 이번 전투의 승패가 달렸소."

슈라이더는 오랫동안 휠츠리 기사단을 관장해 온 능력있는 기사단장이었다. 충성심과 함께 이런 기사단장으로서의 빼어난 능력이 나겔의 신임을 받아온 요인이었다.

하지만 회의에 참석한 영주와 기사단장들은 서로의 눈치만 살폈다. 그들에겐 과연 라모와 싸워야 하느냐를 놓고 토론하는 것이 나을 뻔했다. 일부 나겔에게 혜택을 받은 영주도 있었지만, 나겔의 무력에 울며 겨자 먹기로 따라나선 사람이 대다수다. 그러니 이와 같이 승산을 점칠 수 없는 전투에 생명을 걸 수는 없다고 생각하는 귀족 특유의 눈치보기가 등장한 것이다.

더욱이 벌써 진중에 퍼지고 있는 소문이 사실이라면 라모에게 적대하는 행위는 파멸을 의미했다. 벌써 투항한 병력이 5만이었다. 열 명의 소드 마스터를 천인장으로 거느린데다 신기묘산의 전략을 구사한다는 라모였다. 자코 왕국과의 전쟁에서 그 능력을 한껏 뽐낸 라모였다. 병력이 많다는 한 가지 장점 외에는 싸워서 이득이 될 다른 조건은 전혀 없었다. 휘하에 거느린 기사와 병사들의 반응도 이들이 주저하는 큰 이유 중 하나였다.

"라모 백작님이 돌아오셨대."

"정말? 그렇다면 이젠 나겔도 끝났군. 드디어 우리 호른 제국도 평화가 오려는 모양이구먼."

대다수의 기사들과 병사들은 전혀 라모와 싸우겠다는 의지가 엿보이지 않았던 것이다. 한 사람의 등장이 대세에 이토록 결정적인 영향을 미치리라곤 짐작도 못했다. 한 명의 진정한 영웅은 세상을 바꾼다는 옛말이 이토록 실감나기는 처음인 영주들이었다.

슈라이더는 회의장의 무거운 분위기를 대략 파악하고는 속으로 한숨을 쉬었다. 이렇게 되면 도리가 없다. 슈라이더는 참석 영주와 기사단장들에게 병력 집결을 명한 후 해산시켰다. 그리고 난 후 휠츠리 영지의 기사들을 소집했다.

"휠츠리와 하레스는 오랜 라이벌이다. 이제 우리의 주군이신 나겔 후작님께서 호른 제국의 권력을 잡으셨다. 그런데 하레스의 라모 백작이 반기를 들었다. 이 세상의 모든 사람이 우리의 영주님을 욕한다 하더라도 우리만큼은 그분을 위해 싸워야 한다. 너희들이 전열을 책임진다. 일단 전투가 벌어지면 다른 영주들도 발을 뺄 수 없을 것이다. 휠츠리 기사단이 레드스톰 기사단보다 못하지 않다는 걸 보여줘라."

슈라이더는 25만 병력을 모두 동원하여 라모가 진군해 올 하레스의 북쪽 영지를 향해 나아갔다. 그리하여 마침내 협곡을 빠져나온 하레스의 6만 군과 넓은 벌판에서 마주쳤다. 양군이 서로 마주 보기가 무섭게 진압군 쪽에서 선공으로 돌격해 왔다.

"멈춰라! 나는 하레스의 라모 하레스 백작이다. 너희는 진정 우리와 싸우길 원하느냐? 호른 제국의 백년대계를 위하여 자중하라. 말머리를 돌려라. 같이 수호른으로 가자."

라모는 진격해 들어오는 진압군의 전열에 파이어 볼을 던져 전진을 멈추게 할 속셈이었다. 하지만 커다란 굉음을 내며 터진 파이어 볼의 위협이 이번엔 통하지 않았다. 일부 병사들이 폭풍에 휘말려 나가떨어졌으나 진압군은 아랑곳하지 않고 달려왔다.

"이것들이 정말 사생결단을 내자는 건가?"

라모는 플라이 마법으로 날아가 다시 20여 명의 주요 기사들을 낚시질하듯 공간 마법으로 낚아 올렸다. 하지만 진압군의 전진은 멈추어지지 않았다. 라모가 병사들을 설득할 시간적 여유도 없이 양군이 격돌해 얽혀 돌아가기 시작했다. 이젠 포박한 기사들을 죽여봤자 소용이 없었다. 라모는 결박한 기사들을 점혈한 후 한 켠으로 던져 버리고 전장의 한가운데로 뛰어내렸다. 그리고는 금나수로 잡히는 족족 점혈하며 집어 던지기 시작했다.

하지만 금방 창, 칼이 난무하며 전장이 선혈로 얼룩지기 시작했다. 이것은 라모가 전혀 예상치 못한 사태였다. 진압군이 이렇게 적극적으로 나설 줄은 몰랐다. 자신의 적당한 무력 시위와 설득이라면 나머지 진압군도 손쉽게 이쪽 편으로 돌아설 것이라 추측했었다.

라모는 갈등하지 않을 수 없었다. 과연 대량 살상을 저질러야 하는가? 하지만 그럴 수는 없었다. 일단 병력을 뒤로 물려 다른 작전을 구상해야겠다고 생각하고 후퇴를 명하지 않을 수 없었다.

"후퇴하라! 하레스의 병사들은 즉각 뒤로 물러나라!"

라모의 명령이 떨어지자 천인장들의 인솔로 일사불란하게 후퇴하기 시작했다.

하지만 슈라이더는 이것이 마지막 기회라는 것을 알았다. 지금 몰아붙이지 않으며 다시는 기회가 없다는 것을 알았다.

"후퇴하지 못하도록 끈질기게 따라붙어라! 계속 진격해 가라!"

슈라이더의 지휘에 따라 휠츠리의 병력이 틈을 주지 않고 후퇴해 가는 하레스 병력의 뒤를 쫓았다.

라모는 플라이 마법으로 날며 명령을 내리는 기사들을 계속 낚아 올렸다. 그런데도 불구하고 적의 명령 체계는 허물어지지 않았다. 이는 슈라이더의 계책이었다. 라모가 주요 기사들을 노린다는 사실을 간파하고 자신을 포함해 지휘 기사들에겐 병사들의 가죽옷이나 체인 메일을 입게 했다. 대신 병사 몇 명에게 기사의 갑옷을 입혀 앞장 세웠다. 그러니 아무리 눈이 좋은 라모라 하여도 발견할 수 없었던 것이다.

라모는 부득이 함을 느끼고 파이어 볼 다섯 개를 연속으로 진압군의 전열에 집어 던졌다.

쾅! 콰쾅!

굉렬한 폭음과 함께 전열이 순식간에 뭉개지자 아무리 뒤에서 채근하더라도 더 이상 쫓아갈 엄두를 내지 못했다. 하레스의 병력은 여유

있게 적의 병력을 따돌리고 다시 협곡 부근으로 후퇴해 갔다.

라모는 하레스 병력의 진형을 다시 세우게 한 후 블레이드를 불러 탐지 마법으로 적정을 탐색해 보라고 명했다. 라모는 불만스럽기 그지없었다. 진압군이 저렇듯 죽기 살기로 달려드는 이유를 알아야 했다. 이유는 곧 밝혀졌다.

"진압군의 전면에 포진한 부대는 휠츠리 영지의 병사들입니다. 지휘관이 누군지 정말 머리가 비상한 자입니다. 이렇게 되면 다른 영주나 병사들이 투항하려 해도 그럴 기회가 없습니다. 그리고 지금 진압군의 중군에서 지휘관 회의가 열리고 있답니다."

원인을 파악한 라모는 해결책을 금방 찾아냈다. 역시 뱀을 잡으려면 머리를 쳐야 하는 것이다. 라모는 야스퍼에게 병력의 지휘를 맡긴 후 플라이 마법으로 혼자 진압군 쪽을 향해 날아갔다.

진압군도 전열을 새롭게 정비하고 있었다. 라모는 병사들을 무시하고 중군이 있는 방향으로 날아갔다.

벌판 한가운데에 50여 명가량의 기사들이 원을 그려 모여 있는 것을 발견했다. 라모는 원 안으로 날아 내렸다. 원의 중앙에는 특이하게 병사 차림의 인물 한 명이 서 있었다. 라모는 문제의 병사에게 다가갔다.

"라모 백작이다!"

누군가 라모를 알아보고 소리치자 휠츠리 기사단 소속의 기사 몇 명이 검을 빼 들더니 라모를 향해 달려들었다. 라모는 그들이 가까이 다가오도록 내버려 뒀다가 근접한 후 금나수로 팔과 다리를 꺾어 집어던져 버렸다. 그리고 한 명 남은 기사가 휘둘러 오는 검을 손가락으로 낚아챘다. 기사가 검을 든 채로 용을 썼으나 라모는 요지부동이었다.

뚝.

라모가 약간의 힘을 주자 검이 중간에서 부러졌다. 이어 피할 사이를 주지 않고 배를 걸어차자 기사가 앞으로 고꾸라져 거품을 물었다. 기사들이 달려들었다가 퉁겨 나가는 시간은 지극히 짧았다. 도무지 상대가 안 되는 무시무시한 무력이었다. 일순 장내가 조용해졌다.

라모는 기사들을 처리하고는 원 중앙의 병사 앞으로 걸어가 그를 요모조모로 관찰했다. 그야말로 무인지경이었다. 그런 라모의 모습에 오히려 영주들의 가슴이 서늘해졌다.

"이상하군. 상급의 그래듀에이트가 왜 병사 복장을 하고 있는 거지?"

병사 복장을 하고 있던 슈라이더는 심장이 내려앉는 충격을 맛보았다. 얼른 허리에 걸린 검집에 손을 가져갔으나 라모가 한발 빨랐다.

두둑.

어느새 라모가 슈라이더의 허리에서 검을 검집째 낚아채 갔다. 검집에 달린 쇠고리가 마차로 끌어도 찢어지지 않을 질긴 가죽 허리띠를 가르며 손쉽게 빠져나왔다. 슈라이더는 미처 라모가 움직이는 것을 보지도 못했다. 라모는 검을 들고는 슈라이더를 무시한 채 주변을 둘러보았다.

"낯익은 인물들이 많이 보이는군. 헬베그 자작, 에버딘 남작, 이런, 루이스 백작께서도 와 계셨구려."

호명당한 영주들의 얼굴이 새하얗게 변했다. '마치 넌 이제 죽은 목숨이야' 하고 위협하는 소리로 들렸던 것이다.

"여기 책임자가 누구요? 그와 대화를 나누고 싶은데."

모인 영주와 기사단장들은 감히 발작할 엄두를 내지 못했다. 라모는 여유가 넘쳤다. 슈라이더는 긴장으로 입에 고인 침을 꿀꺽 삼킨 후 앞으로 나섰다.

"내가 이번 진압군을 책임진 슈라이더 근위 기사단장이오."

슈라이더는 비굴하게 죽기는 싫었다. 기사로서 명예롭게 죽고 싶었다. 하지만 슈라이더의 소망은 헬베그 자작이 일어나면서 꼬이기 시작했다.

"라모 백작님, 그는 바로 나겔의 심복으로 휠츠리 기사단의 단장을 역임한 자입니다. 우리는 어쩔 수 없이 이번 진압군에 가담한 것뿐입니다. 그러니 부디 사정을 감안해 주십시오!"

헬베그 자작이 소리치자 여기저기서 귀족들이 읍소했다.

"그렇습니다. 어쩔 수 없는 강요에 의한 참가였습니다. 용서하신다면 즉시 병력을 몰아 하레스에 투항하겠습니다."

영주들이 하나둘 항복 의사를 밝히자 슈라이더의 얼굴이 붉게 달아올랐다.

"이… 더러운 놈들! 이제 와서 형세가 불리하다고 배를 갈아타겠다는 거냐! 그동안 영지민의 고혈을 짜내는 데 앞장섰던 놈들이 너희들이 아니냐? 좋다, 모두 꺼져라! 나 혼자라도 싸우겠다!"

슈라이더는 품속에서 대거 하나를 꺼내 들었다. 그리고는 라모를 향해 대거를 겨누었다.

라모는 혀를 차고는 손에 들고 있던 검을 던져 주었다.

"슈라이더 단장, 그걸로 되겠나? 이걸 쓰시게."

슈라이더는 왼손으로 검을 받아 들며 다시 얼굴이 붉어졌다. 하지만 사양하지 않고 대거를 다시 품속에 집어넣은 후 검집에서 검을 빼 들었다. 라모는 슈라이더와 영주들의 분위기를 보는 순간 사정을 모조리 파악했다.

흔들리는 영주들을 믿지 못해 슈라이더는 휠츠리의 병사들을 전면에 세운 것이다. 더군다나 라모는 슈라이더의 명예를 존중하는 마음을 읽었다. 그래서 슈라이더에게 갱생의 기회를 주고 싶었다.

라모는 슈라이더가 검을 찔러오자 탄지신통을 발해 검면을 후려쳤다. 검날에 구멍이 생기며 슈라이더의 손에서 벗어나서는 뒤로 날아가 땅에 꽂혔다. 슈라이더의 오른손은 엄지와 검지 사이가 찢어져 피를 흘렸다.

"더 해보고 싶나? 그럼 다시 검을 주워오게."

라모는 여전히 불을 켠 슈라이더의 눈을 보고는 다시 기회를 줬다. 이번에도 슈라이더는 사양하지 않고 날려간 검을 주워온 후 라모를 겨누었다. 그런데 라모가 손을 앞으로 내밀자 검끝이 빙글 돌아 슈라이더의 가슴을 향했다. 슈라이더는 혼비백산해 들고 있는 검을 되돌리려 안간힘을 썼다. 그러나 심장을 겨눴던 검끝이 서서히 올라와 턱 끝에 닿았고, 곧 턱을 조금 파고들었다. 그러자 슈라이더는 맥이 탁 풀리며 절로 검을 잡고 있던 손을 놓고 눈을 감아버렸다. 그럼에도 불구하고 검은 턱을 약간 찌른 후 고정되었다.

"이제 포기하는 건가, 슈라이더 경? 그대가 항복한다면 즐겁게 받아주겠소. 이제 나겔의 세상도 종말이 가까워졌소."

라모가 항복을 권유하자 포기한 듯 눈을 감고 있던 슈라이더가 눈을 번쩍 떴다.

"쓸데없는 소리 늘어놓지 말고 어서 죽이시오! 나겔 후작님은 내가 섬기는 유일한 영주요. 내가 기사로 서임을 받으며 충성을 맹세한 분이오. 그러니 이렇게 영주님을 위해 싸우다 죽는 것도 기사로서의 명예요."

라모는 슈라이더의 의기가 아까웠지만 결단을 내리지 않을 수 없었다. 대를 위해 소를 희생한다. 지금은 우선 영주들의 흔들리는 마음을 잡아야 했다. 라모는 손을 휘저었다. 슈라이더의 목을 노리고 있던 검이 원을 그리며 한 바퀴 돌았다. 그러자 곧바로 슈라이더의 목에 떨어져 나갔다.

"좋소. 더 이상 여러분의 죄를 묻지 않겠소. 나겔을 잡는 데 공을 세운다면 장차 황제의 자리에 오르실 보저 황태자님께서도 여러분을 칭찬하실 거요. 휠츠리 영지의 병사들을 모조리 사로잡으시오. 난 북쪽 벌판에서 사태를 지켜보겠소. 상황이 끝나면 각 영주들이 모두 북쪽 벌판으로 와서 직접 보고하시오.”

라모가 더 이상 죄를 추궁하지 않겠다고 하자 각 영주들은 속으로 안도의 한숨을 쉬었다. 지금 주변엔 진압군의 병사들이 다수 포진하고 있었지만 누구도 그들을 부를 엄두를 내지 못했다. 짧은 시간 라모가 보여준 무력은 무소불위였다. 마음만 먹는다면 일순간 이곳에 모인 자들 중 아무도 살아남지 못했을 것이다.

물론 영주들 가운데는 나겔에 의해 혜택을 받은 자도 있었고 나겔의 눈에 들기 위해 재물을 바친 자도 있었다. 하지만 돌아가는 상황으로 보아 이미 대세는 기울었다. 나겔의 시대는 가고 라모 하레스의 시대가 열리고 있는 것을 감지했다. 그러니 얼른 배를 갈아타는 것이 현명한 처사였다. 영주들은 또 라모가 보저 황태자를 황제로 옹립할 뜻이 있음을 알고는 주판 굴리기에 여념이 없었다.

라모가 돌아간 뒤 각 영주들은 회합을 통해 휠츠리의 병사들을 은밀히 급습하기로 했다. 얼마 후 진압군들 사이에서 한바탕 소란이 일어났다. 병력 이동이라는 핑계로 병사들을 투입해 휠츠리의 병력 사이로 행렬을 지어 지나가게 했다. 약 3만가량이 지나간 후 이번엔 5만가량의 병력이 휠츠리 병력 사이를 지나갔다.

“이거 뭐야?”

“돌아가면 되지, 왜 병력 틈으로 걸어가는 거야?”

휠츠리 병사들의 불만이 터져 나올 때쯤 호각 소리가 터져 나왔다. 그러자 이미 지나친 병력이 돌아섰고 후면에서는 또 다른 병력이 들이

닥쳤다. 또 행렬을 지어 걷던 병사들이 일제히 휠츠리 병사들에게 달려들었다. 휠츠리 병사들은 휴식 시간을 맞아 검과 창을 바닥에 내려놓은 데다 심지어 갑옷까지 벗어놓고 쉬고 있는 기사들까지 있었다.

그러니 '어어' 하는 사이 순식간에 4만에 이르는 휠츠리 병사들이 제압돼 버렸다. 일부 몸이 재빠른 병사들이 검을 집어 들고 반항했으나 서너 명이 달려들어 당장 목을 자르고 배에 구멍을 내버렸다. 그야말로 눈 한 번 깜짝할 사이에 휠츠리 병력은 무장 해제를 당하고 전원 포로가 되고 말았다.

이렇게 진압군은 전광석화와도 같이 해체돼 버렸다. 이후 영주들은 북쪽 벌판으로 달려와 라모에게 복명했고, 라모는 파울 영주를 앞세우고는 보무도 당당히 하레스 성으로 입성했다.

"진압군이 항복했다!"

"지옥영주께서 돌아오셨다!"

"하레스 성이 드디어 탈환되었다!"

연도에는 벌써 소식을 듣고 달려나온 하레스의 영주민들이 늘어서서 하레스 병사들과 파울 영주, 그리고 라모를 향해 함성을 질렀다. 그동안의 압박과 통제에서 벗어나자 눈물을 흘리는 영주민들이 대다수였다. 보호해 줄 영주가 없는 영지민들의 참혹한 서러움이 끝난 것이다.

"하레스 만세!"

"소영주님 만세!"

하레스의 병사들은 3년 만에 완전히 험지를 벗어나자 행군 도중 만난 낯익은 얼굴이나 가족을 얼싸안고 감격의 눈물을 흘렸다. 덕분에 행렬이 무너졌지만 라모는 구태여 막지 않았다. 야스퍼와 천인장들도 싱글벙글한 표정으로 병사들과 기쁨을 함께했다.

라모는 하레스 성에서 단 하루 휴식을 취했다.

다음날 라모는 병력을 몰아 수호른으로 진격해 갔다. 가족들은 하레스 성에 남겨둔 채로. 라도는 반드시 종군하겠다며 라모를 따라왔다. 그보다 앞서 발 없는 말이 천리를 달리고 있었다. 라모 하레스가 30만의 대군을 격파하고 수호른으로 진격한다는 소문이 며칠 지나지 않아 호른 제국 전체로 퍼져 나갔다. 그동안 나겔에 협조했던 영주들은 똥줄이 타는 듯했고, 눈치만 보던 영주들은 병력을 모아 라모에게 달려왔다. 명목상으로는 나겔을 몰아내자는 슬로건을 내걸었지만 실상은 라모에게 눈도장을 찍기 위해서였다.

"저도 나겔을 잡는 데 한팔 거들겠습니다."

달려온 영주들을 라모는 거부하지 않았다. 오는 족족 환대하고 병력의 한 축을 맡겼다. 지금은 포용력을 발휘할 때였다. 때문에 라모가 이끈 병력은 갈수록 불어났고, 수호른에 도착할 즈음에는 총 40만 병력으로 늘어나 있었다. 국경 수비 병력을 제외하고는 호른 제국의 모든 병력이 라모의 휘하로 모여든 형국이었다. 수호른으로 가는 10여 일 동안 호른 제국 국민들의 환영은 그야말로 열렬했다.

"라모 백작님 만세!"

"호른 제국 만세!"

수호른을 완전히 포위하고 황성으로 진격해 들어갈 때쯤에는 환영 인파의 수도 절정을 이루었다. 병력 이동이 어려울 지경이었다. 하지만 상황은 싱겁게 끝나고 말았다. 이미 라모가 도착하기도 전에 수도의 귀족들이 자발적으로 병사를 모으고 사비를 들여 용병을 고용한 후 황성을 쳤던 것이다.

근위 기사들까지 반기를 들자 형세가 이미 그른 것을 안 나겔은 휠츠리 영지로 도망가 버렸다. 그래서 라모는 수호른 황성에 무혈입성하게 되었다. 라모는 별궁에 유폐되었던 보저 황태자를 구출하고 나겔의 잔당을 소탕했다.

라모가 병력을 몰아 떠나고 난 뒤의 하레스 영지는 평온했다. 라모는 병력 5천을 남겨 하레스의 치안을 정비하게 했다. 그래서 스턴을 병력 책임자로 남겼다. 또 타푼을 하레스 성 경비대장으로 잔류시키고 블레이드를 비롯한 마법사들 몇몇을 남겨두었다.

이제 5써클의 마법사가 된 후이도 하레스 성안 텔레포트 마법진을 담당하느라 남아 있었다.

이곳은 마법사의 탑 4층이었다. 5층은 블레이드의 전용 공간이었다. 그곳에 설치된 마법진은 영주와 직계 가족 또는 그의 준하는 사람만이 이용할 수 있었다. 4층 마법진은 하레스의 천인장급 이상의 기사와 그에 준하는 사람이 이용할 수 있었다.

후이는 라모 백작을 따라 수호른으로 가지 못하고 따분하게 마법진이나 지키게 된 자신의 신세를 한탄했다.

"다른 마법사들은 지금 신나는 구경들을 하고 있겠군. 그런데 나는 이런 골방에나 앉아 있으니… 빨리 수련을 해서 써클을 올려야 할 텐데……."

사실 마법진을 지키는 임무는 일종의 공부할 조용한 시간을 얻는 것이나 마찬가지였다. 거의 이용하는 사람이 없는 데다 주변이 고요하므로 수련에는 그만인 공간이었다. 그래서 평상시에는 다른 임무보다는 마법사들이 선호하는 직무였다. 하지만 지금과 같이 호른 제국 전체에 태풍이 분다면 유유자적 앉아 있기보다는 비바람을 구경하고픈 것이 사람의 심리일 터였다.

그렇게 신세 한탄을 하던 후이는 갑자기 마법진에서 흰 빛이 솟자 지레 놀라고 말았다. 그리고 이어 웬 아리따운 아가씨가 마법진에 나타나 걸어나오자 이게 혹시 꿈이 아닌가 의심스러웠다.

"여기가 하레스 성이지요?"

지극히 화려한 복장의 아가씨였다. 후이가 보기엔 형형색색의 레이스가 어지럽게 달린 드레스를 입고, 써클렛을 머리에 썼으며, 다이아몬드 귀고리에 큼지막한 사파이어를 가슴에 달았다. 후이는 얼이 빠져 있다가 아가씨의 질문에 그제야 정신을 차렸다.

"그, 그렇습니다. 그런데 누구신지……."

후이의 질문이 채 끝나기도 전에 마법진에 다시 한 번 빛이 솟아나며 또 한 사람이 나타났다. 이번에는 경장 차림의 기사였다. 그는 오른손에 검을 들고 있었는데 피가 잔뜩 엉겨 있다. 그제야 정신이 번쩍 든 후이는 일단 비상 신호의 버튼을 눌렀다. 버튼을 누르는 순간 마법사의 탑 전체와 타푼 경비대장실에 경고음이 발령된다. 그런 다음에야 후이는 소리를 질렀다.

"누구냐! 이름과 방문 목적을 말해라!"

후이의 경고에도 불구하고 기사는 얼른 아리따운 아가씨 앞에 무릎을 꿇었다.

"샤넬 황녀님, 어서 피하십시오. 놈들이 마법진을 장악하면서 이곳의 좌표를 읽었습니다."

후이는 샤넬 황녀라는 말을 듣자 곧 한 사람을 떠올렸다. 야스퍼 기사단장이었다. 샤넬 황녀와의 사랑 이야기가 한때 하레스의 화제가 된 적이 있어 모르는 사람이 없었다. 그래서 후이는 사랑을 찾아 드디어 샤넬 황녀가 하레스에 왔다고 생각했다. 후이가 놀라고 있는 사이 다시 마법진에서 빛이 솟아올랐다. 그러나 이번에는 한 번에 그치지 않고 연속으로 흰빛이 솟아올랐다. 그리고 그때마다 풀 플레이트 메일로 감싼 기사 한 명씩을 토해냈다. 처음 나타난 기사는 나타나자마자 무릎을 꿇고 있던 경장 기사의 등을 깊숙이 찔렀다.

"크윽!"

경장 기사는 일어나 응대하려 하였으나 등을 찔린 상처가 치명타였던 모양이다. 한 번 비틀하더니 곧 앞으로 쓰러졌고 일어나지 못했다.

"까아악!"

샤넬 황녀가 비명을 질렀다. 후이는 아이스 애로우를 발해 나타난 기사들을 향해 집어 던졌다.

"샤넬 황녀님, 이쪽으로 오십시오!"

나타난 기사들은 10여 명에 이르렀다. 그럼에도 마법진에서는 계속 흰 빛이 솟아오르며 사람을 토해냈다. 후이가 날린 아이스 애로우는 안타깝게도 메일을 뚫지 못하고 퉁겨 버렸다. 기사들이 검을 치켜들고 샤넬 황녀와 후이에게 달려들었다.

"실드!"

후이가 샤넬 황녀를 잡아당기며 얼른 실드를 쳤다. 기사의 검이 실드를 뚫지 못하고 퉁겨 나갔다. 그러자 기사들이 전후좌우로 협공해 왔다. 후이는 낭패감을 느꼈다. 아직 사방으로 철통같이 실드를 칠 실력은 되지 못하는 것이다. 또 혼자라면 순간 이동으로 피할 수도 있으련만, 샤넬 황녀를 보호하려니 움치고 뛸 수조차 없다.

"아이스 필드!"

좌측에서 달려오던 기사가 미끄러져 엉덩방아를 찧었다. 그 순간을 놓치지 않고 후이는 샤넬 황녀를 부축해 왼쪽으로 뛰었다. 왼쪽 벽에 붙으면 적어도 뒤는 걱정하지 않아도 된다는 속셈이었다. 그러나 넘어진 기사가 앉은 채로 검을 휘둘러 왔다. 후이는 샤넬 황녀를 밀며 피했으나 허벅지를 깊게 베이고 말았다.

"크윽!"

후이는 신음을 뱉으며 절뚝거리는 다리로 샤넬 황녀를 따라 달렸다. 하지만 허벅지에서 피가 콸콸 쏟아지자 금방 어지러워지기 시작했다.

"실드!"

벽에 붙은 후이는 샤넬 황녀를 막으며 다시 실드를 펼쳤다. 기사들이 연신 검을 찔러왔던 것이다.

"빨리 해치워라! 이곳은 호른 제국이다! 오래 머물러서 좋을 것이 없다!"

지휘 기사인 듯한 자가 외쳤다. 하지만 대답은 엉뚱한 곳에서 들려왔다.

"누구 마음대로! 네놈들은 누구냐?"

지휘 기사가 깜짝 놀라 돌아섰다. 마법진 위에 두 사람이 서 있었다. 타푼과 블레이드였다.

"블레이드님!"

후이는 블레이드를 보자 긴장이 풀려 곧 정신을 잃고 쓰러졌다. 블레이드가 순간적으로 사라졌다가 혼절해 쓰러진 후이의 옆에 나타났다.

정체 불명의 기사들이 일제히 검을 치켜들고 샤넬 황녀와 블레이드를 향해 내려쳤다. 하지만 실드가 생겨나며 기사들의 검을 퉁겨냈다.

"너희들의 상대는 나다. 이리로 와라."

타푼이 검을 빼 들더니 성큼성큼 걸어갔다. 정체 불명의 기사들은 더 이상 샤넬 황녀를 노릴 수 없었다. 블레이드가 넓은 실드로 온통 감싸 안은 채 안에서 후이를 지혈하고 힐링 마법을 시전하는 모습까지 보였다.

대단한 능력의 마법사라는 생각이 들자 정체 불명의 기사들은 일단 후퇴하는 것이 좋겠다는 판단을 내렸다. 하지만 후퇴할 길이 없었다. 뒤따라오리라던 마법사가 보이지 않았던 것이다.

실상 블레이드가 마법진에 나타난 후 공간을 가로질러 오는 기운을 느끼고 마법진의 일부를 파괴해 버렸다. 때문에 이동해 오던 마법사는 공간에 영영 갇혀 버리고 말았다.

정체 불명의 기사들은 모두 15명으로 늘어나 있었다. 그들은 자신들이 한정된 밀실에 갇혀 버렸다는 사실을 알았다. 마법사 탑의 한 개 층은 1백 평방미터가량의 널찍한 공간이었지만 도주를 생각하는 기사들에게는 협소한 장소일 수밖에 없었다. 지휘 기사는 지원이 올 때까지 어떻게든 버텨야 한다고 생각했다.

"적은 한 명이다. 쳐라!"

정체 불명의 기사들이 타푼을 향해 일제히 달려들었다. 그러자 타푼이 입가에 냉소를 머금고는 검에 진기를 주입했다. 검강이 1미터가량 솟아올랐다. 그리고는 푸른 검강이 달려드는 기사들 사이를 번쩍번쩍 눈부시게 누볐다. 그러자 잘려진 검이 허공으로 솟아올랐고, 체인 메일은 통째로 뜯겨져 나갔으며, 기사들의 팔다리가 우수수 땅에 떨어졌다. 선혈이 마법사의 탑을 적시며 피비린내가 진동했다. 한바탕 미친 피의 바람이 불어닥쳤다.

"으아악!"

"피해! 소드 마스터다!"

비명과 외침이 한바탕 정체 불명의 기사들 사이에서 터져 나온 후 제대로 서 있는 사람은 단 한 명밖에 없었다. 바로 지휘 기사였다. 나머지 기사들은 모두 바닥에 쓰러져 꿈틀거리고 있었다. 죽지는 않더라도 모두 불구를 면할 수 없는 중상을 입었다.

"이, 이럴 수가!"

지휘 기사는 참혹한 광경에 몸을 사시나무 떨듯 떨었다. 타푼이 지휘 기사를 바라보았다.

"감히 하레스에 들어와 난동을 부리다니! 네놈은 누구냐? 정체를 밝혀라!"

그때 블레이드의 실드가 거두어지며 샤넬 황녀가 걸어나왔다.

"그자는 도란 제국 황성의 근위 기사예요."

타푼은 아름다운 여인이 나서며 말을 하자 의아해졌다.

"그대는 누구요?"

여인이 약간 창백해진 얼굴 위를 가린 몇 가닥의 머리카락을 쓸어 올렸다.

"저는 도란 제국의 2황녀 샤넬리아 디아고 민트루노예요."

샤넬 황녀의 정체가 밝혀지자 타푼과 블레이드의 눈이 휘둥그레졌다. 그들 또한 야스퍼와의 사랑담을 들어 샤넬 황녀가 누군지 잘 알고 있었던 것이다. 타푼이 즉시 검을 바꿔 쥐고는 오른팔을 가슴으로 끌어 올리며 머리를 숙였다.

"어서 오십시오, 샤넬 황녀님. 저는 하레스 성 경비대장 타푼이라고 합니다."

블레이드도 안고 있던 후이를 내려놓고 일어나서 정중하게 고개를 숙였다.

"만나뵙게 되어 영광입니다, 샤넬 황녀님. 하레스의 수석 마법사 블레이드입니다."

샤넬 황녀가 타푼, 블레이드와 인사를 나누는 사이 지휘 기사는 눈알을 굴리고 있었다. 어떻게 상황을 타개해 나갈지 암담했다.

"그런데 어찌 근위 기사가 샤넬 황녀님을 핍박하는 겁니까?"

타푼의 눈이 지휘 기사에게 돌아갔다. 타푼은 지휘 기사의 눈이 쉼없이 굴러다니는 것을 보고는 재빨리 달려들었다. 지휘 기사가 검을 들어 찔러왔다. 하지만 타푼은 검기만을 발해 상대의 검을 잘라 버리고 칼등으로 목을 내려쳤다. 지휘 기사가 즉시 혼절해 쓰러졌다.

"일단에 내려 가셔서 말씀을 하시지요."

샤넬 황녀는 블레이드의 인도로 마법사의 탑을 나와 영주관의 접대실로 향하였다.

샤넬 황녀가 왔다는 소식이 전해지자 레드스톰 기사단에 나가 있던 스턴이 달려왔다. 그리고 파울 영주와 헬렌, 헬라까지 모두 모여들었다. 그들은 야스퍼 단장이 홀딱 반해 버린 샤넬 황녀가 어떤 여자인지 궁금해 모두 눈을 빛내고 있었다.

샤넬 황녀는 몇 시간 동안이나 긴장과 불안에 싸여 도망 다니느라 매우 피곤한 상태였다. 하지만 하레스 성에 도착하고 보니 마치 가족들을 만난 것처럼 마음이 푸근해졌다. 더군다나 일개 경비대장이 도란 제국의 근위 기사 15명을 순식간에 제압하는 모습을 보고 하레스의 저력을 실감했다.

"샤넬 황녀님, 도대체 어떻게 된 연유입니까?"

파울 영주가 대표로 질문을 던졌다. 그제야 샤넬 황녀가 한줄기 눈물을 흘렸다.

"저도 잘 모르겠어요. 다만 부황을 뵙기 위해 오늘 아침 집무실로 향하던 중이었는데 일단의 근위 기사들이 막아서는 거예요. 부황께서 지금은 아무도 만나지 않겠다고 명하셨다는 거예요. 하지만 저만은 예외예요. 국가의 중대 회의만 아니면 절대 저를 물리치지 않을 분이시거든요. 그래서 제가 고집을 피우며 호위 기사에게 길을 열라고 명했지요. 저는 단순하게 몸으로 밀고 들어갈 생각이었어요. 그런데 대뜸 근위 기사들이 검을 빼 들어 저의 호위 기사들의 목을 쳐버렸어요. 그때부터 계속 쫓겨다녔어요. 다섯 명의 호위 기사들이 있었는데 세 명이 그 자리에서 목이 잘렸어요. 저는 두 호위 기사의 엄호를 받으며 도망쳤어요. 그런데 황궁의 모든 기사들이 저를 잡으려고 들었어요. 저는 악몽을 꾸는 것 같았어요. 어떻게 그럴 수 있지요? 마치 황궁이 적도의 소굴로 변한 듯했어요. 악전고투 끝에 마법사실로 향했지요. 하지만 마법사들도 마찬가지였어요. 모두 저를 잡으려 들었지요. 천만다행으로 어릴 적 저를 귀여워하던 황궁 마법사를 만났어요. 그가 그러더군요. '샤넬 황녀님, 어서 이곳에서 도망가십시오. 하레스로 가십시오. 그리고 다시 돌아오지 마십시오'. 마법사는 그 말만을 하고 내가 알려주는 좌표에 따라 마법진을 그려 저를 이곳으로 공간 이동시켜 주었어요. 그리고 호위 기사 한 명도 같이 텔레포트되었어요. 하지만 나머지 호위 기사 한 명과 마법사는 따라오지 못했어요. 아마도… 아마도 죽었겠지요. 나 때문에… 나를 구하다가……. 저는 정말 모르겠어요. 왜 갑자기 모든 기사들과 마법사들이 미쳐 날뛰는지를……."

샤넬 황녀는 새삼 서러움이 복받쳐 오르는지 재차 눈물을 흘렸다. 모인 사람들이 서로를 돌아보았다. 아마도 도란 제국 황성에도 변괴가 발생한 모양이었다.

"스턴 천인장, 아무래도 성안 경비를 강화해야 하겠네. 좌표를 모르는 한 함부로 공간 이동해 올 수는 없을 터이지만 아무래도 심상치가 않아. 나는 이 사실을 소영주님과 야스퍼 경에게 알리겠네."

블레이드는 라모와 야스퍼가 없는 하레스에서는 실질적인 책임자였다. 스턴이 즉시 복명했다.

"알겠습니다, 블레이드님."

그동안 헬렌과 헬라가 샤넬 황녀를 위로하고 있었다.

그 무렵 라모는 수호른을 완전히 장악하고 황성의 대회의실에서 주요 영주를 모아 대책 회의에 골몰하고 있었다. 회의장 중앙에는 초췌해 보이는 보저 황태자가 앉아 있었다. 라모가 처음 접했을 때의 순진한 황태자는 이미 사라졌다. 이제 보저 황태자는 인생의 쓴맛을 단단히 맛본 경험자였다. 그래서 그의 눈은 신중함과 결단력을 함께 겸비하고 있었다.

"휠츠리 영지로 군사를 몰아가 나겔의 세력을 완전히 멸해 버려야 합니다."

"제가 앞장서겠습니다!"

영주들이 다투어 나겔을 성토하며 선봉을 자처했다. 회의 분위기는 나겔을 잡아 완전히 뿌리를 뽑아야 한다는 의견으로 집약되고 있었다. 이로써 호른 제국을 호령하던 하나의 가문이 완전히 몰락하는 순간이었다. 글로스타 영지는 주인을 잃었고, 휠츠리 영주는 가문이 사라지는 것이다.

"라모 백작께서는 어떻게 생각하시오."

보저 황태자가 의견을 묻자 영주들의 시선이 일제히 라모에게 몰렸다. 황태자의 얼굴에는 라모를 향한 무한한 신뢰가 담겨 있었다. 별궁에 유폐된 채 죽을 날만 기다리던 보저 황태자였다. 부황이 독살당한 원한을 갚을 힘이 없었다.

보저 황태자는 그제야 자신이 얼마나 나태한 삶을 살아왔는지 절실하게 느꼈다. 그저 황자로 태어났다는 선천적인 복락으로, 그리고 황태자로 임명되었는다는 단순한 이유만으로 차려진 밥상을 떠먹으려 한 자신이 얼마나 어리석고 나약한 인물인지 깨달았던 것이다. 황제는 저절로 태어나는 것이 아니라 스스로의 뼈를 깎는 노력이 동반되어야 함을 알았다.

황태자는 그제야 원한에 앞서 자신이 진실로 황제가 된다면 이러저러한 방식으로 국민들을 이끄는 성군이 될 텐데… 이런 아쉬움이 앞섰다. 마치 시험을 앞두고 그간 소홀히 했던 자신의 여러 가지 즐거움이 다투어 떠오르는 형국이었다.

백성을 다스리는 일에서 즐거움을 찾는 자야말로 진정한 군왕이다. 백성으로부터 무언가를 얻고자 하는 자는 폭군으로, 또는 타락한 왕으로 기억되는 법이다. 다스리는 즐거움을 아는 왕은 밤잠을 잊고 국민을 위한 정책 마련에 고심하게 된다.

황태자는 하늘이 자신의 나태함을 벌한다고 생각했다. 그래서 지난 날들을 반추하고 반성하면서 죽음을 기다렸다. 그런데 기적적으로 유폐에서 풀려나며 황제의 문이 열리고 있었다. 그 문을 연 사람이 바로 라모 하레스였다.

라모는 보저 황태자의 심정을 충분히 이해한다는 듯 미소를 지었다.

"모든 것은 황태자 전하의 뜻대로 하시길 바랍니다. 나겔은 이미 세력과 인심을 모두 잃어 더 이상 위협적인 존재가 될 수 없습니다. 황태자 전하께서 적당한 인물을 선정하여 진압을 명하시면 곧 체포할 수 있으실 겁니다."

보저 황태자는 곧 휠츠리 영지 부근에 영지를 가진 윌러스 백작을 지적했다. 그에게 20만의 대군을 맡겨 나겔을 잡아오도록 했다. 윌러스 백작은 황제의 충신인데다 그간 나겔이 주변 영지를 자신의 영지로 수용하기 위해 억지 죄명을 붙여 핍박을 했었다. 나겔의 마수를 피해 영지를 떠나 떠돌다 이제야 돌아온 것이다. 그러니 황태자가 굳이 명령을 내리지 않더라도 자기 손으로라도 나겔을 잡아 올려야 시원하겠다는 심정이었다.

"감사합니다, 황태자 전하! 반드시 나겔을 잡아 황궁으로 압송하겠습니다!"

라모는 윌러스 백작에게 하레스의 천인장 두 명을 붙여주었다. 이로써 나겔의 시대는 완전히 막을 내렸다.

황궁 회의가 끝나고 난 후 라모는 야스퍼와 함께 황궁의 외빈 접대실로 걸어가는 중이었다.

외빈 접대실은 주로 국가의 사신을 접대하거나 지방 영주들이 황궁을 이용할 때 쓰는 방들이 여러 개 딸린 곳이었다. 그중의 한곳에서 말소리가 흘러나오고 있었다. 라모는 그 내용이 자신과 결부되자 절로 걸음을 멈추고 귀를 기울였다.

"라도님, 하레스를 떠나셔야 할 때가 됐습니다. 이젠 라모 백작님께서 돌아오셨으니 하레스 안에는 라도님이 설 자리가 없습니다."

아마도 라도의 가신인 평민 기사 중 한 명의 목소리인 듯했다. 곧 라도의 목소리도 들렸다.

"그게 무슨 말인가, 할 일이 없다니? 하레스는 넓은 영지네. 설마 우리가 맡을 임무가 없겠는가? 형이 다 알아서 해줄 걸세. 그러니 너무 조바심 내지 말게."

그러자 다른 평민 기사의 목소리가 이어졌다.

"라도님, 우리는 라도님께 충성을 맹세했습니다. 때문에 라도님이 가시는 길이라면 어디든 주저 않고 따라가겠습니다. 하지만 저희는 우리의 주군께서 기껏 남의 곁불이나 쬐는 식객이 되는 걸 바라지 않습니다. 라도님도 이제 어엿한 영주가 되셔야 한다는 겁니다. 바론의 말은 바로 이것을 지적하는 겁니다."

라도의 화난 음성이 터져 나왔다.

"에드거, 함부로 말하지 마라! 내 형이 남이란 말인가? 그리고 곁불이라니… 나도 엄연한 하레스 가의 차남이다. 나 또한 하레스 가를 지키기 위해 의무를 다해야 한다는 말이다!"

그러자 또 다른 목소리가 들렸다.

"의무만 있고 권리는 없지요. 제 생각엔 비록 라모 백작님의 덕이지만 우리 하레스에서 큰 공을 세웠으니 그걸 내세워 보저 황태자께서 황제에 오르신 후 영지를 하사받으면 어떨까요? 황태자께서도 라도님의 요청을 거부하시지는 못할 겁니다."

그러자 라도의 음성이 더욱 높아졌다.

"글레이브, 자네마저도 그런 소리를 하는가! 어찌 공도 없이 상을 바라는가? 난 이번엔 아무 한 일이 없어. 그런 후안무치한 짓은 할 수 없네. 영지를 하사받더라도 정당한 공적을 세운 후에나 가능한 일일세."

라모는 여기까지 듣자 도저히 그냥 지나칠 수가 없었다. 라모는 문을 열고 실내로 들어섰다. 아스퍼가 웃으며 뒤따라 들어섰다.

내부는 화려한 장식이 되어 있는 20평방미터가량의 공간이었다. 실내 중앙에는 낮은 탁자를 중심으로 소파가 둘러 있었으나 앉아 있는 사람은 보이지 않았다. 모두 창가에 선 채였다. 라모와 세 명의 평민 기사는 라모가 들어서자 소스라치게 놀란 표정들이다. 마치 음모를 꾸

미다 발각된 형상이다.

"혀… 형! 다 들었어?"

라도가 당황한 표정으로 말을 더듬었다. 라모의 눈에서 신광이 뻗어 나오며 평민 기사들을 쏘아보았다. 평민 기사들의 안색이 창백해지며 식은땀을 흘렸다.

"형, 나무랄 일이 있으면 나를 꾸짖어줘. 저들은 다만 나를 위한 충성심에 말을 가리지 못했을 뿐이야."

라도가 라모의 팔을 잡았다. 하지만 라모는 라도의 손을 떨쳐 냈다.

"아니, 나는 저들을 용서할 수 없어. 감히 나와 황태자 전하를 기만하려 하다니! 너희들은 그 말을 하는 순간 각오가 돼 있었겠지?"

라모가 무섭게 어르자 얼어 있던 세 명의 평민 기사들은 다시 고개를 들었다.

"저희들을 처벌하시겠다면 달게 받겠습니다. 하지만 라도님이 하레스를 떠나 새로운 영지를 얻어 나름의 세계를 구현해야 한다는 믿음에는 변함이 없습니다."

그러자 야스퍼가 허허 웃었다.

"형님, 이 녀석들 정말 맹랑하군요. 아예 다리뼈를 추려줘야겠군요."

라모의 신광 어린 눈이 이번엔 라도에게 돌려졌다.

"라도, 가신의 잘못은 주군에게 그 책임이 있다는 사실을 알겠지? 내가 지금부터 과제를 주겠다. 이 과제를 무사히 수행한다면 아무 일 없는 듯 넘어가겠지만, 만약 어설프게 했다가는 용서하지 않겠다."

라도와 평민 기사들이 고개를 숙이고 경청했다.

"우선 라도는 장차 하레스의 영주가 되었을 때 숙원 사업이 무엇인지, 그리고 개선점이 무엇인지 파악해 보고해라. 그리고 너희 세 명의 기사들은 하레스를 누구도 넘보지 못할 만큼의 백년대계를 세워라. 아마도 하레스의 천인장들은 이번에 공적이 커 모두 각자의 영지를 하사받고 하레스를 떠날 것이다. 그러니 이제부터 너희가 주인이다. 기한은 열흘이다. 열흘 후 이 자리에서 다시 그 복안을 듣겠다. 시답지 않은 내용일 경우에는 정말 다리뼈를 분질러 놓겠다.”

라모가 신광을 거두고 돌아섰다. 야스퍼는 대충 라모의 의도를 짐작하고는 웃으며 평민 기사들의 어깨를 두드려 주고는 라모를 따라나섰다.

“형!”

뒤늦게 라모가 말한 내용을 곱씹고 나서야 의미를 파악한 라도는 라모를 불렀지만 이미 라모는 방을 나선 후였다. 라모는 하레스를 라도로 하여금 물려받게 하려는 것이었다.

방을 나선 라모와 야스퍼는 자신들의 휴식처를 향해 걷던 중 맞은편에서 헐레벌떡 달려오는 하레스의 마법사를 만났다.

“라모 백작님, 야스퍼 단장님, 하레스로부터 전언입니다. 도란 제국의 샤넬 황녀님께서 하레스를 방문하셨답니다.”

마법사의 전갈에 야스퍼의 입이 찢어졌다.

“정말인가? 오오, 샤넬 황녀!”

라모는 야스퍼를 보며 팔불출의 전형이 바로 저런 모습일 거라는 단정을 했다.

〈제2권 끝〉